U0815196

旅游管理/酒店管理专业理实一体化教材

现代饭店督导

（第2版）

主　编　刘长英
副主编　许　莲　　苏洪文
　　　　黄万鹏　　周媛媛

企业管理出版社
EMPH ENTERPRISE MANAGEMENT PUBLISHING HOUSE

图书在版编目（CIP）数据

现代饭店督导 / 刘长英主编 . —2 版 . —北京：企业管理出版社，2020.8
ISBN 978-7-5164-2180-2

Ⅰ . ①现… Ⅱ . ①刘… Ⅲ . ①饭店—监管制度 Ⅳ . ① F719.2

中国版本图书馆 CIP 数据核字（2020）第 123328 号

书　　名：现代饭店督导（第 2 版）
作　　者：刘长英
责任编辑：寇俊玲　　黄　爽
书　　号：ISBN 978-7-5164-2180-2
出版发行：企业管理出版社
地　　址：北京市海淀区紫竹院南路 17 号　　　邮编：100048
网　　址：http://www.emph.cn
电　　话：编辑部（010）68701638　发行部（010）68701816
电子信箱：qyglcbs@emph.cn
印　　刷：北京七彩京通数码快印有限公司
经　　销：新华书店
规　　格：185 毫米 ×260 毫米　16 开本　13.5 印张　264 千字
版　　次：2020 年 8 月第 1 版　　2020 年 8 月第 1 次印刷
定　　价：52.00 元

版权所有　翻印必究 · 印装有误　负责调换

前言 PREFACE

饭店业是一个劳动密集型的服务行业，它需要大量的一线普通员工。为了保证饭店业的服务质量，保证普通员工的工作能充分体现现代服务业个性化、亲情化和人性化的特点，饭店必须配备数量较多的基层管理人员，即督导人员。由此可见，在现代饭店管理体系中承担“承上启下”功能的饭店督导对饭店的服务和管理起着决定性的作用。饭店督导已成为现代饭店经营成功的一个关键因素，培养高素质的饭店督导是现代饭店管理工作中的一项核心内容。

《现代饭店督导（第2版）》主要介绍了现代饭店督导的角色和使命、领导艺术、计划与纪律管理、督导与决策、沟通技巧、激励技能、团队建设、有效工具、督导与服务质量、培训和教练等内容，这些都是饭店督导应该了解和掌握的基础性知识和技能。同时，《现代饭店督导（第2版）》以丰富的实践经验和资料为基础，从全新的角度阐述了饭店督导技术及其在饭店管理实践中的应用。总体上来看，本书安排的内容足量、适用，贴近工作实际，贴近市场需求，具有很强的可读性。

编写时，我们遵循“以企业需求为导向，以职业能力为核心”的理念，从现代饭店管理的实际出发，紧密结合企业实际，反映工作岗位需求，注重职业能力培养。在使用功能上，本书注重服务于职业岗位。它在介绍饭店督导的理论知识等基础性内容的同时，又强化了饭店督导工作必需的对工作技能的训练，如激励、辅导等，这些都是现代饭店督导的必备素养。因此，本书具有很好的知识性基础性，又具有较强的实践指导性，能帮助饭店督导提高执行能力和工作绩效。

全书由刘长英主持编写，苏州经贸职业技术学院许莲，呼伦贝尔学院苏洪文，北海职业学院黄万鹏、周媛媛担任副主编。在编写过程中，我们参考、引用了大量的国内外相关研究成果，在此向研究者表示衷心感谢。

本书针对性强，既适合于高校本科及高职高专旅游与饭店管理类专业及相关专业学生使用，同时也适合于企业员工培训使用，亦可供饭店业、餐饮业以及相关行业管理人员学习和参考。

本书还配备了电子教学资料包，包括电子教案、教学指南、练习题答案等，能够为老师授课和学生学习提供诸多便利，请通过以下联系方式获取。

电话：（010）68701074　企业管理出版社编辑部

邮箱：qyglcbs@yeah.net

刘长英

2020 年 1 月

目 录 CONTENTS

第一章

督导的角色和使命

学习目标

1. 充分认识饭店督导的角色定位；
2. 了解饭店督导的素质和技能；
3. 理解饭店督导的管理职能；
4. 了解饭店督导的职责。

案例引导

员工心目中的领班

饭店的领班直接面向员工和客人，对员工进行督导管理，起着“承上启下”的作用，“官”微责非轻。因此，一些管理学者赋予饭店领班以多元的角色及作用：是领袖，是信息传达者，是导师，是裁判，是模范，是咨询者。

1. 有真才，能实干

一个称职的领班首先应熟悉涉及本职工作的业务知识，有较强的操作技能，在这方面他应该是一个“小专家”。如果一个领班对其所分管的工作程序、标准和质量检查规范掌握不全面或操作不熟练，是难以管好其下属的，有时甚至会给下属留下笑柄。

2. 公平公正，不搞亲疏

有些员工认为：“领班虽职微，但对员工来说是最直接的顶头上司，若关系处不好，有可能被针对。”他们对领班的一个共同心愿是：严管不怕，只要处事公正大家心里就服气。通常，员工对领班意见比较大的有两条，一是工作分派不合理；二是对问题的处理欠公正。

领班与员工能否真诚相处，员工很看重的是领班是否为人正派。领班能与下属坦诚相处，建立起友谊和信赖的关系，员工工作就积极主动，这种班组的凝聚力一般比较强。而那些欺软怕硬、搞亲疏甚至搞小圈子的领班，大多数员工就瞧不起他（她）。要搞好班组建设从何谈起？

3. 善沟通，会协调

领班督导效果如何，其能否与员工进行有效的沟通是关键。领班应重点把握以下几方面。

（1）重视沟通的双向性。布置工作或与个别员工谈话，应注意多听听下属的意见。

（2）应意识到与下属谈话时的态度比谈话的内容更重要。领班还应改变吝惜表扬下属的习惯，随时注意并挖掘员工值得称赞的地方，让被称赞者感到愉快而倍加感动。

（3）培养倾听下属意见的良好习惯。

（4）讲究沟通技巧，重视语言的力量。协调是领班督导过程的另一项重要工作，除应重视搞好班组内部协调外，还要善于搞好同其他班组、部门以及上司之间的协调。

4. 头脑灵活，正确贯彻上级的意图

领班对上级部署的工作应能准确领会，认真落实。在贯彻执行中不应只当传声筒，而应结合本班组的实际情况和接待客人要求的变化，在坚持服务质量的前提下灵活把握，适当调整具体的操作程序和规范，创造性地开展工作，不断丰富班组个性化服务的特色。工作中遇到疑难问题，要细心分析、勤于思考，在尽可能满足客人要求的前提下，及时、果断地做出处理。

5. 勇于承担责任，不掩饰自己的错误

员工很佩服那些勇于负责、做事敢做敢当的领班。他们对于做对的就坚持，做错的（包括给员工指导错了的）就勇于承认和纠正自己的错误，不强调客观找借口，更不把责任推给别人。员工工作上出了错，他们不一味地责怪下属，而是从领导的角度多找原因，分析自己应负的责任，从中吸取教训、加以改进。即使是因员工的错误而受到上级的批评，也不把怨气发泄到员工身上。

看到这里，你认为员工心目中的领班应具备哪些素质？你心目中的领班又是怎样的形象？现在让我们带着这些问题开始本章的学习。

第一节　督导的角色认知

督导的英文为 supervise，其中 super 为超过、高超、优秀，vise 为看、洞察的意思，整体可翻译为俯视，进而引申为指导、监察。由此可见，饭店督导是对生产产品和提供服务的员工进行管理的人，常常指饭店的基层管理，具体管理职务就是我们通常所说的主管、领班等。

一、督导与普通员工的区别

从纵向结构上划分，饭店的组织结构可分为四个层次：决策层、管理层、执行层和操作层（见图 1-1）。

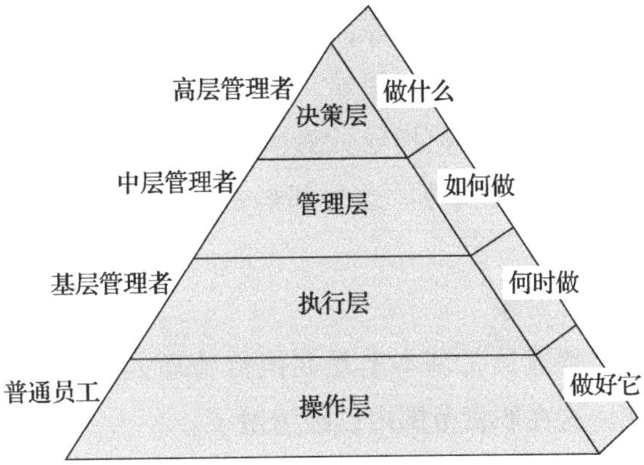

图 1-1 饭店组织结构图

决策层是指董事长、总经理等，主要负责饭店的企业战略和重大决策等大政方针，例如，饭店的一个项目要不要上马，什么时候上马合适等，这些都是一个饭店中的最基本的决策问题。这里所说的管理层通常是指总监、经理等，主要负责在已定的战略和决策下如何组织和安排，即要回答的是这个项目怎样上马的问题。执行层就是基层管理者的督导，例如，主管、领班。关心的是怎样干好的问题，即具体实行计划、组织生产是他们的主要任务。操作层就是一线普通员工，例如，前厅礼宾员、餐厅服务员、客房服务员等。

督导是作为执行层的基层管理者，在组织中直接监督和指导一线普通员工工作。普通员工在饭店组织结构中位于最底层，是管理者的管理对象。督导和普通员工是管理者和被管理者的关系，他们之间的区别，可从下表中详细了解。

表 督导与普通员工的区别

序号	项目	普通员工	督导
1	位置	操作层	执行层
2	职责	岗位事务	班组领导
3	对象	人	人＋事
4	技能	服务技能	人际、管理
5	评价标准	个人业绩	班组业绩
6	自我实现	服务之星	管理精英

1. 位置

普通员工属于操作层。例如，客房服务员铺床叠被，餐厅服务员摆台、为客人端茶奉水、倒酒等，这些都是最基础的工作。

督导属于执行层，是基层管理者。饭店经营中的接待、服务等工作都要由督导来督促、训导和落实。当然，主管、领班偶尔铺铺床、叠叠被，偶尔倒茶斟酒或是点菜，那也是情理之中的。

2. 职责

普通员工主要做一些岗位事务性的工作。如果是前厅礼宾服务员，要知道怎么去引领客人，怎么跟客人沟通，怎么有意识地去销售；如果是康乐部员工，要会打麻将、台球、乒乓球等，要会使用运动器材，在客人需要的时候要告诉客人如何用。

督导作为班组领导，要知道自己的管理职责，比如，自我管理、时间管理、如何带领团队、如何指导员工、如何授权、如何做好检查、如何做好计划、如何分工、如何跟大家协调等。这些都是督导要考虑的。至于怎么点菜、铺床，那是普通员工的工作。

3. 对象

普通员工基本上是在执行管理人员下达的任务，主要在做一些日常事务性的工作。这在职责范围内已经清楚了。

督导除了做一些事务性的工作以外，还要管人。

4. 技能

普通员工必须要对自己本职岗位的服务技能很熟练。

督导要具备管理技能，还要能够协调好人际关系。这就要求督导要做好时间管理、管理沟通、管理计划、管理授权、管理工作的安排、管理工作的检查，甚至包括现场督导、现场管理等。

5. 评价标准

普通员工注重的往往是个人业绩。例如，工作中关注的重点是有没有微笑？点菜技巧怎么样？销售成交如何？服务意识怎么样？与客人沟通能力怎么样？因为这些都是评比服务之星、形象大使的评判标准。

督导要思考的不是个人业绩，而是班组的业绩。如果经理给督导布置了某个月工作指标：达到客人满意度 97%，完成日常营业额 30000 元，完成岗位技能培训等。那么不管班组中有 5 个人还是 10 个人，或是 20 个人，领班要思考的是自己如何带领团队完成日常 30000 元营业目标？能不能让客人满意？如果做不到，又怎样跟大家协调达成？另外还要考虑，服务质量怎么提高，服务效率怎么提高等。

6. 自我实现

对普通员工来讲，领导能不能发现他、能不能激励他、能不能晋升他、能不能在每次的评比中获得“服务之星”的荣誉，这就是他们的价值诉求。

督导自我实现的需要不是要自己被评为服务之星，而是要让自己成为管理精英。

能不能把团队带好，能不能提高服务绩效、提高服务品质、提高服务效率、提高团队员工的服务态度，这是督导要思考的。

二、督导在饭店管理中的使命

督导的角色是指督导在其职能运行中所处的地位和所起的作用。通常来说，督导工作意味着更多的工作和更大的压力，督导比员工责任更重，收入也更多。督导这一职位极富有挑战性，因为哪怕你并没有参与所有的工作，你也要对更多的结果负责。

督导履行管理职能时，从事的是大量不同的、无序的、琐碎的并且往往是没有任何联系的活动。饭店的运营基本上都要依靠普通员工（非管理人员）的劳动。普通员工要做的工作包括烹调、调酒、洗盘子、迎送客人、清扫房间、运送行李和拖地等。普通员工生产的产品质量和服务质量的高低主要取决于督导管理的好坏。如果管理不善，产品质量和服务质量都会下降，整个饭店运营也会出现问题。饭店经营成功的关键掌握在直接管理这些员工的督导的手里。

要了解组织中督导的角色定位，就必须先看看他们与不同群体的关系。图 1-2 表明了督导与客人之间、督导与员工之间、督导与同级管理者之间、督导与其他管理者之间，以及督导与上级管理者之间的关系。

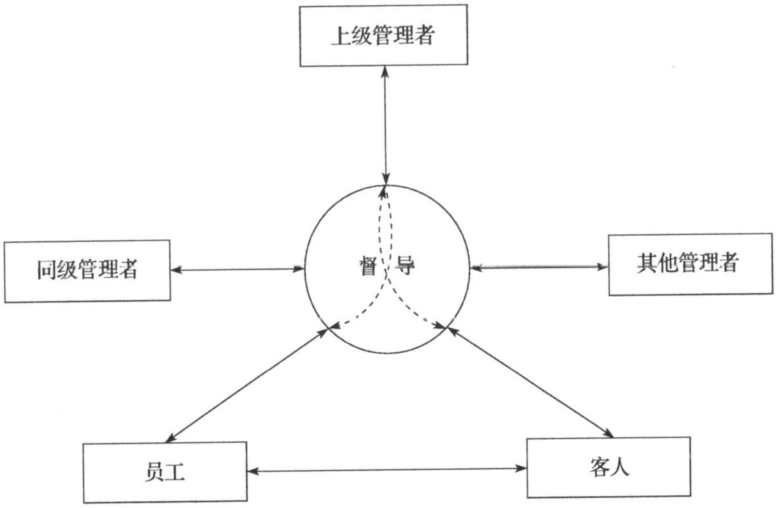

图 1-2　督导在饭店管理中的角色定位

1. 督导与员工的关系

督导必须接近自己的员工以及为其提供帮助的其他部门的员工。只要存在督导帮助和指导非管理人员这种情况，就存在着管理者与员工的关系。这也显示了督导的重要性。

2. 督导与同级管理者以及与其他管理者之间的关系

在组织内，督导存在两种基本的水平关系：与同级管理者以及与其他管理者的关系。督导需要同级管理者和其他管理者等相同地位的人的帮助和支持，但当他们共同去争取某一更高层次的职位时，这种关系又会演变为竞争关系甚至是冲突关系。

3. 督导与上级管理者的关系

督导与上级管理者的关系同管理者与员工的关系正好相反。督导又成为其管理者的员工，并支持和完善他们的工作。随着组织扁平化、组织再造、授权等类似的管理方式的应用，这种关系正在不断升级。业务部门的经理会指导督导应该做什么，职能部门的经理（如人力资源部经理）会指导督导如何处理特定行为。

三、督导的地位

督导要对员工的生产（即产品和服务的质量与数量）负责，同时，也负责满足员工的需求，使员工人尽其责，使产品质量和服务的质量得到保障。可见，督导是组织管理的实践活动，是组织管理工作的具体体现形式，是管理者的日常工作，是实现管理目标的有效方法。如何引导督导运用一系列有效的管理手段，实现组织的目标，完成既定的工作任务，已成为饭店企业管理活动的核心内容。

在过去，督导对下属员工有绝对的权威，在督导面前，员工要么有效地工作，要么等着被解雇。现在，督导的概念不再是监督员工，而是领导和训练一个团队。从本质上讲，督导必须找到一个契合点：既不会过于严苛，又不会成为上司的“木偶”。

在现代饭店管理中，督导的角色正在发生显著改变。现在督导被认为是其下属和上级管理者的中间人，督导身处团队之中，但在某种意义上他们既属于又不属于这个团队。督导既要向上级管理者汇报，又要作为管理层的代表与员工联系；督导要传达上级管理者的决议，同时有权利向上级提出自己的建议。换言之，他们是介于员工和上级管理者之间的中间人。

当一个人开始监督别人的工作时，他就已经逾越了一条与员工之间的分界线，迈到了管理的一方。在任何工作场所中都存在两种立场：员工的立场及管理方的立场。他们之间的界线非常清楚，没有模糊的边缘，也不存在灰色地带。成为督导之后，就肩负管理者的责任。因此，只有坚持管理方的立场，才能成功履行这些责任。

作为一名饭店督导，必须对饭店、客人及员工尽义务，这就把督导置于一种承上启下的地位。对员工而言，督导代表着管理方、权力、指令、纪律、休假时间、提高收入及晋升。对上级管理者而言，督导是他们与员工和具体工作之间的纽带，督导代表着生产力、食品成本、劳动力成本、质量管理和客人服务，同时又代表着下属员工的需要和诉求。对客人而言，督导和员工代表着整个饭店企业。

督导必须坚持管理方的立场，必须负起责任，这方面不容许妥协。督导可以同情他的员工，倾听他们，理解他们，但他必须落实管理方的决策，他的决策必须从管理方的立场出发。

四、督导的义务

（一）对饭店的义务

1. 使业务赢利

督导对饭店的首要义务是使所负责的业务赢利。业主冒风险投资，理所当然期望得到相应的回报。对上级管理者而言，督导的主要职责是为业务赢利做好分内的工作。这关系到督导的利益，也是他们聘用督导的原因。

2. 维系运营体系

上级管理者希望督导按决策者的意图做事。如果他们告诉督导如何去做一件事，督导就有义务照他们说的去做，尽管督导知道有更好的方法。饭店提拔和任用督导，是要督导按饭店的方式做事。不论他们要求督导做任何事，只要这件事是合法的，且不违背道德，就有义务去做。

如果饭店已经形成了一套完整的体系，他们是不希望督导对其做任何变动的。他们只是要督导监督它的运作。或许督导不赞成他们的制度，或许督导也认为他们在每个盘子里放的薯条太少，认为客人应多得到一些，而客人也有此想法，督导能在每一份里多加几根吗？不行！督导应让整个运营体系维持原状。督导只负责监督，以确保组织内的员工也遵守这一运营体系。

即使督导觉得有更好的做法，也不能擅自做出变动。他应该去找上级管理者，向他们说明自己的想法，然后才能共同决定是否需要做出任何变动。

有时饭店并不告诉督导该如何做事。督导必须自己找出答案——去问，把一切搞清楚。宗旨和程序是什么？督导有什么权力？督导有没有或者在哪一部分享有全权？既然督导必须按饭店的方式来管理，就有义务弄清他们的想法，领会他们的意图。而且，由于督导与员工和客人的日常接触比较频繁，督导同时还有义务把他们的要求汇报给上级管理者。

（二）对客人的义务

客人是饭店企业存在的原因，也是饭店企业利润的来源。他们可以选择光顾饭店，如果招待周到，他们会再来；反之，可能就再也见不到他们了。为客人服务的重要性显而易见，然而劣质服务却非常普遍，这也是某些饭店经营失败的首要因素之一。造成许多客人不再光顾的原因就是劣质服务或者是员工对客人的需要漠不关心。

在饭店企业里，客人接触到的通常是普通员工。客人见到的是饭店前台员工、礼宾员和餐厅里的员工，还有他们每天早饭后必定看到的打扫房间的客房员工。这些员工就代表着督导，体现着督导的管理，反映出整个组织的形象。因此，督导有义务让客人从员工那里得到承诺过的产品和服务，使他们满意而归。同时，督导应该亲临现场。客人喜欢有饭店管理方替他们做主的感觉，而且有督导在场或参与其中，员工会表现得更出色。

（三）对员工的义务

作为一名督导，也要履行对所管理的员工的义务。督导要负责为员工提供一个能有效提高他们的生产效率的工作环境。这也是出于督导工作的需要，因为督导的成败直接取决于他们，督导是不可能自己承担所有工作的。

员工最看重的是督导对待他们的方式与态度。他们希望督导把自己看作独立的个体，希望督导倾听他们的意见，希望督导明确对他们的要求并说明原因。要想使他们努力工作，就需要创造一种使他们感到自己被接纳、被认同，能够坦言相对，具有公平性、归属感的开诚布公的工作氛围。对当今的多数员工而言，以前那种强硬高压的管理方法已经不起作用了。创造一种能使他们心甘情愿为饭店付出的工作氛围不仅是督导对他们的义务，也是督导应该具备的基本素养与技能。

饭店业中有这样一种说法："只要经理管理好员工，员工就会照管好客人，而利润就不用你操心了。"作为一名督导，首先要关心的就是员工。要想让员工全心全意为客人服务，督导首先要全心全意为员工服务，因为督导对待员工的方式会反映在员工对待客人的方式中。

第二节　督导的素质和技能

督导的工作富有挑战性、多元性及发展性。对于督导来说，专业知识只是其能力构成的一个方面，甚至说是一个较小的方面，更重要的是要有较高的管理技能，这不仅是因为督导的主要作用是管理，是让别人很好地工作，而且还在于，管理是一门技术、技能，必须规范化、标准化。要胜任督导工作，必须具备扎实的专业知识、较强的人际沟通技能，以及熟练的管理技巧，这不是任何人一蹴可就的，都要经过努力学习和实践的过程。

一、督导的素质

1. 善于自我管理

除了管理别人，督导还必须能够管理自己。这种技能的培养可以通过增强自我约束意识及加强实践来实现。自我管理要求，不论面对的是什么，必须做到最好——把最好的一步迈出去，展现最优秀的一面，永远不乱阵脚。它要求督导树立一个好榜样，它要求督导自我约束。如果连自己都把握不好，就无法有效地指挥他人。它还要求督导有自控能力。并且，即使对自己上级的决策或行为持有不同意见，也要表示支持。

2. 积极的思维模式

思维有两种不同模式：积极型思维和消极型思维。积极型思维模式者总是着眼于如何建设性地处理当前的问题，而消极型思维模式者总是把目光集中到问题的难点上，总想退缩。督导必须努力学习做一名积极型思维模式者，如果自己犯了错误，不要自怨自艾，要从错误中吸取经验教训。而内疚和焦虑只会消耗你自己，要学会积极的思维模式，接受自己、相信自己则能增加自身的能量。

3. 乐观、积极的情绪

作为督导，自己的情绪也会影响员工。这种情绪甚至可以蔓延整个团队。员工对督导的观察比自己想的要仔细。他们能看出来督导心情很好或者是否刚和上级管理者进行过一次令人沮丧的谈话。要知道，员工需要的是一位能在工作中始终保持乐观、积极的情绪和态度的上司。

4. 良好的自我形象

督导必须树立一个强有力的、良好的自我形象。督导不仅负有对他人的义务，同时也负有对自己的义务。做了正确的事情时，应对自己有所赞许；犯了错误时，要面对错误，并改正错误，以利于以后的工作。督导需要清楚地了解自己，包括自己的强项和弱点，树立起自己在工作中的个人目标和价值观。

5. 持久的效益意识

饭店是一个经济组织，饭店的经营活动就是要取得良好的经营效益。效益观念的本质就是以较少的投入（资金、人、财、物）带来较多的产出（产量、销售收入和利润）。作为一名基层管理者，督导具备经济效益理念，应该具有少花钱、多办事、办好事的这样一种思想意识，处理好投入、转化和产出的综合平衡，从而达到事半功倍的效果。

6. 给员工合适的机会

除了相信自己有能力实现目标，督导也要相信，只要给员工以合适的机会，他们就会有出色的表现。督导还应认识到自己要负责员工的发展，这一点可以通过个别指导或提建议等方式做到。

7. 较强的灵活性与创造性

督导必须对饭店行业中的变化做出反应，昨天的方法不能解决明天的问题。一名缺乏灵活性的督导是不可能在饭店业干下去的。因为他不能对不断变化的形势与问题做出有效的反应，不能在特定的情况下运用相应的理论，不能在没有答案的情况下创造性地思考。

二、督导的技能

任何层次的管理都是一门艺术，而不是一门能对问题给出确切答案的科学。这是一门可以学会的艺术，无须天生具备某些特殊的才能或个性。事实上，对许多杰出的高层管理者的研究表明，无法找出一套成功的领导们都具备的相同特征。专家们得出结论，成功的领导者都有自己独特的领导风格。

不过，对各层次的管理来说，仍有某些管理技能是成功管理的基本条件：技术技能、人际关系技能和概念技能。对饭店督导这个基层管理者来说，技术技能与人际关系技能尤为重要，因为他们主要与产品及服务的提供者打交道。概念技能也必不可少，但没有前两者那么重要。而对大型饭店企业的高层管理者而言，至关重要的则是概念技能，其他两项则用得较少（见图 1-3）。这些技能都是可以通过学习、练习、实践，以及对自身和他人的观察和了解来掌握。

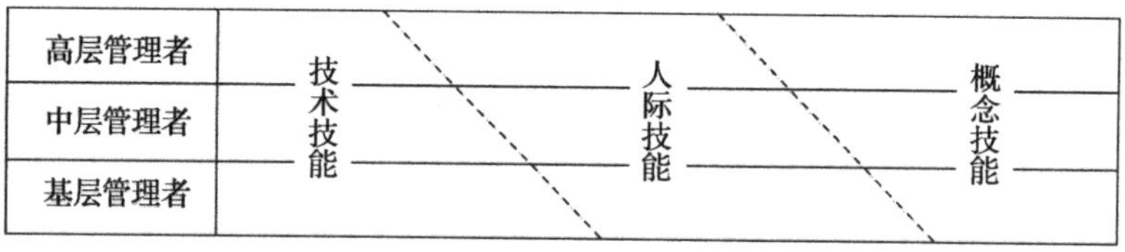

图 1-3　不同层次管理者的技能要求

（一）技术技能

技术技能（Technical Skill）也就是实际操作技能，是指能够理解和有效监督具体任务执行所必需的实践和技术能力。督导应拥有足够的技术性技能以保证工作有效运转，而其他管理者应拥有充分的技术技能以保证组织的竞争能力。相对于高层管理者，技术技能对于督导更为重要，毕竟督导更接近于一线具体工作，他们必须经常说明乃至演示，让下属明白该如何完成工作，他们同时要能判断什么时间做更为合适。督导大约 1/3 的时间用于有关技术性技能的活动，比如，电脑操作和信息管理技术等。

作为一名饭店督导，他所需要的实际操作技能就是下属员工完成工作所需的技能。督导也许没有员工们熟练，也许不会做蛋奶酥，也许不会操作饭店里的电话系统，但是，督导应该了解这些工作的内容并大体知道如何完成该项工作。这些知识对于挑选和培训员工，计划和安排本部门的工作及紧急情况下的应对都是必需的。尤为重要的是，督导拥有实际操作技能可以提高在员工中的可信度。因为当他们知道督导也能胜任他们的工作时，他们更容易接受你、尊敬你。

如果督导做过普通员工，就可能已经掌握了实际操作技能。也有许多督导是在管理员工的过程中学会这些技能的。在一些大型饭店中，督导必须和员工接受同样的技能培训。

（二）人际关系技能

督导的人际关系技能（Human Relations Skill）是指其与人相处并有效合作的能力，要做好这一点，最重要的是督导对下属员工的态度。这些技能包括员工激励、领导、训练、授权和帮助员工、与员工交流以及与其他人打交道的技能。这些技能不仅对与个人相处很重要，对与群体共处乃至处理群体间关系都很重要。人际关系技能对于所有层次的管理者都是重要的，而对于督导则尤为重要，因为督导的大部分工作时间是在使用人际关系技能。

督导如何实现成功地与人打交道，可以从以下几个方面提高修养。

1. 诚恳的态度

人际关系技能最重要的组成部分是对员工的态度。作为督导必须要先从理性和感性上认识到员工都是活生生的人。如果认为他们只是生产机器中的部件，或者因为自己是主管而看不起他们，员工就不会认真工作，或者干脆离职，他们不会让督导成功。

2. 敏锐的感觉

敏锐的感觉是指感觉他人的需要、感情、价值观和个性特点的能力。它能使督导找到最能发掘每个人潜力的方法。作为一名督导，应该了解到：员工 A 的英语还不是太好；只要你的话稍微重了一点儿，员工 B 就会哭上半天；而员工 C 则需要你大发雷霆才会有所改进；如果员工 D 上班的时候阴沉着脸，一句话不说，那他肯定是遇上了不顺心的事，你最好想办法开导他，否则他的火就会发泄到客人头上。总之，督导要善于从员工言谈举止的细微差别中，捕捉问题出现的前兆。

3. 自我概念

作为督导，要知道自己在员工眼中的形象，应该了解别人怎么看待自己的言行举止。例如，自己也许出于对质量问题的关注而总是指出员工做得不好的地方。他们也许把自己的话都看作批评，从而认为自己是一个总爱给人挑错的人。如果自己意识到自己的习惯和他们的反应，就可以改变自己纠正他们的方式，在指出错误的同时，也要表扬他们做得好的地方。

作为督导，还需要了解自己的感受、需求、价值观和个性特点，及这些因素对自己与员工打交道的方式的影响。如果督导和所属的员工认识问题的方式不同，沟通起来就会有困难。当处于同一工作任务中，而督导和员工各自有不同的需求和价值观时，就可能出现工作目标的不一致。以一件小事为例。因为督导不吸烟，所以在午餐时间与员工 A 交谈时，督导把饼干纸和糖纸都塞到烟灰缸里。员工 A 则是一个有机会就抽烟的人，但他也不好说什么，因为督导是他的主管。可他很着急，满脑子想的都是一会儿把烟灰和烟头放哪儿，因此他无法专心听督导说话。如果督导能察觉他的心情，就可以把自己的废纸扔到别的地方或者重新给他找个烟灰缸。

作为督导，必须努力把员工看作独特的个体，加强对自己和别人的认识，找出引起问题的个人品质与言行，并找到解决这些问题的方法。这也是灵活管理方式的一种体现——对员工、对自己及形势做出反应。人际关系技能的最终目的是要创造一种能使员工感到安全、自在，能对督导开诚布公，愿意与督导一起努力奋斗的工作氛围。

（三）概念技能

概念技能（Conceptual Skill）也就是宏观管理技能，是指以逻辑来获取、分析和预测信息的能力。管理者需要了解所处的环境和环境对于组织的影响，换句话说，管理者应该“看到森林”。高层管理者尤其需要很强的概念技能，因为变化对于他们比对于其他层次的管理者而言更重要。他们大约有 1/3 的时间是在使用概念技能。

概念技能的实质是指把握全局、认清部分与整体的关系的宏观管理能力。这种能力在督导工作中不可缺少。Andy 在一家五星级豪华饭店工作了三年，最近被提升为部门主管，管理一个 10 多人的团队。起初，每当看到小组的工作进度落后了，她就会挽起袖子亲自上阵。可是她做得越多，手下的人就干得越少，也越来越缺乏积极主动性。他们会把工间休息的时间故意拖得很长，对显而易见的问题也要等待指示。员工在获得提升后的第一反应就是承担更多的具体工作，这是新任督导经常犯的一个错误。随着督导担负的职责的复杂化，对宏观管理技能的需要会逐渐增加。作为督导，就要宏观地看待整个局势，指挥好员工，把他们安排到最需要的岗位上去。只有当督导能宏观地看待形势，操控全局，才算真正找到了自己的角色和定位。

总之，有效的督导管理需要所有的技能——概念、人际关系和技术技能。不过，根据管理层次和外部环境的差异可以进行适当的搭配。

第三节　如何成为优秀督导

一、饭店督导管理现状

督导一般通过三种方法来产生，即行政任命、饭店招聘、员工推荐。无论哪种方法产生的督导，各方都希望他既是一个业务能手，又是一位劳动模范；既有组织协调能力，又有现场管理经验；既能以身作则，又能公正公平。在实际工作中，督导的管理风格主要有以下五大类型。

1. 生产技术型

生产技术型的督导基本上都是业务能手，但缺乏人际关系的协调能力，工作方法较为简单，经常用对待机器的方法来对待人，用对待物的方式来对待很多社会现象和人际关系，因此，这类督导有需要加强人际关系技能方面的培训。

2. 盲目执行型

盲目执行型的督导对业绩关心多，对人关心少，作风专制，他们眼中没有鲜活的个人，只有需要完成生产任务的员工，他们唯一关注的只有业绩指标。这一类的督导往往缺乏创新和管理能力，常常表现为态度和作风生硬，给人一种官僚主义的感觉。

3. 敷衍了事型

在饭店中，有些督导本身不是很乐意担任这一职务，上任后往往采取无为而治的做法，在工作中往往表现为得过且过，对工作没有责任心。这一类督导实际上已放弃自己的职责，完全是徒有虚名，因此在团队成员中也没有任何威信。

4. 哥们儿义气型

哥们儿义气型的督导对业绩关心少，对人关心多，他们努力营造一种人人得以放松，感受友谊与快乐的环境。对待团队成员常常是称兄道弟，像哥们儿一样，在工作中自然也容易义气、感情用事，缺乏原则性。实际上，这一类督导早已把自己混同于非正式小团体中的小头目，对协同努力以实现饭店的生产目标并不热心，没有发挥应有的督导作用。

5. 劳动模范型

劳动模范型的督导在工作中一般踏踏实实、勤勤恳恳，但却不适合担任领导工作。因此，对这一类的督导如果不进行管理技能方面的培训是很难胜任管理工作的。

二、如何使自己成为优秀督导

要想成为一名优秀的督导，需要在以下几个方面加强训练。

（一）确立清晰的目标

成功，就是对目标的实现，有了目标，才有成功。成功的督导，首先为自己建立明确的人生目标，无论是事业目标，还是生活目标，或是信念目标。

只有当一位督导将个人的人生目标与饭店的目标相结合时，人生目标才能得到完美实现。一位成功的管理者，是在实现饭店目标的过程中，实现着自己的人生目标。孙悟空的故事，可以说是一个由个人奋斗失败后转向团队成功，最终实现个人价值的经典案例。

在花果山占山为王的孙悟空精力充沛，意志坚决，行动果敢，酷好变化，干劲十足，愈挫愈勇，俨然是一个天生的创业者。大闹天宫，那么强烈地试图改变这个世界，其结果却是惨遭失败，被压在五行山下不能翻身。

而在去西天取经的路上，他也表现出了一个团队成员的优秀特质，目标明确，行动迅速，无惧困难，总是能够找到有效的解决方法。经过一段漫长的取经之路，他不得不屈服于“紧箍咒”的魔力，在不知不觉中改变了自己，结果却赢得了个人与团队的共同成功。

（二）用正确的方法做正确的事

做事——往往方向比方法更重要，然而把握正确的方向（即做正确的事）比运用正确的方法（正确地做事）更难！

做正确的事，首先难在主动地做事上。做有助于饭店目标或部门目标达成的事，这完全是一种主动的行为，只要你认为正确，你就去做，你认为不正确，就不做。显然，如果被动地做事，奉命做事，即使错了，也有别人承担责任，而主动地做事，就要你自己承担责任。显然，做正确的事是要冒相当大的风险的。

做正确的事，还难在与上司的关系上。有些事情，上司认为应当这么做，你认为应当那么做，听谁的？正确地做事的规则是听上司的，上司说的就是正确的（上司说的就是正确的，并不是说结果是正确的，而是说，你按照他说的去做，你是没有错误的）。做正确的事的规则就是谁有道理就听谁的。这就意味着你从心态上将上司和你放在了一个平等的位置了，并随时准备抵制上司的“瞎指挥”。显然，这是需要勇气的。

做正确的事，还难在个人的能力上。比起正确地做事来，做正确的事要有更高的能力和见识。一位销售经理，按照正确地做事的标准来衡量，他只要按照上司的意图提出销售目标和计划，经上司批准后执行就可以了。在计划实施的过程中，如有困难和麻烦，去请示上司，等待批示和命令就可以了。而按照做正确的事的标准来衡量，上司只要制订出销售目标就可以了，其他的事情都等着销售经理去完成。如有困难和麻烦，必须自己想办法，就是说，必须具有不依赖他人，独立地实现目标的能力。

（三）树立全局观念

督导要站在饭店的角度来管理本团队的工作，如果不能从宏观上来看待整个局势，而是只为团队考虑，就是不合格的督导。

1. 整体意识

饭店提供给客人的，包括有形的实物和无形的服务，需要饭店各个部门精诚合作，少了任何一个部门都将不称其为饭店。所以，局部的利益是建立在整体的利益之上的，当局部利益与整体利益发生矛盾时，就顾全大局。在处理客人关系时，督导还担当着代表饭店的角色，这个角色当得好与否关系重大，可直接影响饭店乃至国家的形象，因此督导需要时时以从整体出发作为思考和行为的准则。

2. 合作制胜

当我们谈到合作制胜时，几乎没有人不赞同。但是，一旦工作起来，许多人就几乎忘记了这条准则。只想着自己的“一亩三分地”如何耕耘，哪里顾得上别人的收获。

饭店的服务质量是全体员工共同努力的结果，是带有综合性的。督导必须善于处理好各种关系，发扬团结协作的精神，发挥团队力量，把服务管理等各项工作搞好。不善于发挥团队智慧的督导，实际上是以个人能力为半径划了一个圆，整个团体的贡献不会超出这个圆。这样的团队怎么会有更大的成就呢？怎么更有力量呢？作为一名督导，应当想到的是，如果他们都达到了比较高的水平，都能发挥出来的话，一定会出现一个“1+1 ＞ 2”的局面，以此产生最大的合力，确保完成饭店管理的目标任务。

督导要与相关的管理者相互配合、优势互补，在管理层中求同存异、协调合作、实现“双赢”。如果一个合作仅仅是我们的工作完成了，别人的工作耽误了，我得到了，别人失去了，这种合作是不会长久的。首先考虑到让别人赢，然后自己才能赢，才能在合作中长久地得到自己想得到的东西。

3. 内外有别

督导在处理内外关系上要做到内外有别。一个饭店在发展过程中，尤其是在发展期和成长期，就要利用一切可以宣传的机会向公众介绍饭店。在内部关系上，督导又要树立平易、亲和的形象，鼓励员工多提合理化建议。

（四）保持积极的心态

“只剩下 5 发子弹了”，悲观的人会这样说。

"还有 5 发子弹呢"，积极的人会这样说。

积极的心态，就是相信"办法总比困难多""我一定能赢"。积极的人是不会只带着问题来的，他一定会同时带来了答案，即使这个答案很糟糕。

积极的心态，使人不断进取，永不满足。其实，永不满足，首先不是一种主观的愿望，而是一种市场状态，我们的客人、我们面对的市场，永不满足，不断产生新的需求，需要新的、更好的产品和服务来满足，那么我们凭什么来满足一时一事的成功呢？因此，持有积极心态的督导，善于看到别人的进步、市场的进步、社会的进步，而不只是看到自己的进步。于是充满了危机感，充满了不断进取的压力。

（五）沟通无极限

一个成功的人，是一个善于沟通的人！

沟通是开放的，只有当督导开诚布公地、不计前嫌地、不带偏见地使自己的心灵与别人沟通，才能赢得真诚、赢得信任，才能化解误解、偏见、矛盾、隔膜和冷漠。

一个善于沟通的督导，会持之以恒，用坦诚的沟通去逐步赢得每一个人，会逐步将开放的沟通方式变成一种团队的工作语言，一种游戏规则。

（六）以主人自居

一个成功的督导，是以主人自居的。成功的督导，知道自己的身份是"雇员"。但是，更多地，他把企业领导看成是客人，自己是供应商，自己向企业领导出售管理，企业领导可以得到一件东西，那就是利润、市场占有率、新产品等，而自己却可以得到两件东西，那就是报酬和成功。而这两件东西对于督导来说，比企业领导更加需要。

于是，成功的督导的出发点不是"你给我什么"，而是"你需要我做什么"。当督导只想"你给我什么"时，你的客人——企业领导怎会很信任地将自己用心血挣来的庞大资产放心地交给你？

成功的督导，不会将自己的工作局限在"职责"上，而是定位在"成功"上。围绕工作目标的达成，我需要做哪些事情，就全力以赴做哪些事情，这就是"主人"心态，成功者的心态。这样，才是一种积极的心态，才会主动地做事，才会努力去正确地做事，自己的聪明才智才会全面地展现出来。

正是这样：你以主人自居，有朝一日才会成为主人。

（七）追求卓越

追求卓越，首先就是不小看自己。你想成为第一，才可能成为第一。如果你只想成为第二，也许你只能是第三、第四或者是最后。

追求卓越是残酷的。督导需要付出比员工更多的努力，才能取得比员工多一点点的进步。这并不是督导笨，而是追求卓越的代价。如果督导不愿意付出这些，就只能平庸。

追求卓越，就是做最好的。成功既不是原因，也不是结果。追求是成功的原因，卓越是成功的结果。

追求卓越的人，不是纵向地比较，就是说，不是去与自己过去的成就相比，而是横向比较，与同行去比，与国际上去比，与客人的期望去比。所以，追求卓越的人不会沉溺于“我们已经取得了……”，而是“我们还有……差距”。

第四节　督导的职责

要想让员工全心全意地为客人服务，督导先要全心全意地为员工服务。因为督导对待员工的方式会反映在员工对待客人的方式中。如果督导能以督导希望员工对待客人的方式对待员工，员工往往就能提供优质的服务。这样就会使客人满意，从而增加回头客的比率，也就带来更大的效益，从而又使上级管理者满意。

一、督导管理的基本原则

1.“个人影响力”原则

当今的员工已与十几年前的员工大不一样。他们不再为了工资而自动效忠于管理人员。相反，他们只是赋予了督导领导他们的权力。

在一家大型饭店，一名培训咨询师为几位新的督导召开研讨会，几次之后，其中的一名与会者告诉咨询师她喜欢这门课，更重要的是她欣赏“和员工一起工作”以及“通过员工工作”的说法。她评论说，她所知道的大多数督导会让员工去为他们工作，从而在预算内按时完成任务。出色的督导意味着通过他人取得好的结果。我们称之为对他人的影响力，这种能力能够影响他人的技能的原因有两个方面。

个人影响力：让员工自愿地去做某事。

职位影响力：让员工不得不做某事。

出色的督导对员工具有正面积极的影响力，他们通过非凡的个人影响力做到这一点。

2.“执行、执行、再执行”原则

应当说，督导是比较标准的职业经理人一族。职业经理人的最大特点，或者说是最大价值，或者说是职业素养就在于——执行。饭店的总体战略和每一年度的经营目标、工作计划是否能够达成，直接取决于督导们的执行能力。

而执行能力则是通过将管理技能转化成一种规范的、准确的、熟练的行为习惯和本能而体现出来的。就是说，督导要有良好的自我管理能力：管理自己的时间、井井有条地工作，以及有良好的计划能力、组织能力、控制能力等。

3.“一手抓业务，一手抓管理”原则

业务重要还是管理重要？督导不能像上司那样，只关注“用人”（带队伍）就行了，也不能像基层的员工，只要做好业务就行了。出类拔萃的督导可能会做到管理良好，自己的业务也很出色。但是，大多数的督导要么业务水平很高，却不是一个好的管理者；要么管理的水平很高，可业务能力平平。而业务能力平平的督导，一般来说，既得不到下属的尊重，又得不到上司的赏识。

二、督导的职责

一个基层的员工，只要上下班准时、工作上不出差错、完成所分配的工作，已可以说其是优秀的员工。但作为督导，即管理者，应以管理范围内的工作为目标。其工作表现之衡量，都在于其下属的工作表现，及其是否能够有效地掌控员工的工作水准。督导人员还应向更佳效果进发，如此该部门或团队方能有所发展及保持市场竞争能力。

为了尽到自己的职责，督导应该担负哪些责任呢？比如说一家饭店为客人提供服务，作为一名督导，就需要培训员工、与他人交流、处理同绩效有关的问题、建立团队合作、进行创造性的思维。对多个饭店的研究表明，珍视员工价值（通过提供培训、奖励等）的饭店通常拥有较高的满意率和利润率。

督导的职责如图 1-4 所示。

以下 20 条是被访督导界定他们职责时最普遍的答案。

①公正地处理问题。

②执行饭店政策。

③分配任务。

④培训员工。

⑤积极处理变革。

⑥表彰员工。

⑦维持一个安全的工作区域。

⑧决策。

⑨有效地沟通。

⑩有效地解决问题。

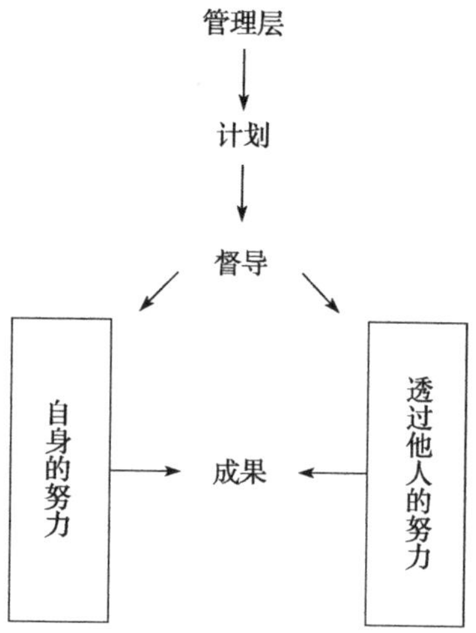

图 1-4 督导的职责

⑪ 创意性的思考。

⑫ 及时完成报告。

⑬ 收集员工的建议。

⑭ 在员工中建立团队精神。

⑮ 对后果负责。

⑯ 指导和激励员工。

⑰ 提高工作质量。

⑱ 确立标准和目标。

⑲ 评价绩效。

⑳ 提供适当的设备和工具。

三、督导的技巧

由于督导个人的时间、精力与能力有限，监督的工作不可能覆盖全部时段、全部工作环节和全部下属员工。这就要求饭店督导必须把有限的精力投入到工作的重点时段、重点工作环节和对重点工作员工的督导中，以点带面，切实发挥督导的管理职能。

1. 督导的时间安排技巧

按照饭店各个部门的业务运营时段，督导工作也可分为准备阶段、接待服务时段、工作结束时段。如餐厅督导安排午市销售督导时间，就应当在餐前 30 分钟至餐厅收市时段，对所负责的工作情况进行督导，及时解决此时段发生的具体问题。

2. 督导的工作程序和环节安排技巧

按照饭店各个部门的业务运营工作程序，督导工作可分为准备程序、接待服务程序和工作结束程序。如餐厅督导安排午市销售督导，就应当对所属员工的餐前准备程序、餐间接待服务程序、收市工作持续进行督导，及时解决相关工作环节发生的具体问题。

3. 督导的员工安排技巧

饭店的工作岗位可分为核心岗位、辅助岗位和机动岗位。如餐厅督导安排午市销售督导时间，就应当对餐厅员工、备餐员、传菜员、迎宾员等的工作情况进行督导，及时处理各岗位员工发生的具体问题，这样才能保证督导质量。

思考与练习

一、名词解释

1. 技术技能。

2. 概念技能。
3. 管理职能。

二、简答题

1. 简述督导的义务。
2. 简述督导的素质。
3. 如何使自己成为优秀督导？
4. 简述督导管理的基本原则。

实训项目

【实训名称】督导角色扮演
【实训内容】

督导角色	是否涉及（请打√）	排序	特定例子（请举例）
挂名首脑			
领导者			
联络者			
信息接收者			
信息传播者			
发言人			
企业家			
混乱驾驶者			
资源分配者			
谈判者			

【实训步骤】
1. 小组讨论大约 40 分钟（个人应事先预习，并做好书面记录）。
2. 小组讨论的统一意见以书面形式上交，同时进行小组陈述和答辩。
【实训点评】
教师根据各组的书面报告及表现给予评价打分。纳入学生实训课考核之中。

第二章

督导的领导艺术

学习目标

1. 认识领导；
2. 了解领导风格；
3. 理解领导方式和领导者影响力；
4. 学习和掌握领导艺术。

案例引导

盖洛普和米德的领导风格

M公司的首席执行官盖洛普说："员工也是我们的客人，所以我们必须超越他们的期望。"盖洛普用一种公开的、友善的和平易近人的风格来领导员工。即使与多达800名员工相处时，她同样知道他们中大多数人的名字并每天和他们保持联系。谁要是想讨论问题只要进入办公室找她就行了。M公司为员工提供了全面的福利保障，这其中甚至包括兼职人员。公司还为怀孕女员工提供26周的假期，该员工参加会议时公司付费请人为其照顾孩子。任何员工都可以以任何理由离职一个月。盖洛普也实行一些超出员工想象的振奋人心的行动，如感恩节的免费火鸡、跳跃式滑雪、徒步远足等项目。她甚至资助一位员工免费去巴哈马州旅游，这使她为许多人所知。盖洛普相信满足员工的需求是运转一个成功企业的重要组成部分。在M公司中，她的这种风格很有效。

与盖洛普在M公司的领导风格相比，曾在西点军校做过教授，现为P公司首席执行官的米德则是另一种风格。此人继承了巴顿将军"精密计划、粗暴执行"的座右铭。米德的强硬管理风格包括为部门经理在每件事上都设置似乎不可能达到的目标，这些事情包括资本回报率和工作安全等。他要求公司中五个部门的经理每月在公开的论坛上公布自己部门的业绩情况，看看它们是否达到了预期的目标。在他们将这些汇报删除之前，米德在他办公室门上悬挂了一个执行绞刑的绳套。米德过去总是说："每个走过我办公室的经理都要考虑一下他是否完成了当月目标，否则他就要小心自己的脖子，看看绳套合不合适。"米德的这种风格使部门经理们感到巨大的压力，但是他坚持说自己的做法是有效的——那些部门经理大多数都能实现那些看上去不可能实现的目标。

盖洛普的领导风格对人与生产同时予以高度关注。与此相反，米德则非常关心生产，对人几乎不关心。两种风格都很成功，因为二者各自所处的环境不同。

第一节　认识领导

在每一个饭店、每一个饭店的部门、每一个饭店的部门的班组都需要一个强有力的领导，每一个饭店、每一个饭店的部门、每一个饭店的部门的班组都需要在强有力的领导者的带领下去实现自己的愿景和目标。

一、领导的概念

领导（Leadership）是指为实现组织的目标而运用权力向其下属施加影响力的一种行为或行为过程。在这个过程中，承担指引任务或发挥影响作用的个人称为领导（Leader）。

（一）领导的要素

领导一般包括以下三个要素。

（1）领导必须有领导者和被领导者（下属或者追随者）；

（2）领导者必须拥有影响被领导者的能力和力量，包括由组织赋予领导者的职位和权力，也包括其个人所具有的影响力；

（3）领导行为具有明确的目的，并可以通过影响下属来实现组织目标。

（二）领导权力的来源

权力的依赖关系、性质和程度的差异是由相互关系中所流动的资源的稀缺程度、重要程度和替代性程度的依赖关系所决定的。当管理者拥有着重要的资源、稀缺的资源、不可替代性的资源时，其权力就较大；反之，其权力就较小。目前对于权力的来源的解释主要是根据约翰·弗伦奇（John French）和伯特伦·雷文（Bertram Raven）提出的权力有五种来源或基础：强制权力、奖赏权力、法定权力、专家权力和感召权力（见右图）。

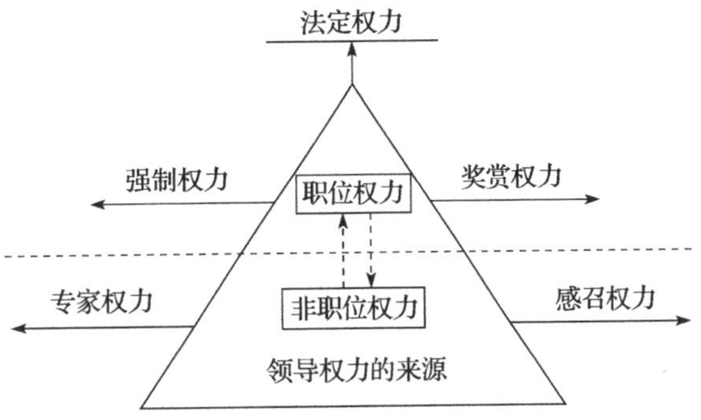

图 领导权力的来源

1. 强制权力

强制力权（Coercive Power）也称为惩罚权力。它是指通过精神、感情或物质上的威胁，强迫下属服从的一种权力。惩罚权力一般由具有某种优势地位，使其可向其他人施加种种致使人感到痛苦的惩罚性措施，诸如扣发工资或资金、批评、降职乃至开除等，从而迫使别人按其意志行事的权力。员工违规操作，或者没有服从饭店纪律，造成了不良后果，那么就要接受惩罚，严重的可以将其停职，甚至开除，轻的可以在团队会议上批评，或单独对其进行批评，目的是让其按照既定目标、规章制度来完成任务。但是，在强制权力行使过程中，也要注意保护员工的创新意识，分清员工行为的出发点，不能一概而论。惩罚权源于被影响者的恐惧，所以经常被称为负激励。

2. 奖赏权力

奖赏权力（Reward Power）是基于被影响者执行命令或达到工作要求而给其进行奖励的一种权力。奖赏权力一般由具有某种优势，使其能够向被管理人提供诸如奖金、提薪、表扬、升职以及其他任何令人愉悦的东西，从而诱导别人按其意志行事的权力。如果下属能按规章制度进行操作，而且取得了成绩，督导有权对其进行物质或精神方面的奖励，目的是激励取得成绩的员工争取做得更好，另一个更重要的作用是充分发挥他们的模范带头作用，以便更有效地带动团队的全体成员都能积极主动地工作，把本职工作做得更好。奖赏权源于被影响者期望奖励的心理，所以又被称为正激励。

3. 法定权力

法定权力（Legitimate Power）是指组织内各管理职位所固有的法定的、正式的权力。个人由于处于一定的职位或角色，因而拥有了他人必须接受的能力。法定权力是组织结构或组织成员间的一种正式的协定，源于个体所处的位置，而非个体的自身特征。在团队日常管理中信息处理权就属于法定权，上级的文件可以根据情况向下传达或暂缓传达，甚至不传达；下属反映的情况如果督导能处理，就不必上报。涉及团队的开支，督导签字后才能报销，这种签字确认的审批权也属于法定权。

以上三种权力都与组织中的职位联系在一起，是从职位中派生出的权力，因此统称为职位权力，又称为正式权力。任何一名管理者都有一定的权力，这些权力随着管理者的职位高低而变化。

4. 专家权力

专家权力（Expert Power）是指由个人的特殊技能或某些专业知识而产生的权力。由于世界的发展日益取决于技术的发展，专门的知识技能也由此成为权力的主要来源之一。今天的饭店发展越来越依赖技术因素，随着工作的细分，专业化越来越强，饭店的目标越来越依靠不同部门和岗位的专家。医生在他的行业和领域中有权威性，是因为他有很强的专家权力，所以大家都愿意遵从医嘱。还有网络工程师、税务师、会计师、培训师等，都因为在某一领域中的特殊影响力，而获得了专家权力。

5. 感召权力

感召权力（Referent Power）是由于领导者拥有吸引别人的个性、品德、魅力、经历、背景等而引起人们的认同、赞赏、钦佩、羡慕而自愿地追随和服从，也被称为个人的影响力。

后两种权力都与组织的职位无关，因此，也称为非职位权力，又称为非正式权力。这种权力是由于领导者自身的某些特殊条件才具有的。

有效的领导者不仅要依靠正式的职位权力，还必须具有个人的影响力。

二、领导原则

（一）愿景比管控更重要

美国管理学家吉姆·柯林斯（Jim Collins）和杰里·I·波拉斯（Jerry I.Porras）合著的 *Built to Last*（中文名为《基业长青》），为建立在 21 世纪的组织提供了一个宏伟监图。书中指出，那些真正能够留名千古的宏伟基业都有一个共同点：有令人振奋、并可以帮助员工做重要决定的“愿景”。

愿景就是公司对自身长远发展和终极目标的规划和描述。缺乏理想与愿景指引的饭店或团队会在风险和挑战面前畏缩不前，他们对自己所从事的事业不可能拥有坚定的、持久的信心，也不可能在复杂的情况下，从大局、从长远出发，果断决策，从容应对。

一些人错误地认为，饭店管理者的工作就是将 100% 的精力放在对饭店组织结构、运营和人员的管理和控制上。这种依赖于自上而下的指挥、组织和监管的模式虽然可以在某些时候起到一定效果，但它会极大地限制员工和饭店的创造力，并容易使饭店丧失前进的目标，使员工对饭店未来的认同感大大降低。相比之下，为饭店制定一个明确的、振奋人心的、可实现的愿景，对于一家饭店的长远发展来说，其重要性更为显著。处于成长和发展阶段的小饭店可能会将更多精力放在求生存、抓运营等方面，但即便如此，管理者也不能轻视愿景对于凝聚人心和指引方向的重要性；对于已经发展、壮大的成功饭店而言，是否拥有一个美好的愿景，就成为该饭店能否从优秀迈向卓越的重中之重。

（二）信念比指标更重要

每一个饭店的领导者都应当把坚持正确的信念，恪守以诚信为本的价值观放在所有工作的第一位，不能只片面地追求某些数字上的指标或成绩，或一切决策都从短期利益出发，而放弃了最基本的饭店行为准则。相比之下，正确的信念可以带给饭店可持续发展的机会；反之，如果把全部精力放在追求短期指标上，虽然有机会获得一时的成绩，却可能导致饭店发展方向的偏差，使饭店很快丧失继续发展的动力。

成功的企业总是能坚持自己的核心价值观。例如，谷歌（Google）公司的核心价值观之一是“永不满足，力求最佳”。谷歌创始人之一拉里·佩奇（Larry Page）指出：“完美的搜索引擎需要做到确解用户之意，切返用户之需”。对于搜索技术，谷歌不断通过研究、开发和革新来实现长远的发展，并致力于成为这一技术领域的开拓者。尽管已是全球公认、业界领先的搜索技术公司，谷歌仍然矢志不移地坚持“永不满足”的信念，不断实现对自己的超越，奉献给用户越来越好的搜索产品。

（三）团队比个人更重要

在任何一家成功的饭店中，团队利益总要高过个人。饭店中的任何一级管理者都应当将饭店的利益放在第一位，部门利益其次，个人利益放在最后。

这样的道理说起来非常明白，但放到实际工作中，就不那么好把握了。例如，许多部门管理者总是习惯性地把自己和自己的团队作为优先考虑的对象，而在不知不觉中忽视了饭店的整体战略方向和整体利益。这种做法是非常错误的，因为如果饭店无法在整体战略方向上取得成功，饭店内部的任何一个部门，任何一个团队就无法获得真正的成功，而团队无法成功的话，团队中的任何个人也不可能取得哪怕是一丁点儿的成功。

好的管理者善于根据饭店目标的优先级顺序决定自己和自己部门的工作目标以及目标的优先级。例如，出于部门利益的考虑，也许某个产品的研发无法在短期内获得足够的市场收益，部门管理者似乎应该果断放弃对该产品研发的投入，否则，部门在该年度的绩效数据（如果仅以市场收益衡量的话）就有可能不是那么出色。但是，如果从饭店整体的角度出发，假设该产品是帮助饭店在未来 2 ～ 3 年内赢得潜在市场的关键因素，或者该产品的推广对于提高饭店的企业形象有重要的帮助，那么，对于该产品的投入是符合饭店整体利益的，部门对于该产品研发目标及其优先级的设定就应该符合饭店的整体安排。

团队利益高于个人利益。作为管理者，还应该勇于做出一些有利于饭店整体利益的抉择，就算对自己的部门甚至对自己来说是一种损失。也就是说，当饭店利益和部门利益或个人利益发生矛盾的时候，督导要有勇气做出有利于饭店利益的决定，而不能患得患失。如果督导的决定是正确、负责任的，就一定会得到饭店员工和领导者的赞许。

此外，管理者应该主动扮演“团队合作协调者”的角色，不能只顾突出自己或某个人的才干，而忽视了团队合作。饭店里的一个团队合作好比篮球场上的一支篮球队，打篮球时，后卫不能脱离整个团队独来独往，不同位置的队员需要按照战术安排紧密配合，互相支持，这样才能赢得比赛。工作中，市场人员需要帮助产品部门寻找产品的合适定位，要为销售部门提供潜在的客人信息，而管理者会承担起教练的角色，为整个团队制定合适的战术。

（四）授权比命令更重要

一个人去买鹦鹉，看到一只鹦鹉前标道：此鹦鹉会两门语言，售价 200 元。另一只鹦鹉前则标道：此鹦鹉会四门语言，售价 400 元。该买哪只呢？两只都毛色光鲜，非常灵活可爱。这人一时拿不定主意。结果突然发现一只老掉了牙的鹦鹉，毛色暗淡散乱，标价 800 元。这人赶紧将老板叫来问道：“这只鹦鹉是不是会说八门语言？”店主说：“不。”这人奇怪了：“那为什么又老又丑，又没有能力，会值这个数呢？”店主回答：“因为另外两只鹦鹉叫这只鹦鹉老板。”这故事告诉我们，真正的老板懂授权。真正的领导人，不一定自己能力有多强，只要懂信任，懂放权，懂珍惜，就能团结比自己更强的力量，从而提升自己的身价。相反许多能力非常强的人却因为过于完美主义，事必躬亲，什么人都不如自己，最后只能做最好的公关人员，营销代表，却成不了优秀的领导人。

现代饭店督导管理需要给员工更多的空间，只有这样才能更加充分地调动员工本人的积极性，最大程度释放他们的潜力。现代社会，人人都拥有足够的信息，人人都拥有决策和选择的权利。将选择权、行动权、决策权部分地甚至全部地下放给员工，这样的管理方式将逐渐成为现代饭店企业管理的主流。

随着社会的发展，放权的管理会越来越接近于员工的期望，是最为聪明的管理方式。因为当饭店聚集了一批足够聪明的人才之后，如果只是把这些聪明人当作齿轮来使用，让他们事事听领导指挥，那只会造成如下几个问题。

（1）员工的工作满足感降低。

（2）员工认为自己不受重视，工作的乐趣和意义不明显。

（3）员工很难在工作中不断成长。

（4）员工个人的才智和潜能没有得到充分利用。

很多管理者追求自己对权力的掌控，他们习惯指挥部下，并总是将部下努力换来的成绩大部分归功于自己。这种“大权在握”“命令为主”的管理方式很容易造成以下问题。

（1）管理者身上的压力过大，员工凡事都要请示领导，等待管理者的命令。

（2）团队过分依赖于管理者，团队的成功也大半取决于管理者个人能否事无巨细地处理好所有问题——而通常说来，没有哪个领导可以事事通晓，也没有哪个领导可以时时正确。

（3）整个团队对于外部变化的应对能力和应对效率大幅降低，因为所有决策和命令都需要由管理者做出，员工在感知到变化时只会习惯性地汇报给领导。

因此，“授权”比“命令”更重要也更有效。但是，管理者该如何做好授权呢？这其中最重要的就是权力和责任的统一。即在向员工授权时，既定义好相关工作的权限范围，给予员工足够的信息和支持，也定义好它的责任范围，让被授权的员工能够在拥有权限的同时，可以独立负责和彼此负责，这样才不会出现管理上的混乱。也就是说，被授权的员工既有义务主动地、有创造性地处理好自己的工作，并为自己的工作结果负责，也有义务在看到其他团队或个人存在问题时主动指出，帮助对方改进工作。

为了做好授权，可以预先设定好工作的目标和框架，但不要做过于细致的限制，以免影响员工的发挥。某公司有一位技术很出色的副总裁，他在授权方面做得就很不好。例如，他设定了目标后，总是担心下属会因为经验不足而犯错误，于是他总会越过自己属下的经理，直接去找工程师，然后一步一步地告诉工程师该怎么做。甚至有一次，一位工程师在洗手间遇到这位副总裁，竟然被副总裁在洗手间里念叨了 20 多分钟。后来，副总裁属下的经理实在受不了了，向总裁如实反映了情况。经过多次警告却仍然没有改进之后，这位副总裁被解职了。从这个例子我们可以知道，领导的工作是设定目标，而不是事无巨细地控制、管理、指挥和命令。

（五）平等比权威更重要

在饭店管理的过程中，尽管分工不同，但管理者和员工应该处于平等的地位，只有这样才能营造出积极向上、同心协力的工作氛围。平等的要求有以下两点。

1. 重视和鼓励员工的参与，与员工共同制订团队的工作目标

这里所说的共同制订目标是指，在制订目标的过程中，让员工尽量参与进来，允许他们提出不同的意见和建议，但最终仍然由管理者做出选择和决定。

这种鼓励员工参与的做法可以让员工对饭店的事务更加支持和投入，对管理者也更加信任。虽然不代表每一位员工的意见都会被采纳，但当他们亲身参与到决策过程中，当他们的想法被聆听和讨论，那么，即使意见最终没有采纳，他们也会有强烈的参与感和认同感，会因为被尊重而拥有更多的责任心。

多年以前，Bob 接管一个部门时，为了提高效率，他在一个星期内定下了团队的工作目标，并召开会议宣布了他的所有决定。但没想到，会议进行得很不顺利，有的员工很茫然，有的人没精打采，有的人则对他的计划百般挑剔。他一下子明白过来：自己选择目标时过于武断和草率了。

他当场把他的计划撕掉，然后宣布成立三个员工小组，分别解决部门面临的三大问题。一个月后，这三个小组各自呈上他们的报告，然后他和三个组长一起定下最后的目标。这次，全体员工欣然地接受了新的目标。

有趣的是，新的目标与旧的目标之间，除了存在措辞方面的差异外，几乎一模一样。他的助理向他抱怨说："我们浪费了一个月的时间，又回到了原地。"但他说："不是的，此前我是靠直觉选择了目标，没有调查数据的支持，无法令员工信服；现在，经过一个月的工作，大家都有了信心。更重要的是，旧的目标因为没有经过员工参与，即使实施起来，他们也很难全身心投入。"

2. 督导要真心地聆听员工的意见

作为督导，不要认为自己高人一等，事事都认为自己是对的。应该平等地听取员工的想法和意见。在复杂情况面前，督导要在综合权衡的基础上果断地做出正确的决定。

三、正式领导者和非正式领导者

1. 正式领导者

正式领导者是通过组织所赋予的职权来引导和影响所属下级实现组织目标的领导者。

这种类型的领导者是由组织指定的，他们拥有组织结构中的正式职位、职权和责任，并通过领导活动实现组织的目标。正式领导者通常按照组织赋予的权力，根据既定的路线和严格的章程开展工作，比如，制订规划、方针、政策，授权以及奖惩、控制、监督等。正式领导者的领导职位相对稳定，它不因某一领导者的离职而消失，而是由其他人进行补位。正式领导者，不管他是否拥有权威，可以运用合法的权力来影响下级的思想和行动，必要时可以采用权力的消极形式来影响下级。

2. 非正式领导者

非正式领导者是指在正式组织或非正式组织中，由组织内成员自发推选的领导者，其领导地位主要是依靠个人才能和魅力赢得的领导者。他们的主要作用是协助组织成员解决个人化的问题、协调成员间的关系、充当成员的代言人等。

非正式领导者的特点如下。

（1）非正式领导者是在正式组织或非正式组织内成员的自发选择而产生的领导者。他们不拥有正式的职位、职权和责任，其领导地位主要是因为他们具有某一方面的才能而取得的，例如，能热心帮助他人、拥有渊博的常识或高超的技术、为人刚正不阿等，换句话说，非正式领导者是靠个人的魅力赢得追随者的敬仰和拥戴的。

（2）非正式领导者总是以满足人们的需要和情感为宗旨，主要帮助组织成员解决私人问题、帮助组织成员承担某些责任、协调组织成员之间的关系、引导员工的思想和信仰，并影响他们的价值观念。

（3）非正式领导者同其组织成员具有内在的统一性与和谐性，因而其适应组织和环境的能力较强。由于非正式领导者的影响力是基于他们的权威来自个人的独特魅力，所以，非正式领导者的离职很可能会导致整个非正式组织的解体。

3. 正式领导者与非正式领导者的关系

相较正式领导者而言，非正式领导者不是靠组织所赋予的职权，而是靠其自身的特长而产生的实际影响力进行领导活动的领导者。具体来讲，二者的关系表现在以下几个方面。

（1）正式领导者一般是工作领袖，非正式领导者往往是精神领袖。

（2）正式领导者和非正式领导者可以集于一身，也可以分离。

（3）一个真正有作为的领导者，必须同时将工作领袖与精神领袖两种角色集于一身。

总之，二者既有联系也有区别。一个成功的领导者应当集正式领导者与非正式领导者于一身。

第二节　领导风格

一、领导风格

领导风格（Leadership Styles）是指领导者的行为模式。领导者在影响别人时，会采用不同的行为模式达到目的。有时偏重于监督和控制，有时偏重于信任和放权，有时偏重于劝服和解释，有时偏重于鼓励和建立亲和关系。这些行为模式是可观察的，也是可以由被领导者“感受”得到的。

领导风格由两种领导行为构成：工作行为和关系行为。

1. 工作行为

工作行为是指领导者清楚地说明个人或组织的责任的程度。这种行为包括告诉对方“你是谁”(角色定位)，该做什么，什么时间做，在哪里做，以及如何做。

从领导者到被领导者的单向沟通是工作行为的典型特征。

全球著名领导力大师，情境领导模型的创设者，美国领导力研究中心（CLS）创始人保罗·赫塞（Paul Hersey）博士讲过的一个例子。你做血液化验的情形就是一个存在大量工作行为的例子。在进行抽血化验时，化验员可能一直在命令你。他对你的不安毫不理会，命令你挽起衣袖，伸直胳膊；告诉你在抽血的时候要握紧拳头。抽完血以后，他又会给你棉球要求你压住刚才抽血的地方。在抽血的过程中，你可能会感到有点恐惧，但化验员还是会按部就班地把工作做完。有趣的是，化验员的命令语气，不会让你感到不满，相反，能够帮助你增加信心和帮助你克服恐惧感。

请注意，命令并不意味着言辞粗鲁或脾气暴躁。那个化验员对你的态度可能是非常友好的，但他的行动和语言都是为了完成工作。

2. 关系行为

关系行为是领导者满足被领导者心理需求的领导行为。包括倾听、鼓励、表彰、表现信任、提升参与感、建立亲和关系和归属感等。

领导者与被领导者进行双向或者多向沟通，是关系行为的主要特征。

怎样理解关系行为呢？管理学者张理军博士讲过这样一个例子。假设一个员工近日连续加班，产生了严重的焦虑感，同时工作中开始频繁出现失误。那么，他的上司首先应将注意力放在失误上还是放在体贴关怀上，对于这位员工迅速恢复状态的影响是不一样的。假如上司找时间与这位员工聊聊天，倾听他当下的感受，并且对他工作中的闪光点多给予肯定和认可，而暂时不去谈论他的失误，这就表现出了“领导者的关系行为”，相信会更加有利于这位员工保持工作热情和提升对于工作质量的承诺度。

二、领导风格的类型

“情商（EQ）之父”丹尼尔·戈尔曼（Daniel Goleman）在其著作 *Primal Leadership*（中文名为《最初的领导力》）中描述了六种不同的领导风格。其中每一种领导风格都源于情商的不同组成部分。掌握了四种或者更多领导风格的领导人——尤其是远见型、民主型、关系型以及教练型领导风格——往往会营造出最好的工作氛围并取得最好的绩效。

1. 远见型（Come with me!）

远见型领导动员大家为了一个共同的想法而努力。同时，对每个个体采用什么手段来实现该目标往往会留出充分的余地。

情商基础：自信、移情能力、改变激励方式。

适用情形：几乎所有的商业情形。

不适用情形：有个别情况下不宜使用，比如，当与一个领导人在一起工作的是一个由各种专家组成的团队时，或者是一些比他更有经验的同事时。

2. 关系型（People come first!）

这种领导风格以人为中心，关系型领导人努力在员工之间营造一种和谐的氛围。

情商基础：移情能力、建立人际关系、沟通。

适用情形：是一种不受时间约束的好方法。下列情况下尤其应该使用，例如，须要努力建立和谐的团队氛围、增强团队士气、改善员工之间的交流，以及恢复大家之间的信任等。

不适用的情形：它不宜单独使用。由于这种领导风格千篇一律地对员工进行表扬，所以它可能会给那些绩效较差的员工提供错误的导向，可能会感觉到在这个组织之中平凡是可以容忍的。它应该与远见型风格结合使用。

3. 民主型（What do you think?）

这种领导方式通过大家的参与而达成一致意见。

情商基础：协调合作、团队领导、沟通。

适用情形：当一个领导人对组织发展的最佳方向不明确，且须要听取一些能干的员工的意见，甚至需要他们的指导时。即使已经有了很好的愿景，运用民主型领导风格，也可以从员工中得到一些新的思想来帮助实施这个愿景。

不适用的情形：这种领导风格最让人头疼的一个问题就是它会导致无数的会议，很难让大家达成一致意见，所以在危机时刻不应使用。

4. 教练型（Try it!）

教练型领导发展人才以备将来之需。他会帮助员工们确定自身的优点和弱点，并且将这些与他们的个人志向和职业上的进取心联系起来。教练型领导非常擅长给大家分配任务，为了给员工提供长期学习的机会，往往不惜忍受短期的失败。

情商基础：发展别人、移情能力、自我意识。

适用情形：当人们“做好准备”时，这种领导风格最有效。比如，当员工已经知道了自己的弱点并且希望提高自己的绩效时，员工意识到须要培养新的能力以进行自我提高时。

不适用的情形：当员工拒绝学习或者拒绝改变自己的工作方式时。

5. 示范型（Do as I do !）

示范型领导人会树立极高的绩效标准并且自己会带头做榜样。这种领导人在做事情时总是强迫自己又快又好，而且他们还要求周围的每一个人也能够像他们一样。

情商基础：责任心、成就动机、开创精神。

适用情形：当一个组织所有员工都能够进行自我激励并且具有很强的能力，而且几乎不需要任何指导或者协调时，这种领导方式往往能够发挥极大的功效。

不适用的情形：像其他领导风格一样，不应单独使用。示范型领导人对完美的过度要求会使很多员工有被压垮的感觉。

6. 命令型（Do what I tell you!）

命令型的领导需要别人的立即服从。

情商基础：成就动机、开创精神、自我控制。

适用情形：在采用命令型领导风格时必须谨慎，只有在绝对需要的情况下才可以使用，诸如一个组织正处于转型期或者敌意接管正在迫近时。

不适用的情形：如果一个领导人在危机已经过去之后，还仅仅依赖于命令型领导风格或者继续使用这种风格，就会导致对员工士气以及员工感受的漠视，而这带来的长期影响将是毁灭性的。

第三节　领导方式和领导者影响力

领导最重要的特质是领导力。真正优秀的领导并不在于天生的个性如何，重要的是看他表现出来的行为模式是否符合一个饭店企业当时的需要，是否能够通过他个人的影响力使得一整群人愿意跟随着他的意志迈向同一个正确的方向。

一、核心的领导职能

领导职能是指领导者运用组织赋予的权力，组织、指挥、协调和监督下属人员，完成领导任务的职责和功能。它包括决策、选人用人、指挥协调、激励和思想工作等。

领导职能的“职”代表职责，“能”代表能力。作为一个领导其主要的责任是激发下属人员的潜能，让每一个下属工作人员的潜力发挥到百分百，甚至是百分之二百。领导，是引领指导的意思，不单纯是“管人”这么简单。

领导职能专指其在某一个职位上的能力，所谓在其位，则专其能，不在其位、不谋其政。在某一领导岗位上，拥有驾驭这个岗位的能力以及能够很好地执行相应的权责，对于一个领导的个人能力以及其所领导的团队都有相当重要的意义。

二、领导方式

领导方式是指领导者实施领导行为采用的具体形式和手段，它是直接影响领导效能的重要因素。美国管理学家罗夫·怀特（Ralph k. White）和罗纳德·李皮特（Ronald Lipper）以领导者运用权力的范围和被领导者的自由度为标准，将其分为三种基本领导方式。

（一）专断独裁式领导方式

专断独裁式的领导，几乎自己决定所有的政策；所有计划及具体的方法、技术和步骤也由自己发号施令，并要求下属不折不扣地依从；工作内容、资源的分配及组合，也大多由自己单独决定；专断独裁式领导平时对下属和员工的接触、了解不多，如有奖惩，也往往是对人不对事。大多数权威式的领导者为人教条而且独断，往往借助奖惩的权力实现对别人的领导，对下属既严厉又充满要求。

（二）参与式领导方式

参与式领导者一般会在理性的指导下及一定的规范中，使下属及员工为了目标做出自主自发的努力，他们往往认真倾听下属的意见并主动征求他们的看法。参与式领导者将下属视为与己平等的人，给予他们足够的尊重。在参与式领导者管理的团队中，主要政策由组织成员集体讨论、共同决定，领导者采取鼓励与协助的态度，并要求下属员工积极参与决策；在确定完成工作和任务的计划、方法、技术和途径上，组织成员也有相当的选择机会。通过集体讨论，领导者使团队成员对工作和任务有更全面、更深刻的认识，并就此提出更为切实可行的计划和方案。

参与式领导方式按照下属及员工的参与程度又可分为三种不同的类型。

1. 咨询式

领导者在做出决策前会征询组织成员的意见，但对于组织成员的意见，他们往往只是作为自己决策的参考，并非一定要接受。

2. 共识式

这类领导者鼓励组织成员对需要决策的问题加以充分讨论，然后由大家共同做出一个大多数人同意的决策。

3. 民主式

领导者授予组织成员最后的决策权力，他们在决策中的角色则更像是一个各方面意见的收集者和传递者，主要从事沟通与协调。

（三）放任式领导方式

放任式领导者喜欢松散的管理方式，极少运用手中的权力，他们几乎把所有的决策权都完全下放，并鼓励下属独立行事。他们对下属员工基本采取放任自流的态度，由下属自己确定工作目标及行动。他们只为组织成员提供决策和完成任务所必需的信息、资料、资源和条件，提供一些咨询，并充当组织与外部环境的联系人，而尽量不参与、也不主动干涉下属、员工的决策和工作过程，只是偶尔发表一些意见，任务的完成几乎全部依赖团队成员的自主工作。这种领导方式虽然控制力较弱，但对专业人员却可以收到不错的效果。

领导方式没有绝对的优劣之分，只有与组织的工作性质、工作环境、员工素质相适应，才能取得预期的效果。

三、领导者的影响力

影响力（power）一般指人在人际交往中影响和改变他人心理与行为的能力。领导影响力就是领导者在领导过程中，有效改变和影响他人心理和行为的一种能力或力量。正如保罗·赫塞（Paul Hersey）所说："有效的管理者不应该是个命令者，而是一位善于改变他人行为的影响者。"可见，如果一个人能够成功的"影响"他人行为，这个人就是领导者。

任何领导活动多是在领导者与被领导者的相互作用中进行的。领导工作的本质就是人与人之间的一种互动关系，在领导过程中，领导者如果不能有效影响或改变被领导者的心理或行为，那他就很难实现领导的功能，组织目标也就无法实现。

领导影响力在领导过程中发挥着重要的作用，具体表现在如下三个方面。

（1）领导影响力是整个领导活动得以顺利进行的前提条件。

（2）领导影响力影响着组织群体的凝聚力与团结。

（3）领导影响力可以改变和影响组织成员的行为。

四、领导影响力的构成

构成领导影响力（或者说权力）的基础有两大方面，一是权力性影响力；二是非权力性影响力。

（一）权力性影响力

权力性影响力又称为强制性影响力，它是组织正式授予而获得、通过职权体现的，主要源于法律、职位、习惯和武力等。权力性影响力对于被领导者具有强制性和不可抗拒性，它是通过奖惩等外推力的方式发挥其作用，随地位而产生。在这种方式作用下，权力性影响力对人的心理和行为的激励是有限的。

1. 权力性影响力的特点

（1）对下属的影响具有强迫性，不可抗拒性；

（2）下属被动地服从，激励作用有限；

（3）不稳定，随地位的变化而改变；

（4）靠奖惩等附加条件起作用。

2. 构成权力性影响力的因素

（1）传统因素：是建立在人们对领导者传统认识基础上的历史观念。

（2）职位因素：是与领导者在组织中的职务及地位相关，以法定权力为基础的力量，是行使权力的有利条件。

（3）资历因素：资历的深浅在一定程度上决定着影响力。人们往往尊重资历较深的领导者。

除此之外，法律、习惯、暴力等也是权力性影响力的影响因素。

（二）非权力性影响力

与权力性影响力相对应的另一种影响力是非权力性影响力，非权力性影响力也称非强制性影响力，是由领导者个人素质和现实行为形成的自然性影响力。它主要来源于领导者个人的人格魅力，来源于领导者与被领导者之间的相互感召和相互信赖。非权力性影响力其产生的基础比权力性影响力更广泛，作用较稳定持久，而且是潜移默化地起作用。

1. 非权力性影响力的特点

（1）影响力持久，可起潜移默化的作用；

（2）下属信服、尊敬，激励作用大；

（3）比较稳定，不随地位而变化；

（4）对下属态度和行为的影响起主导作用。

2. 构成非权力性影响力的主要因素

（1）品格因素：品格主要包括道德、品行、人格和作风等方面。具有优秀品格的领导者会对被领导者产生巨大的感召力和吸引力，使人产生敬爱感。

（2）才能因素：一个有才能的领导者会给组织带来成功，使人产生敬佩感。敬佩感是一种心理磁力，会吸引人自觉地接受领导。

（3）知识因素：领导者掌握的丰富知识和技术专长更易于赢得被领导者的信任和

配合。由知识构成的影响力是一种威信，可增强下属对领导者的信任感。

（4）感情因素：感情是人对客观事物好恶倾向的内在反映。领导者与下属建立良好的感情，可使其产生亲切感，增大相互之间的吸引力，影响力增大。

五、督导如何在员工中树立威信

1. 工作干练是督导树立威信的硬指标

在日常工作中，督导能否坚定自信地战胜各种困难、妥善自如地解决来自各方面的矛盾、高效快捷地做好本职工作，是督导树立威信的硬指标，也是员工向督导靠拢、对督导信服的基础。实践证明：有威信的督导基本上都具备这些“硬功夫”；相反那些优柔寡断、工作能力不强的督导，大都难以树立威信。为此，督导在工作中一定要有良好的组织协调能力、干练利落的工作作风。

2. 忠于职守是督导树立威信的保证

作为督导，若没有对工作、对事业的责任感，就不能有积极主动的工作心态，更不可能有坚韧不拔的工作干劲。若员工在一定时间内既看不到督导的干劲又看不到督导的成绩，督导就不可能受到他们的拥护和支持。同时，饭店的部分工作具有很大的弹性，能否把住质量关完全在于执行者敢不敢较真。如遇到那些经常违纪的“刺头钉”，督导就要不徇私情、不看情面、勇于较真、敢于碰硬。这样形形色色的“怪事”就会越来越少，风气就会越来越正，督导的威信也就会由此树立。

3. 善解人意是督导树立威信的基础

当员工有困难或出现过失的时候，当员工有合理要求的时候，督导要像对待自己的事情一样设身处地地理解员工的难处，多帮助员工解决一些能办得到的实际问题。事情处理好了，不仅反映出一个督导的素质和水平，而且能产生强大的向心力，从而使员工在督导的领导下，聚集起一些信任督导、感激督导，并怀有一种荣誉感、幸福感和安全感，齐心协力做好工作。另外，要关心员工的进步，积极地为表现出色的员工成长铺路搭桥。这样做得越好督导的威信就树得越高。

第四节　领导艺术

领导是一门科学，也是一门艺术。它是寻求如何达到领导者、被领导者和环境诸要素和谐统一的艺术。领导艺术表现为灵活、高超的领导才能和艺术化的领导方法。它是领导者的学识、经验、才能、智慧、气质、个性的吸引力的综合反映。督导在指挥、带领、指导下属为实现组织目标而努力的过程中，必须掌握指挥、协调、激励等方面的领导艺术。

一、指挥

（一）指挥的含义

指挥是指上级通过命令、指示及指导、说服等对所属下级各种活动进行的组织、领导、协调，从而实现组织目标的过程。

在实施方案开始时，根据方案要求做出的力量部署和任务分配，是指挥；随后根据情况变化采取调整等随机处理措施，并要求严格执行，这仍然是指挥。

指挥主要指的是对下级组织和个人工作的推动和促进，它一般包括命令、指示、说服、示范等方式，指挥虽然主要强调的是“命令”，但不能极端化，在许多问题上则需要通过耐心细致的教练和辅导才能得以解决。因此，指挥工作应满足下述基本要求。

（1）指挥工作要符合政策法规的要求，指挥者必须具备基本的政策和法制观念。

（2）要符合组织目标，违背组织目标的指挥不但是“瞎指挥”，而且有可能是一种破坏行为。

（3）符合职权范围，指挥只有符合本职权限范围，才具有权威性，下级才能服从，否则，则是一种“无效指挥”，或“非法指挥”。

（4）符合实际情况，指挥必须“有的放矢”、切实可行。

（5）符合下级的正当意愿，指挥要认真考虑下级人员的实际能力，要有助于发挥他们的积极性、创造性，而不能盲目指挥，挫伤他们的热情和积极性。

（6）符合明晰、准确的要求，不论是以口头还是文字的形式进行指挥，都必须表达明晰、准确，而不能含糊不清、模棱两可。

（二）指挥的类型

1. 直意指挥

直意指挥是指督导用明确的信息对下属直接下达指令并使之执行的管理方法。它通常采用肯定或否定的语言，表达简明、清晰、明确。要求督导明确指出应完成的任务、达到的效果和完成的期限，并提出执行指令的具体步骤。

2. 启发式指挥

启发式指挥是通过引导启发的方式让下属自我思考解决措施的方法。比如，在布置一项工作时候，可以采用询问式反问下属，类似于“你认为该如何处理?”，这样启发可以有效地培养和锻炼下属的工作能力。

在运用启发式指挥方式时，督导就特别注意引导下属的思路并发挥下属的主观能动性，使之对所要解决的问题进行自我思考、自我决策。启发式指挥能较好地避免错误，也能有效地培养和锻炼下属分析和解决问题的能力。

3. 归纳式指挥

归纳式指挥是指督导在充分听取各方意见的基础上，进行合理决策，再下达指令的指挥方法。归纳式指挥要求督导分析归纳能力要强，善于抓住问题的主要方面，且思维清晰，使指令能够让各部门信服，以便执行。另外，督导在归纳式指挥过程中，应充分了解所需要解决问题的复杂困难程度，并告知下属，而且指令必须明确无误地指出各方需协调配合的内容。

4. 应急式指挥

应急式指挥是指管理者为解决突发事情而下达紧急指令的指挥方式。应急式指挥要求管理者具备敏锐的观察力和很强的应变能力，下达指令要果断谨慎，并能即时解决问题，以防事态扩大贻误时机而影响饭店声誉。饭店前台督导在处理客人投诉时会经常用到应急式指挥。

（三）如何提高指挥的有效性

1. 努力提高指挥者的权威

指挥者有无权威及权威大小，直接影响指挥的有效性。权威即指权力和威信。一方面在管理系统中，科学、合理地规定各级管理者或领导者的权力；另一方面，这些领导者要努力提高自身素质，而且还要求具有起码的品德修养，具有足够的知识和经验积累，办事力求客观公正，时时、事事做下级人员及广大员工的行为楷模、精神榜样，并不时地尊重、关心、爱护自己的下属及其员工。领导者具有较高的权威，被指挥的员工才心悦诚服，其指挥自然卓有成效。因此，构筑领导权威是实施有效指挥的前提和条件，从某种角度说，权威即是指挥有效性的根本，因为，一般情况下，权威甚至是指挥合理性、合法性、可行性的权衡标准。没有权威的指挥不但可能是无效的指挥，甚至可能被视作不合理的指挥。中国传统价值观里面的“法不责众”，所说明的就是：群众不接受、不认可即为不合理、不合法。

2. 建立健全有力、高效的指挥系统

一个企业、一个单位、一个机关，光靠一个人的力量肯定是不行的，必须形成一个统一领导、分级管理、集权与分权相结合的组织机构及指挥系统，明确纵向领导与被领导的关系及横向各部门间的协作关系。指挥特别强调统一性、协作性原则。指挥不能搞政出多门，不能多头领导，而只能由一个中心发号施令。任何一个下属只能接受一个上级领导的直接指挥。否则，下级组织和工作人员就会不知所措而发生混乱，致使指挥失灵、系统瘫痪。因此，建立和健全组织的指挥系统，是提高组织指挥能力、指挥效率的有力保证。

3. 科学选择指挥的方式

组织指挥过程中，往往由于指挥的方式方法不同，而产生迥然不同的指挥效果。如简单粗暴型的指挥，必然导致被指挥者消极、被动接受；而激励说服型的指挥，就能够使被指挥者热情接受，此两种指挥所产生的结果必定差异巨大。所以，指挥者不仅要具有较高的权威，而且要善于选择合理、科学的方式方法。

指挥者应通过启发、诱导、激励等方法去因势利导，要善于“造势”。如《孙子兵法·势篇》所写：“善战者，求之于势”“善战人之势，如转圆石于千仞之山者，势也”。孙子所说的“造势”，在各行各业的管理实践活动中是不乏其例的。例如，1985年，青岛海尔电冰箱总厂厂长张瑞敏面对76台质量不合格的产品，抡起大铁锤亲手砸掉这些不合格的冰箱，其目的效果就是增强员工产品质量意识，从而制造“下不为例”之“势”。从此海尔树立了做家电行业强势品牌目标，开始了狠抓质量的品质管理。

4. 重视信息反馈

指挥是通过信息传递来实现的，因此，信息传递的有效性直接关系指挥的有效性。指挥的信息传递从下达命令开始，在整个信息传递过程，如何做到指示迅速、准确，而且将执行情况及时反馈到下达命令的指挥者，以便于指挥者审时度势，灵活掌握和使用指挥方法，直接关系指挥的有效性和效率性。在管理学上有一个“相对封闭原理”指出，不封闭的管理等于没有回路的输电线，电线再粗、电压再高、电力再大，没有回路，就什么也没有。

二、授权

授权是指上级委授给下级一定的权力和责任，使被授权者在授权者的领导、监督和控制之下，有相应的自主权和行动指挥权，其目的是促进组织目标的层层落实和切实执行。

（一）授权的原则

1. 根据目标执行者的目标责任性质与范围来确定其权限的范围与程度

对于能使目标执行者自主完成目标成果所需要的相应权限，上级都应予以认真地考虑和委任。

2. 实行授权时，应根据已经明确的目标进行授权

如果所设定的目标不明确，职责不清楚，那么就难以确定为实现其目标需要的相

应权限。因此，制定明确的目标，根据目标责任实行授权，是授权的前提。

3. 上级授权者并不能因为实行了授权，就完全解除其应负的责任

上级授权者应该对被授权者的目标实施情况及行使的职务权限是否妥当担负监督的责任。

（二）授权方式

针对工作的重要性、管理者的实际水平和下属工作能力等不同情况，可分别采用以下几种授权方式。

1. 充分授权

充分授权一般必须具备下述条件，如工作重要性较低、整体组织系统管理水平较高、下属各子系统间协调配合较好、权责易于明确制约、下属的工作积极性和执行力较强等。

2. 不充分授权

不充分授权的基本条件是：下级负责情况了解和计划执行权，上级负责计划方案最终决定权，组织系统直接责任均由上级负责。

3. 弹性授权

对于复杂而时间又长的任务，对下级的能力没有足够的把握，或者环境变化大时，宜采用这种方式。

4. 制约授权

制约授权是指把某项任务的职权，经分解后授予两个或多个子系统，使子系统之间互相制约以避免出现失误。这种方式一般在工作重要或工作易出疏漏时采用。如财务工作中的会计、出纳的相互制约就是这种制约授权。

三、协调

协调就是领导为了使组织保持一种平衡状态并实现组织的预定目标，对饭店内外出现的不和谐现象的影响因素进行协商和调控，从而使组织内的各种资源达到优化配置和最大运用。协调是领导者必须具备的能力和素质，也是领导者必须掌握的领导艺术。

（一）协调能力

协调能力是指决策过程中的协调指挥才能。协调能力，是化解矛盾的能力，是聚分力为合力的能力，是变消极因素为积极因素的能力，是充分调动员工积极性的能力。个人的力量总是有限的。领导者要履行好自己的职责，必须把员工的积极性调动起来，把员工的潜能发挥出来，靠团队的力量才能取得最大的成功。饭店督导的协调

能力主要由这样几方面构成。

1. 有效的人际沟通能力

有效的人际沟通是指饭店督导通过各种语言或其他媒介向他人传达某种信息，以有效地使他人获得理解，促进经营管理活动顺利地进行。饭店企业经营管理人才在经营管理活动中必须及时向下属、同层次人员、上级或其他人员传达信息。要使对方理解其信息，促进双方的协调就必须进行有效沟通。

2. 高超的员工激励能力

饭店督导要善于利用各种手段激励员工，以激发员工的积极性、主动性和创造性。对此，督导必须把握以下几个方面。

（1）对下属员工的不同需要和价值取向必须具有敏感性。

（2）必须努力增加下属员工的“努力工作可以产生好绩效”的期望。

（3）必须保证下属员工感到组织的公平对待。

（4）要善于鼓励下属员工设立具体的有挑战性的现实合理的绩效目标。

3. 良好的人际交往能力

是指饭店督导在人际交往中以各种技能来建立良好的人际关系，即“为我所用”的能力。如如何与下属或上司建立良好的同事关系等。饭店督导的人际交往能力是有效经营管理的前提条件。作为人际交往能力的重要部分，积极倾听、有效反馈、训导、解决冲突和谈判都是饭店督导工作所应具备的技能。

（二）饭店督导协调的内容

协调功能包括两方面的内容：一是协调饭店内部各部门间的关系；二是协调饭店企业与社会其他企业、社会机构和政府部门的非业务关系。

1. 饭店内部协调

对内部各部门间的关系的协调，是以对计划的分工执行和控制为基础的。在执行计划控制的过程中，行政管理部门应该对各部门的计划执行情况和执行进度进行协调，以调整好饭店的整体计划的实施。同时，还应该对各部门在执行工作计划的过程中在日常事务上所发生的矛盾冲突进行调解，使饭店各部门之间能够团结和协调一致，维持饭店的稳定和正常运行。

2. 饭店外部协调

协调饭店同其他企业、社会机构和政府部门的非业务关系。这种关系之所以是非业务的，是因为饭店的运行是在各部门明确分工的基础上才得以健康而稳定地进行的。行政管理部门的职权并不能超越饭店企业的内部分工。明确这一点是很重要的，这样可以避免饭店的行政管理部门插手业务，从而避免在业务部门和行政管理部门之间造成矛盾冲突，避免使饭店的运转陷于混乱。行政管理对饭店与其他企业、社会机构和政府部门的非业务关系的协调，其主要内容是在维护饭店的基本权益的基础上，发展同社会各有关单位的友好交往，缓解矛盾冲突，从而为饭店争取一个好的生存环境。

（三）协调的基本要领

在饭店内部的组织关系中，有上下级的纵向关系和各部门间的横向关系。搞好组织关系的协调工作，必须注意以下几个重点。

1. 目标是协调的方向

一个组织内的各个方面的目标应取得一致，不能各行其是，另搞一套，否则就会分散力量，形不成拳头，组织目标难以实现。

2. 沟通是协调的杠杆

组织内部信息传递迅速，彼此联系密切，相互了解、理解，矛盾就少，已有矛盾便于解决。

沟通的方式包括如下几点。

（1）上行沟通。

（2）下行沟通。

（3）平行沟通。

（4）特殊情况沟通。

3. 协商是协调的重要手段

协调不是强迫命令，而是感情与信息交流。

4. 明确责任是协调的得力措施

领导者在明确各部门的工作任务、职权范围的同时，还须明确各自与有关单位协调的责任，建立必要的协调制度，并提倡主动支援、配合的精神。以减少组织内部扯皮、“踢皮球”现象的发生。

5. 利益是协调的基础

组织的重要任务之一是为实现一定的利益而奋斗的。利益是个复杂的概念，其中物质利益是基本的。所以，协调要充分注意兼顾各方利益，协调好各方的利益关系，这是做好协调工作的前提和基础。

思考与练习

一、名词解释

1. 领导。

2. 领导风格。
3. 指挥。

二、简答题

1. 简述领导权力的来源。
2. 简述领导风格的类型。
3. 简述领导的基本方式。
4. 简述指挥的类型。

实训项目

【实训名称】校园模拟指挥
【实训内容】培养现场指挥的能力，培养应变能力
【实训步骤】
1. 设定一定的管理情景，由学生即时进行决策或指挥。
2. 晚上 11 点多钟，男生宿舍三楼的卫生间上水管突然爆裂，此时楼门和校门已经关闭，人们都沉睡在梦中，只有邻近的几个宿舍的学生惊醒。水不断地从卫生间顺着东西走廊涌出，情况非常紧急，假如你身处其中，如何利用你的指挥能力化险为夷。
3. 先进行分组讨论，然后各小组分别表述本组应急方案，看看谁的方案最好。

【实训点评】
1. 能运用领导的理论与方法进行指导，并尽可能搜集较多的模拟任职部门与职务的信息。
2. 教师和学生根据各组的方案及表现给予评价打分。纳入学生实训课考核之中。

第三章

计划与纪律管理

学习目标

1. 了解如何做好计划；
2. 理解计划的层次和类型；
3. 熟悉计划的制定和实施；
4. 掌握纪律管理。

| 案例引导 |

S公司的滚动计划

S公司是中国东部地区一家知名企业，原有的计划管理水平低下，粗放管理特征明显，计划管理与公司实际运营情况长期脱节。为实现企业计划制定与计划执行的良性互动，在管理咨询公司顾问的参与下，S公司逐步开始推行全面滚动计划管理。

第一，S公司以全面协同量化指标为基础，将各年度分解为4个独立的、相对完整的季度计划，并将其与年度计划紧密衔接。在企业计划偏离和调整工作中，S公司充分运用了动态管理的方法。

S公司各季度计划的制订是根据近细远粗、依次滚动的原则开展的。这就是说，每年年初都要制订一套繁简不一的四个季度计划：第一季度的计划率先做到完全量化，计划的执行者只要拿到计划文本就可以一一遵照执行，毫无困难或异议；第二季度的计划至少要做到50%的内容实现量化；第三季度的计划至少也要使20%的内容实现量化；第四季度的计划只要做到定性即可。同时，在计划的具体执行过程中，对各季度计划进行定期滚动管理——第一季度的计划执行完毕后，将第二季度的计划滚动到原第一季度计划的位置，按原第一季度计划的标准细化到完全量化的水平；第三季度的计划则滚动到原第二季度计划的位置并细化到至少量化50%内容的水平，依次类推。第二季度或第三季度计划执行完毕时，按照相同原则将后续季度计划向前滚动一个阶段并予以相应细化。本年度4个季度计划全部都执行完毕后，下年度计划的周期即时开始，如此周而复始，循环往复。

第二，S公司以全面协同量化指标为基础建立了三年期的跨年度计划管理模式，并将其与年度计划紧密对接。

跨年度计划的执行和季度滚动计划的思路一致。S公司每年都要对计划本身进行一次定期调整。第一年度的计划执行完毕后，就立即对该年度的计划执行情况与原计划进行比较分析。同时研究、判断企业近期内外环境的变化情况，根据统一得出的结论对后三年的计划和整个跨年度计划进行相应调整；当第二年的计划执行完毕后，使用同样的方法对后三年的计划和整个跨年度计划进行相应调整，依次类推。

“凡事预则立，不预则废。”好的计划等于成功了一半。S公司的滚动计划给我们的思考很多很多。本章的内容将满足你对计划职能的学习渴望和需求。

第一节　认识计划

美国著名的管理学家哈罗德·孔茨（Harold Koontz）曾说：“计划是一座桥梁，它把我们所处的这岸和我们要去的对岸连接起来，以克服这一天堑。”可见，计划给组织提供通向未来目标的明确道路，使模糊不清的未来变得清晰实在。

一、计划的含义

计划（Planning）具有两重含义：一是计划工作，是指根据对组织外部环境与内部条件的分析，提出在未来一定时期内要达到的组织目标以及实现目标的方案途径；二是计划形式，是指用文字和指标等形式所表述的组织以及组织内不同部门和不同成员，在未来一定时期内关于行动方向、内容和方式安排的管理事件。

计划的内容常用“5W1H”来表示，即

为什么做（Why to do it）？

做什么（What to do it）？

在什么地方做（Where to do it）？

什么时间执行（When to doit）？

由谁执行（Who to dolt）？

怎样执行（How to do t）？

“5W1H”的具体含义如下。

1.Why——为什么做

“ Why”明确计划工作的宗旨、目标和战略，并论证可行性。实践表明，计划工作人员对组织和企业的宗旨、目标和战略了解得越清楚，认识得越深刻，就越有助于他们在计划工作中发挥主动性和创造性。正如通常所说的“要我做”和“我要做”的结果是大不一样的，其道理就在于此。

2.What——做什么

“ What”是要弄清楚计划工作的对象，要明确计划工作的具体任务和要求，明确每一个时期的中心任务和工作重点。例如，企业生产计划的任务主要是确定生产哪些产品，生产多少，合理安排产品投入和产出的数量和进度，在保证按期、按质和按量完成订货合同的前提下，使得生产能力得到尽可能充分的利用。

3.Where——在什么地方做

“ Where”规定计划的实施地点或场所，了解计划实施的环境条件和限制，以便合理安排计划实施的空间组织和布局。

4.When——什么时间执行 / 什么时间完成

“ When”规定计划中各项工作的开始和完成的进度，以便进行有效的控制和对能力及资源进行平衡。

5.Who——由谁执行

“ Who”不仅要明确规定目标、任务、地点和进度，还应规定由哪个主管部门负责。例如，开发一种新产品，要经过产品设计、样机试制、小批试制和正式投产几个阶段。在计划中要明确规定每个阶段由哪个部门负主要责任，哪些部门协助，各阶段交接时，由哪些部门组织哪些人员参加鉴定和审核等。

6.How——怎样执行 / 采取哪些有效措施

“ How”制订实现计划的措施和方法，以及相应的政策和规则，对资源进行合理分配和集中使用，对人力、生产能力进行平衡，对各种派生计划进行综合平衡等。

实际上，一个完整的计划还应包括控制标准和考核指标的制定，也就是告诉实施计划的部门或人员，做成什么样，达到什么标准才算是完成了计划。

二、计划的性质

计划的根本目的，在于保证管理目标的实现。从事计划工作并使之有效地发挥作用，就必须把握计划的性质。它主要表现在以下四个方面。

1. 计划的普遍性

与计划的概念相对应，计划的普遍性也有两层含义。

（1）社会各部门、各环节、各单位、各岗位，为有效实现管理目标，都必须具有相应的计划。上至国家，下至一个班组，甚至个人，无不如此。

（2）所有管理者，从最高层管理人员到第一线的基层管理人员都必须从事计划工作。计划是任何管理人员的一个基本职能，也许他们各自计划工作的范围不同、特点不同。但凡是管理者都要做计划工作，都必须在上级规定的政策许可的范围内做好自己的计划工作。

2. 计划的预见性

计划不是对已经形成的事实和状况的描述，而是在行动之前对行动的任务、目标、方法、措施所作出的预见性确认。但这种预想不是盲目的、空想的，而是以上级部门的规定和指示为指导，以本单位的实际条件为基础，以过去的成绩和问题为依据，对今后的发展趋势做出科学预测之后作出的。可以说，预见是否准确，决定了计划的成败。预见准确、针对性强的计划，在现实中才真正可行。如果目标定得过高、措施无力实施，这个计划就是空中楼阁；反过来说，目标定得过低，措施方法都没有创见性，实现虽然很容易，并不能因而取得有价值的成就。

3. 计划的目标性

组织是为了完成一种使命或是为达到某目的而存在的，而计划工作的目的就是要促使组织去实现它的目的和目标。计划帮助组织在它的行为过程中始终对准目标，统一协调地运转。

4. 计划的效益性

计划不仅要确保组织目标的实现，而且要从众多的方案中选择最优的方案，以求得合理利用资源和提高效率。因此，计划要追求效率。计划的效率，可以用计划对组织目标的贡献来衡量。贡献是指实现的组织目标及所得到的利益，扣除制订和实施这个计划所需要的费用和其他因素后，能得到的剩余。在计划所要完成的目标确定的情况下，同样可以用制定和实施计划的成本及其他连带成本（如计划实施带来的损失、计划执行的风险等）来衡量效率。如果计划能得到最大的剩余，或者如果计划按合理的代价实现目标，这样的计划是有效率的。特别要注意的是，在衡量代价时，不仅要用时间、金钱或者生产来衡量，而且还要衡量个人和集体的满意程度。

5. 计划的约束性

计划一经通过、批准或认定，在其所指向的范围内就具有了约束作用，在这一范围内无论是集体还是个人都必须按计划的内容开展工作和活动，不得违背和拖延。

三、计划的作用

在管理实践中，计划是其他管理职能的前提和基础，并且还渗透到其他管理职能之中，它是管理过程的中心环节，因此，计划在管理活动中具有特殊重要的地位和作用。

1. 计划预测变化，减少冲击

我们正处在一个经济、技术、社会变革与发展的时代。在这个时代里，变革与发展既给人们带来了机遇，也给人们带来了风险，特别是在争夺市场、资源、势力范围的竞争中更是如此。如果管理者在看准机遇和利用机遇的同时，又能最大限度地减少风险，即在朝着目标前进的道路上架设一座便捷而稳固的桥梁，那么，饭店就能立于不败之地，在机遇与风险的纵横选择中，得到生存与发展。如果计划不周，或根本没计划，那就会遭遇灾难性的后果。

2. 计划指明方向，协调活动

现代饭店内部的各个组成部分之间，分工越来越精细，过程越来越复杂，协调关系更趋严密。要把这些繁杂的有机体科学地组织起来，让各个环节和部门的活动都能在时间、空间和数量上相互衔接，既围绕整体目标，又各行其是，互相协调，就必须要有一个严密的计划。管理中的组织、协调、控制等如果没有计划，其后果不可想象。

3. 计划是指挥实施的准则

计划的实质是确定目标以及规定达到目标的途径和方法。计划是管理活动中人们一切行为的准则。它指导不同空间、不同时间、不同岗位上的人们，围绕一个总目标，秩序井然地去实现各自的分目标。行为如果没有计划指导，被管理者必然表现为无目的的盲动，管理者则表现为决策朝令夕改、随心所欲、自相矛盾，结果必然是组织秩序的混乱，事倍功半，劳民伤财。在现代饭店里，几乎每项事业，每个部门，乃至每个员工的活动都要有计划。

4. 计划有利于有效地进行控制

计划不仅是组织、指挥、协调的前提和准则，而且与管理控制活动紧密相连。计划为各种复杂的管理活动确定了数据、尺度和标准，它不仅为控制指明了方向，而且还为控制活动提供了依据。经验告诉我们，未经计划的活动是无法控制的，也无所谓控制。因为控制本身是通过纠正偏离计划的偏差，使管理活动保持与目标的要求一致。如果没有计划作为参数，管理者就没有“罗盘”，没有“尺度”，也就无所谓管理活动的偏差，那又何来控制活动。

5. 增强饭店对环境变化的应变能力

制订计划要有前瞻性，对饭店的状况要实事求是地进行评估，分析饭店的优势和劣势，明确饭店的机遇和挑战。计划职能在确定饭店目标的同时，也规定了实现目标的途径和方法，这些途径和方法充分考虑了饭店内外环境的变化及其趋势，使饭店在市场竞争日趋激烈、客人需要日益多变的环境中求生存图发展。

第二节　计划的类型

计划的种类很多，可以按不同的标准进行分类。主要分类标准有：计划的重要性、时间、明确性和抽象性等。但是依据这些分类标准进行划分，所得到的计划类型并不是相互独立的，而是密切联系的。比如，短期计划和长期计划，战略计划和作业计划等。

一、按计划的层次划分

饭店企业里有各种各样的计划，这些计划是分层次的。一般可以分成战略层计划、战术层计划与作业层计划。

1. 战略层计划

战略层计划主要是饭店长远发展规划，应用于整体组织的，为组织设立总体目标和寻求组织在环境中的地位的计划。战略计划趋向于包含持久的时间间隔，通常为 5 年甚至更长，它们覆盖较宽的领域和不规定具体的细节。此外，战略计划的一个重要的任务是设立目标。

战略层计划涉及产品发展方向，生产发展规模，技术发展水平，新生产设备的建造等。饭店长远发展规划是一种十分重要的计划，它关系到饭店的兴衰。“人无远虑，必有近忧”，古人已懂得长远考虑与日常工作的关系。作为饭店的高层领导，必须站得高，才能看得远。

2. 战术层计划

战术层计划是确定在现有资源条件下所从事的生产经营活动应该达到的目标，如产量、品种和利润等。战术层计划是实现饭店经营目标的最重要的计划，是编制生产作业计划、指挥饭店生产活动的龙头，是编制物资供应计划、劳动工资计划和技术组织措施计划的重要依据。

3. 作业层计划

作业层计划是确定日常的生产经营活动的安排。作业计划假定目标已经存在，只是提供实现目标的方法。

三个层次的计划各有不同的特点，如下表所示。由表中可以看出，从战略层到作业层，计划期越来越短，计划的时间单位越来越细，覆盖的空间范围越来越小，计划内容越来越详细，计划中的不确定性越来越小。

表 不同层次计划的特点

项目	计划期	计划时间单位	空间范围	详细程度	不确定性	管理层次	特点
战略层计划	长：≥5年	粗（年）	企业、公司	高度综合	高	企业高层领导	涉及资源获取
战术层计划	中：一年	中（月、季）	工厂	综合	中	中层部门领导	资源利用
作业层计划	短：月、周	细（工作日、班次、小时、分）	车间、工段、班组	详细	低	低层班组领导	日常活动处理

二、按计划的时间分

根据计划时间的长短，可将计划分为长期计划、短期计划和中期计划。

1. 长期计划

长期计划描述组织在较长时期（通常5年以上）的发展方向和方针，规定了组织的各个部门在较长时期内从事某种活动应达到的目标和要求，绘制了组织长期发展的蓝图。

2. 短期计划

短期计划具体地规定了组织的各个部门在目前到未来的各个较短的时期阶段，特别是最近的时段中，应该从事何种活动，从事该种活动应达到何种要求，因而为各组织成员在近期内的行动提供了依据。短期计划一般指1年以内。

3. 中期计划

中期计划则介于长期计划和短期计划之间。

三、按计划内容的明确性分

根据计划内容的明确性指标，可以将计划分为具体性计划和指导性计划。

1. 具体性计划

具体性计划具有明确规定的目标，不存在模棱两可。比如，饭店销售部经理打算使饭店销售额在未来6个月中增长15%，他会制订明确的程序、预算方案以及日程进度表，这便是具体计划。

2. 指导性计划

指导性计划只规定某些一般的方针和行动原则，给予行动者较大自由处置权，它指出重点但不把行动者限定在具体的目标上或特定的行动方案上。比如，一个增加销售额的具体计划可能规定未来 6 个月内销售额要增加 15%，而指导性计划则可能只规定未来 6 个月内销售额要增加 12% ～ 16%。

相对于指导性计划而言，具体性计划虽然更易于执行、考核及控制，但缺少灵活性，它要求的明确性和可预见性条件往往很难满足。

四、按计划由抽象到具体的层次分

美国著名管理学家哈罗德·孔茨（Harold Koontz）和海因茨·韦里克（Heinz Weihrich）从抽象到具体，把计划划分为目的或使命、目标、战略、政策、程序、规则、方案和预算等（见图 3-1）。

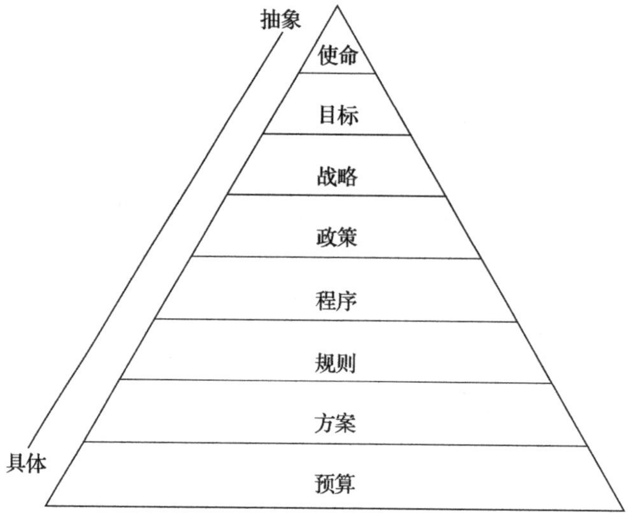

图 3-1　计划的层次分类

1. 目的或使命

它指明一定的组织机构在社会上应起的作用，所处的地位。它决定组织的性质，决定此组织区别于彼组织的标志。各种有组织的活动，如果要使它有意义的话，至少应该有自己的目的或使命。比如，大学的使命是教书育人和科学研究，研究院所的使命是科学研究，医院的使命是治病救人，法院的使命是解释和执行法律，企业的目的是生产和分配商品和服务。

2. 目标

组织的目的或使命往往太抽象，太原则化，它需要进一步具体为组织一定时期的目标和各部门的目标。组织的使命支配着组织各个时期的目标和各个部门的目标。而且组织各个时期的目标和各部门的目标是围绕组织存在的使命所制订的，并为完成组织使命而努力的。虽然教书育人和科学研究是一所大学的使命，但一所大学在完成自己使命时会进一步具体化不同时期的目标和各院系的目标，比如，最近3年培养多少人才，发表多少论文等。

3. 战略

战略是为了达到组织总目标而采取的行动和利用资源的总计划，其目的是通过一系列的主要目标和政策去决定和传达一个组织期望自己成为什么样的组织。战略并不打算确切地概述组织怎样去完成它的目标，这是无数主要的和次要的支持性计划的任务。

4. 政策

政策是指导或沟通决策思想的全面的陈述书或理解书。但不是所有政策都是陈述书，政策也常常会从主管人员的行动中含蓄地反映出来。比如，主管人员处理某问题的习惯方式往往会被下属作为处理该类问题的模式，这也许是一种含蓄的、潜在的政策。政策能帮助事先决定问题处理方法，这一方面减少对某些例行问题时间上处理的成本，另一方面把其他计划统一起来了。政策支持了分权，同时也支持了上级主管对该项分权的控制。政策允许对某些事情处理的自由，一方面我们切不可把政策当作规则；另一方面我们又必须把这种自由限制在一定的范围内。自由处理的权限大小一方面取决于政策本身；另一方面取决于主管人员的管理艺术。

5. 程序

程序是制订处理未来活动的一种必需方法的计划。它详细列出必须完成某类活动的切实方式，并按时间顺序对必要的活动进行排列。它与战略不同，它是行动的指南，而非思想指南。它与政策不同，它没有给行动者自由处理的权利。处于理论研究的考虑，我们可以把政策与程序区分开来，但在实践工作中，程序往往表现为组织的政策。比如，一家制造企业的处理订单程序、财务部门批准给客人信用的程序、会计部门记载往来业务的程序等，都表现为企业的政策。组织中每个部门都有程序，并且在基层，程序更加具体化、数量更多。

6. 规则

规则没有酌情处理的余地。它详细、明确地阐明必需行动或无须行动，其本质是一种管理决策。规则通常是最简单形式的计划，规则不同于程序：一是规则指导行动但不说明时间顺序；二是可以把程序看作是一系列的规则，但是一条规则不一定是程序的组成部分。比如，“禁止自带酒水”是一条规则，但和程序没有任何联系；而一个规定为客人服务的程序可能表现为一些规则，如在接到客人需要服务的信息后30分钟内必须给予答复。

规则也不等于政策。政策的目的是指导行动，并给执行人员留有酌情处理的余地；而规则虽然也起指导作用，但是在运用规则时，执行人员没有自行处理之权。

必须注意的是，就其性质而言，规则和程序均旨在约束思想；因此只有在不需要组织成员使用自行处理权时，才使用规则和程序。

7. 方案（或规划）

方案是一个综合的计划，它包括目标、政策、程序、规则、任务分配、要采取的步骤、要使用的资源以及为完成既定行动方针所需要的其他因素。一项方案可能很大，也可能很小。通常情况下，一个主要方案（规划）可能需要很多支持计划。在主要计划进行之前，必须要把这些支持计划制订出来，并付诸实施。所有这些计划都必须加以协调和安排时间。

8. 预算

预算是一份用数字表示预期结果的报表。预算通常是为规划服务的，其本身可能也是一项规划。

第三节　计划的制订和实施

一、计划的编制方法

实践中，计划的编制方法主要有滚动计划法、目标管理法和网络计划技术等。

（一）滚动计划法

1. 滚动计划法的含义

滚动计划法是按照“近细远粗”的原则制订一定时期内的计划，然后按照计划的执行情况和环境变化，调整和修订未来的计划，并逐期向后移动，把短期计划和中期计划结合起来的一种计划方法。

这种方法根据计划的执行情况和环境变化定期修订未来的计划，并逐期向前推移，使短期计划、中期计划有机地结合起来。由于在计划工作中很难准确地预测将来影响组织生存与发展的经济、政治、文化、技术、产业、客人等各种变化因素，而且随着计划期的延长，这种不确定性就越来越大。因此，如机械地按几年以前编制的计划实施，或机械地、静态地执行战略性计划，则可能导致巨大的错误和损失。滚动计划法可以避免这种不确定性带来的不良后果，具体做法是用近细远粗的办法制订计划。

2. 滚动计划法的流程

滚动计划法根据一定时期计划的执行情况，考虑饭店内外环境条件的变化，调整和修订出来的计划，并相应地将计划期顺延一个时期，把近期计划和长期计划结合起来的一种编制计划的方法。在计划编制过程中，尤其是编制长期计划时，为了能准确地预测影响计划执行的各种因素，可以采取近细远粗的办法，近期计划制订较细、较具体，远期计划制订得较粗、较概略。在一个计划期结束时，根据上期计划执行的结果和产生条件，市场需求的变化，对原订计划进行必要的调整和修订，并将计划期顺序向前推进一期，如此不断滚动、不断延伸。例如，某饭店在 2020 年年底制订了 2021—2025 年的五年计划，如采用滚动计划法，到 2021 年年底，根据当年计划完成的实际情况和客观条件的变化，对原订的五年计划进行必要的调整，在此基础上再编制 2022—2026 年的五年计划。其后依此类推（见图 3-2）。

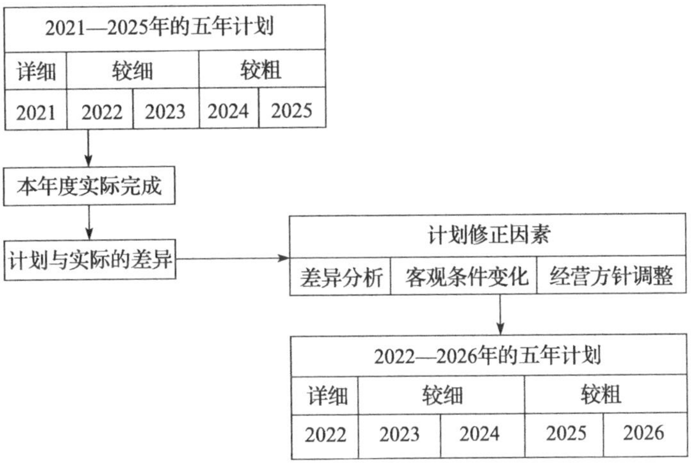

图 3-2 滚动计划法的流程

可见，滚动计划法能够根据变化的组织环境及时调整和修正组织计划，体现计划的动态适应性。而且，它可使中长期计划与年度计划紧紧地衔接起来。

（二）目标管理法

目标管理（Management By Objectives，简称为 MBO）是以被尊称为“科学管理之父”的美国管理学家弗雷德里克·温斯洛·泰罗（Frederick Winslow Taylor）的科学管理和行为科学管理理论为基础形成的一套管理制度，其概念是“现代管理学之父”彼得·德鲁克（Peter F. Drucker）1954 年在其名著 *The Practice of Management*（中文名译为《管理实践》）中最先提出的，其后他又提出“目标管理和自我控制”的主张。

彼得·德鲁克认为，并不是有了工作才有目标，而是相反，有了目标才能确定每个人的工作。所以“企业的使命和任务，必须转化为目标”，如果一个领域没有目标，这个领域的工作必然被忽视。因此管理者应该通过目标对下级进行管理，当组织最高层管理者确定了组织目标后，必须对其进行有效分解，转变成各个部门以及各个人的分目标，管理者根据分目标的完成情况对下级进行考核、评价和奖惩。

（三）网络计划技术

网络计划技术是 20 世纪 50 年代后期在美国产生和发展起来的。这种方法包括各种以网络为基础判定的方法，如关键路径法、计划评审技术、组合网络法等。网络计划技术是一种科学的计划管理方法，它是随着现代科学技术和工业生产的发展而产生的。20 世纪 50 年代，为了适应科学研究和新的生产组织管理的需要，国外陆续出现了一些计划管理的新方法。1956 年，美国杜邦公司（DuPont Company）研究创立了网络计划技术的关键线路方法（Critical Path Method，简称 CPM），通过分析项目过程中哪个活动序列进度安排的总时差最少来预测项目工期，并试用于一个化学工程上，取得了良好的经济效果。1958 年美国海军武器部在研制“北极星”导弹计划时，应用了计划评审方法（Program Evaluation and Review Technique，简称 PERT），利用作业网（Net-Work）的方式，标示出整个计划中每一作业（Activity）之间的相互关系，同时利用数学方法，精确估算出每一作业所需要耗用的时间、经费、人力水平及资源分配，从而进行项目的计划安排、评价、审查和控制，获得了巨大成功，使北极星导弹工程的工期由原计划的 10 年缩短为 8 年。

二、编制计划的基本程序

在实践中，发现有的基层管理人员“心有无数点子，情况不明却胆子大”，这些都属于工作没有计划。无论那一级的管理者都应做好计划，尤其是饭店督导在一线操作，更应有详细、周密的计划。任何计划工作都要遵循一定的程序或步骤。虽然小型计划比较简单，大型计划复杂些，但是，管理人员在编制计划时，其工作步骤都是相似的。做计划的基本程序具体包括如下几点。

1. 调查研究，发现问题，认清机会

“现代管理学之父”彼得·德鲁克（Peter F. Drucker）指出，问题要分清楚是常见的还是偶发的，常见的要提到政策的水平上处理，偶发的具体情况具体处理。通过调查研究，可以预测到未来可能出现的变化，并能清晰而完整地认识到组织发展的机会，搞清了组织的优势、弱点及所处的地位，认识到组织利用机会的能力，意识到不确定因素对组织可能发生的影响程度等。

2. 确定目标

制定计划的第二个步骤是在认识机会的基础上，为整个组织及其所属的下级单位确定目标，目标是指期望达到的成果，它为组织整体、各部门和各成员指明了方向，描绘了组织未来的状况，并且作为标准可用来衡量实际的绩效。计划的主要任务，就是将组织目标进行层层分解，以便落实到各个部门、各个活动环节，形成组织的目标结构，包括目标的时间结构和空间结构。

3. 确定前提条件

所谓计划工作的前提条件就是计划工作的假设条件，简言之，即计划实施时的预期环境。负责计划工作的人员对计划前提了解得越细越透彻，并能始终如一地运用它，则计划工作也将做得越协调。

按照组织的内外环境，可以将计划工作的前提条件分为外部前提条件和内部前提条件；还可以按可控程度，将计划工作前提条件分为不可控的、部分可控的和可控的三种前提条件。外部前提条件大多为不可控的和部分可控的，而内部前提条件大多数是可控的。不可控的前提条件越多，不确定性越大，就愈需要通过预测工作确定其发生的概率和影响程度的大小。

4. 拟定可供选择的可行方案

编制计划的第四个步骤是寻求、拟定、选择可行的行动方案。“条条道路通罗马”，描述了实现某一目标的方案途径是多条的。通常，最显眼的方案不一定就是最好的方案，对过去方案稍加修改和略加推演也不会得到最好的方案，一个不引人注目的方案或通常人提不出的方案，效果却往往是最佳的，这里体现了方案创新性的重要。此外，方案也不是越多越好。编制计划时没有可供选择的合理方案的情况是不多见的，更加常见的不是寻找更多的可供选择的方案，而是减少可供选择方案的数量，以便可以分析最有希望的方案。即使用数学方法和计算机，我们还是要对可供选择方案的数量加以限制，以便把主要精力集中在对少数最有希望的方案的分析方面。

5. 评价可供选择的方案

在找出了各种可供选择的方案和检查了它们的优缺点后，下一步就是根据前提条件和目标，权衡它们的轻重优劣，对可供选择的方案进行评估。评估实质上是一种价值判断，它一方面取决于评价者所采用的评价标准；另一方面取决于评价者对各个标准所赋予的权重。一个方案看起来可能是最有利可图的，但是需要投入大量现金，而回收资金很慢；另一方案看起来可能获利较少，但是风险较小；第三个方案眼前看没有多大的利益，但可能更适合公司的长远目标。这时，应该用运筹学中较为成熟的矩阵评价法、层次分析法、多目标评价法，进行评价和比较。

评估可供选择的方案，要注意考虑以下几点：①认真考察每一个计划的制约因素和隐患；②要用总体的效益观点来衡量计划；③既要考虑到每一个计划的有形的可以用数量表示出来的因素，又要考虑到无形的、不能用数量表示出来的因素；④要动态地考察计划的效果，不仅要考虑计划执行所带来的利益，还要考虑计划执行所带来的损失，特别注意那些潜在的、间接的损失。

6. 选择方案

计划工作的第六步是选定方案。这是在前五步工作的基础上，作出的关键一步，也是决策的实质性阶段——抉择阶段。可能遇到的情况是，有时会发现同时有两个以上可取方案。在这种情况下，必须确定出首先采取哪个方案，而将其他方案也进行细化和完善，以作为后备方案。

7. 制订派生计划

基本计划还需要派生计划的支持。比如，一家饭店年初制订了“当年销售额比上年增长 15%”的销售计划，与这一计划相连的有许多计划，如生产计划、促销计划等。再如当一家饭店决定开拓一项新的业务时，这个决策需要制定很多派生计划作为支撑，如雇佣和培训各种人员的计划、筹集资金计划、广告计划等。

8. 编制预算

在做出决策和确定计划后，计划工作的最后一步就是把计划转变成预算，使计划数字化。编制预算，一方面是为了计划的指标体系更加明确；另一方面是使饭店更易于对计划执行进行控制。定性的计划往往可比性、可控性和进行奖惩方面比较困难，而定量的计划具有较硬的约束。

三、计划的实施

计划制定好了，实施更重要，如果实施不力，再好的计划也不能发挥作用。

（一）浴盆曲线规律

在计划实施过程中常常会呈现浴盆曲线规律，如图 3-3 所示。

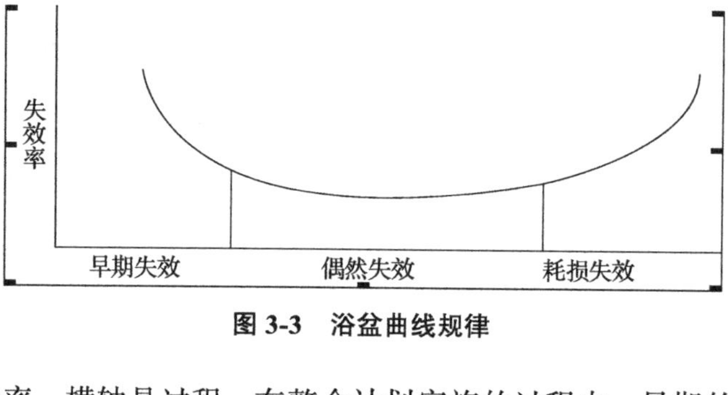

图 3-3　浴盆曲线规律

纵轴是失效率，横轴是过程。在整个计划实施的过程中，早期的失效率比较高，因为计划本身有不甚完善的地方，这是正常现象。中期的失效率则降低了，即计划的有利条件和优越性已经充分显示出来。这就提醒管理者，防止半途而废，防止中途效应，一定要坚持，因为计划既然经过了充分论证，那么就要果断地坚持。后期的失效率又会升高，因为计划已经老化，需要被新的计划所取代。

（二）计划的执行

计划制订后，就应将计划分部门、分层次、分阶段层层分解，逐一落实到部门、班组和个人，分解至饭店业务活动的各个环节。饭店通过落实岗位责任制和经济责任制，要求各岗位员工按照规定的标准和时间完成工作任务，并承担一定的责任。

计划在执行过程中必然会遇到各种障碍和困难而改变计划。为确保饭店计划目标的实现，督导应善于应变，根据变化了的情况改变计划，但需要遵循相应的原则。

1. 积极原则

所谓积极原则是指既然有不适合实际情况的地方，一定要积极改正，但是一般情况下应以微调为主。

2. 慎重原则

大方向既然论证了就不要轻易改动，如果轻易改动大方向，会给员工造成很多迷惑，中国有句古话叫“政多变则民惑”，政策变来变去，员工就会不知所措，政策的糊涂也证明管理者的头脑糊涂。

第四节　纪律管理

无规矩不成方圆，在员工管理中，纪律管理是十分重要的。纪律是指要求人们在集体生活、工作、学习中遵守秩序、执行命令和履行自己职责的一种行为规则。纪律管理是指管理者按照事先确定的行为规则，组织和监督在纪律约束范围内的人员规范行动，确保工作顺利进行。

一、纪律管理的发展阶段

根据纪律管理发展水平，可分为以下三个阶段。

1. 人治阶段

人治阶段是纪律管理的初级阶段，指人们由于不规范的行为而受到的否定的处理。惩罚的功能并不是为了改变过去的行动，而是为了防止不规范的行为再次发生。并且，惩罚的标准很不清晰，往往以管理者的意志、认知和心态为中心，缺少惩罚的依据，难以服众。这个阶段往往会使员工把人际关系看得很重，干得好不如说得好，业务好不如关系好。极大地打击了大多数员工的工作积极性，也使纪律管理工作难以发挥有效的作用。

2. 法治阶段

法治阶段是纪律管理的中级阶段，指饭店依据自我管理目标和客观条件，制订完整的、操作性很强的行为规范，是饭店顺利完成日常经营的必要保证，是对员工有序工作行为的约束条件，是进行有序行为的必要条件。不遵守纪律，就会对下一个工作环节带来重大影响，致使管理目标难以实现，给饭店带来经济损失和不良的社会影响。出现这样的情况，员工很清楚会得到怎样的惩罚。这个阶段，员工们可能处于被动执行的状态，但在制度面前人人平等的条件下，管理目标还是能够顺利实现的。

3. 自治阶段

自治阶段，也就是自我控制阶段，是纪律管理的高级阶段。在这一阶段，纪律规定的行为规范，已经深入到每位员工的内心深处，并逐渐形成自觉的行为习惯，从而完成从法治到自治的飞跃。最后由行为习惯升华到思维习惯，形成饭店独有的企业文化。

作为督导，要坚信饭店的经营理念，充分利用饭店经营理念带给员工满满的自豪感和奋斗的激情，引领饭店的普通员工积极主动地按照饭店的发展计划和行为规范，将各项工作落到实处，出色地完成自己的工作。

做到有法必依，执法必严。

二、纪律管理的方式

纪律管理有两种方式：一是消极的纪律管理，惩罚是唯一的管理手段，员工缺少对饭店的发展计划和管理制度的深入理解，对纪律管理的目标缺少领悟，使纪律管理难以向更高阶段发展；二是积极的纪律管理，用反馈情况、提供纠正性培训的方式来严肃纪律，使员工逐步深入地理解有效的纪律管理，给自己和企业带来的积极意义。

1. 消极的纪律管理

使用消极的纪律管理是指督导凡事照章办理，最大特点是简单惩罚、一成不变、缺少人情味。毋庸置疑，消极的纪律管理确实能有效地防止违纪违规，让其他员工不敢再犯同样的错误，但其产生的效果并不好。消极的纪律管理方式是一种落后的管理方式，它不可能振奋员工的精神，也不可能把初次犯错的人变成一个好人，相反，只会制造员工与督导的对立情绪，致使饭店员工离心离德，逐步瓦解企业的凝聚力。

2. 积极的纪律管理

积极的纪律管理是通过激活内部的动力来促进情感上的满足，如给员工带来自豪感和奋斗的激情，而不是情感上的抵触。它能给员工提供更大的自由，同时在最少地动用正式权力的情况下带来协作和和谐。

积极纪律管理方式其实是训导过程的延伸。它不像惩罚那样伤害员工的自尊，相反，它能激励员工努力和主动参与解决问题。

积极的纪律管理分为以下几个阶段。

第一阶段，是纠正性培训、口头提醒。督导友好地指出员工违反纪律的地方，与员工进行正式的谈话，告诉员工违规的严重性、制订制度的原因和遵守规定的必要性。要充分、有耐心地听取对方的解释，并表示相信他能避免再次犯错。这也是让员工打开心扉，表述自我思想的有利时机，也是督导与员工进行情感沟通的最佳时机。有了有效的情感沟通，会为未来的管理工作打下良好的基础。

第二阶段，是书面提醒。如若员工再次违纪，要严肃地指出员工再次违规的地方，要求员工做出以后遵守规定的书面保证，并签字。这种做法是有效地告知违纪员工，他的行为已经损害了饭店的利益，也伤害了督导的感情，需要违纪员工做更加深入的思考，同时也要承受思想上的压力。压力需要释放，未来需要方向。督导不能给违纪员工造成被放弃的感觉，应适时地给予思想和情感上的帮助，使违纪员工有改进的信心。

第三阶段，是停薪休假，做留、走的选择。如果员工又一次发生了违规现象，督导可以严肃地按照既定的规章制度给予相应的惩罚，并提醒违纪员工，如果再继续忽视饭店的管理制度，可能会被解雇。同时需要违纪员工表明态度，是否对饭店失去信心，是否打算离开饭店。如果违纪员工对违纪行为认知良好，并有决心改正。督导应提出具体改正要求，并限时观察，同时给予评价。

第四阶段，是解雇。如果员工出现严重违纪行为，性质恶劣的，应给予解雇，并限时离岗。

积极的纪律管理是科学的管理方式，对提高工作效率，降低管理成本，减少人员不合理流动，提高企业凝聚力都会起到积极的推动作用。

三、有效纪律管理的原则

1. 准确严密原则

饭店的管理制度和服务标准要明确清晰，让员工充分知晓什么是应该做的，什么是不应该做的。正确的做法会给饭店和自己带来怎样的益处，违纪行为会给饭店和自己带来怎样的伤害和损失。

2. 时效性原则

督导在发现了违规行为时，应该尽可能地立即遵循有关规定进行处理。纪律的处罚必须要立刻进行，这既体现了督导对待相关制度的心态，这种心态直接影响着员工对待相关管理制度的重视程度；也体现了督导的执行力度，有利于树立督导在员工心目中的地位；还体现了督导对相关制度的重视程度，有利于克服纪律管理中经常出现的“雷声大，雨点小”的弱点。

3. 纪律面前人人平等的原则

纪律的处罚要一以贯之，对于同样的情况应该进行同样的处罚。如果两个人在同样的情况下犯下了同样的错误，那么他们应该受到同样的惩罚。

4. 对事不对人的原则

纪律的处罚要就事论事。督导在实施处罚时，必须对事而不是对人，要尽可能地做到客观。此外，处罚完后，与他们尽量保持正常的关系，做到不抛弃不放弃。

思考与练习

一、名词解释

1. 计划。
2. 战略层计划。
3. 滚动计划法。

二、简答题

1. 简述计划内容 5W1H 的具体含义。
2. 简述计划的性质。
3. 简述编制计划的基本程序。
4. 简述浴盆曲线规律。

实训项目

【实训名称】认知计划

【实训内容】

1. 培养创新能力与分析能力。
2. 掌握实际编制计划的方法。

【实训步骤】

学生 3 ～ 6 人组成一个小组，并推举小组负责人，各小组成员集体完成实训。

1. 通过各种渠道，获得一份企业近期计划。
2. 了解制订计划的相关背景，分析制订计划的方法、计划的类别。
3. 了解计划的目标及实施情况，分析讨论计划制订的优缺点。
4. 组织一次课堂交流，以小组为单位上台讲述，在课上进行交流与论证。

【实训点评】

1. 每个小组交一份讨论记录和一份计划方案。
2. 教师和学生根据各小组的计划方案及上台陈述表现情况给予评价打分。纳入学生实训课考核之中。

第四章

督导与决策

学习目标

1. 充分认识决策的含义；
2. 了解决策过程；
3. 熟悉决策的类型；
4. 掌握决策的分析和制订。

案例引导

他该如何决策？

程志受聘担任一家有300间客房的高星级饭店的总经理。他的这一选择是不寻常的，因为除了作为饭店常客外，他从未有过从事饭店业的经历。这家饭店四年前开业，开业后曾以服务优良和富有传统特色而闻名。开业两年后店方的主管部门频繁替换总经理，已换了七任老总，其中包括从境外请了三家饭店管理公司。当程志就任时，该店服务质量已大幅下降，与过去名声不相称。客人抱怨越来越多；老客人的续订率日趋下降；客人时常投诉饭店员工态度冷漠、缺乏礼貌、对客人敷衍等不规范行为。

第一个月，程志走访饭店各部门，了解情况，尽量同员工接触交谈。他发现员工更衣室乱七八糟，地板肮脏不堪，卫生间无肥皂、毛巾，马桶坐圈丢失，房门破损。其他员工区也同样杂乱无章，墙壁的油漆、灰泥严重剥落。员工食堂的伙食差，厨具变形、不洁，食堂灯光暗淡。他完全可以设想，员工将美味可口的食物送进套房后，只能回到一个肮脏的"地牢"里去。

他惊异地发现，运作了几年的一家高星级饭店竟然没有一套适合本店的管理模式；对中高层管理者自开业以来没有做过一次系统的培训；上司指挥下属很费劲，有时还要看下属的脸色行事，因为下属认为你今天在台上，明天还不一定在位。

程志向人事部门了解员工录用情况，发现员工只要填一张申请表就立即安排工作。为了节省劳动力成本，从乡镇招了不少临时工，也用了一些下岗“大嫂”，可岗前培训只有半天，甚至有时没有进行岗前培训。除了顶头上司的评语外，没有工作评估。原计划在人事部办公室外设立的布告栏也未设立，重要人事布告没有固定张贴场所。骨干员工已严重流失，有些部门经理正在寻找下家单位。

程志还发现饭店存在严重语言障碍，影响与客人的交流。在近 1000 名员工中，一线员工有 1/3 不会说英语，员工之间相识而不知其部门和名字者甚多。

此外，他发现前台工作人员从未去过本店的客房，更不要说以客人身份在里面度过一夜，这怎能热情地向潜在客人介绍客房的特色呢？同样，饭店的 6 个餐厅经理只在本餐厅就餐，不了解其他餐厅的情况，也不了解其他饭店的餐饮经营情况。饭店的 15 个部门经理也同样不了解其他部门在干什么。信息不畅和缺乏协调使部门间问题成堆，而客人受害则首当其冲。

领导者做出决策，首先要解决的问题归根到底是人的问题，而处理好人的问题是领导决策得以实现的关键。请你带着“程志应该如何做出正确有效的决策”等问题，学习和掌握本章相关知识，并提出具体解决方案。

第一节　认识决策

在一个充满不确定性的竞争环境中，管理者必须做出有效的决策，制订全面的计划，以便找到有效的竞争战略。决策是管理者的核心工作，在管理者的基本职能中，不管是参与计划、组织、领导还是控制活动，他们都需要不断地做出决策。为了应对这些来自组织内外的机遇和威胁，管理者必须做出决策。也就是说，他们必须从一系列备选方案中选择一种解决方法。

一、决策的含义

决策（Decision Making），就是指组织或个人为了实现某种目标，借助于一定的科学手段和方法，对未来一定时期内有关活动的方向、内容及方式的选择和实施的过程。主体可以是组织也可以是个人。

第 10 届诺贝尔经济学奖获奖者、美国经济组织决策管理大师赫伯特·西蒙（Herbert A.Simon）说过：“决策是管理的心脏。”也就是说，决策决定着组织的盛衰，关系组织的生死存亡。美国管理学家还曾断言：成功的 80% 取决于决策者，仅有 20% 依靠下属。由此可见，决策是督导的核心工作之一，督导要不断地决定做什么、谁来做、怎么样做、何时做和何地做。为实现饭店的经营目标和员工自身的目标，督导需要比其他层次的管理者更多地指导员工的行为和更频繁更迅速地做出决策。员工碰到问题时就会找督导，督导决定他们怎么做。员工不能或不愿按要求工作时，要决定是进行培训，激发他们的工作热情，还是用纪律来约束他们。有时，督导一整天的工作内容就是一个接一个的决策。

要充分认识和理解决策的内涵，应把握以下几个关键。

1. 决策要有明确的目标

决策是为了解决某一问题，或是为了达到一定目标。确定目标是决策过程的第一步。决策所要解决问题必须十分明确，所要达到的目标必须十分具体。没有明确的目标，决策将是盲目的。有这样一个故事，有一位父亲带着三个孩子，到沙漠去猎杀骆驼。当他们到了目的地时，父亲问老大："你看到了什么？"老大回答："我看到了猎枪，还有骆驼，还有一望无际的沙漠。"父亲摇摇头说："不对。"父亲以同样的问题问老二。老二回答说："我看见了爸爸、大哥、弟弟、猎枪，还有沙漠。"父亲又摇摇头说："不对。"父亲又以同样的问题问老三。老三回答："我只看到了骆驼。"父亲高兴地说："你答对了。"要使制订的决策目标能产生效果，关键就是"明确"二字，成功的目标，必须是明确的。进一步说，目标要具体化、要量化。只有这样，才能够确保企业或者团队成员调查自己的工作任务和努力程度，保证能始终朝着既定的目标前进。

2. 决策要有两个以上备选方案

决策实质上是选择行动方案的过程。如果只有一个备选方案，就不存在决策的问题。因而，至少要有两个或两个以上方案，人们才能从中进行比较、选择，最后选择一个满意方案为行动方案。

3. 选择后的行动方案必须付诸实施

如果选择后的方案，束之高阁，不付诸实施，这样，决策也等于没有决策。决策不仅是一个认识过程，也是一个行动的过程。

二、决策的要素

我们平时讲"决策"，多数情况下只是指做出某个决定。"现代管理学之父"彼得·德鲁克（Peter F. Drucker）所讲的"决策"，范围比我们平时意义上理解的要宽泛得多，它主要包含了以下七个要素。

1. 判断决策是否必要

管理者做决策，就好像外科医生决定是否要对病人进行手术一样。外科医生在决定动手术前，都会非常慎重，因为他们知道，外科手术存在很大风险，所以必须避免那些不必要的手术。在决定患者是否需要手术时，外科医生大都遵照几条古老而有效的规则。

（1）如果疾病能够自动痊愈，而且不会对患者产生什么风险和巨大的疼痛，动手术是没有必要的，而只需定期检查。

（2）如果病情恶化或者危及生命，而医生又可以对这种病采取一些措施，那么他就应该马上给病人动手术，不仅要快，而且还要彻底。在这种情况下，尽管手术存在风险，却是必要的。

（3）第三种情况介于以上两者之间，可能是最常见的一种情况：病情既没有恶化也不会危及生命，但是也不会自动痊愈，而且相当严重。这时外科医生就要在机会和风险之间进行权衡。在这个时刻，他必须做出一个决策。正是这种决策才把一流的外科医生和平庸之辈区分开来。

这种外科医生使用的基本原理同样可以应用到管理中的决策上来。

2. 对问题进行分类

如果一开始对问题的分类存在错误，最后的决策也会是错误的。管理者遇到的问题一般可以分为四种基本类型。

（1）无论是在饭店内部还是在整个行业中都比较普遍的事件。

（2）对于某个饭店具有特殊性，但对于整个行业具有普遍性的事件。

（3）完全特殊的事件。

（4）看上去是特殊事件，但实际上只不过是一个首次出现的普通事件。

除了完全特殊的事件之外，其他类型的问题都分别有其普遍性的解决方法。

完全特殊的问题非常罕见。事实上一个组织所遇到的大部分问题都是别人已经解决过的。所以，卓有成效的决策者要认真分析问题，判断它究竟是普遍性问题还是特殊问题。如果问题是普遍性的，就只能通过一项建立规则或原则的决策才能解决。

3. 界定问题

界定问题是所有七个决策要素中最重要的一个，也是最容易被管理者忽视的要素。一个卓有成效的决策者，总是首先从最高层次的观念方面去寻求问题的解决办法。问题找对了，即使解决方法上有所失误，这种失误也可以得到纠正或挽救；但是如果问题找错了，即使解决方案是对的，这个问题也得不到解决。借用医学上的话来说，就是对疾病的诊断要正确。同样，决策也必须要对问题先有一个正确的“界定”，然后“对症下药”。

优秀的决策者并不会做很多决策，他们只做那些重要的决策。而且他们知道什么时候必须做决策。在需要做决策的时候，他们绝不会举棋不定，而是会马上采取行动。优秀的决策者知道决策中最重要、最困难的地方并不在于做出决策本身，而是要确保所做出的决策的确能解决真正的问题。

2011 年 8 月 15 日，谷歌（Google）以 125 亿美元收购摩托罗拉移动（Motorola Mobility）。新任 CEO 拉里·佩奇（Larry Page）因此被誉为“最有效的决策者”。而他却认为，最有效的决策者是曾任美国贝尔电话公司（American Telephone & Telegraph Company，简称 AT&T）总裁的费尔。20 世纪初费尔做了四项重大决策，创造了一个当时世界上最具规模、成长得最大的民营企业。

（1）提出了“为社会提供服务是公司的根本目标”。贝尔电话公司必须预测社会大众的服务要求，满足社会大众的服务要求。当初，费尔看清了一个民营的电话公司能站得住脚，不被政府收归国营，既不能采取防守政策，自食失败之果；也不应当采取防守政策，麻痹管理人员的创造力，而应该比任何政府企业都要更加照顾社会大众的利益，积极为其服务。

（2）把实现“公众管制”作为公司的目标。费尔认为一个全国性的电信事业，绝不能以传统的“自由企业”进行无拘无束的经营。他认为，为了避免一个垄断性的公司被政府收购，唯一的方法便是“公众管制”。费尔把有效的“公众管制”，作为贝尔公司的目标。这样，一方面确保公众利益，另一方面又能使公司顺利经营。

（3）建立了贝尔研究所。成为企业界最成功的科研机构之一。他这一项政策是以一个独占性民营企业，必须自强不息才能保持活力的观念为出发点。他认为一个企业如果没有竞争力，便不能成长。电信工业的技术最为重要，视其有无前进，决定于技术能否日新月异。

（4）开创一个大众资本市场。费尔在 20 世纪 20 年代开创了一个大众资金市场，避免因为民营企业由于资金的问题而陷入困境。他认为许多企业之所以被政府接管，多数是由于无法取得所需要的资金。为确保贝尔公司民营形态的生存，必须筹措大量资金。费尔发行了一种美国电话电报公司普通股份，直到今天这个普通股份仍然是美国和加拿大中产阶级的投资对象，也使贝尔公司获得了大量资金。

费尔的四项重大决策都是有针对性的，都是为了解决公司和他当时所面临的问题。这些大决策的思想，充分体现了什么是真正的、有效的决策。

4. 判断什么是正确的决策

有的管理者在决策的时候，往往情不自禁地问这样一些问题：老板能接受什么样的决策？我知道财务人员不会喜欢这个决策，那么我现在怎么做才能迎合他们的心意呢？我知道这与我们长期以来相信的东西相矛盾，我们该如何慢慢地、在小范围内起步，以免惊动太多的人？谁会喜欢这个方案？“现代管理学之父”彼得·德鲁克（Peter F. Drucker）认为：一旦受到了这种问题的局限，决策将肯定会失败。决策的出发点应该是“什么是对的”，而绝不是“谁是对的”。

但是，这并不是说，妥协或者折中都是在决策中不可取的。实际上，妥协也有正确的与错误的之分。不管要做什么妥协，只要一个方案能够解决问题——尽管可能解决得不够完美——这种妥协就是正确的妥协。如果妥协不能解决问题，这个方案就可能比不做决策更有害处。

5. 让别人接受你的决策

我们如果从解决问题的角度看决策，除非你的组织接受了你的决策，否则你的决策就是无效的，它只不过仍然是一个良好的意愿而已。为了使一个决策发挥效力，应该从决策过程一开始，就考虑好如何使决策最后被接受。

远在做出最终决策之前，管理层在刚刚开始做决策的时候，就开始做准备工作来让人们接受他们决策。因此，组织中的每一个将要受到决策影响的人，不管是否赞成这个决策，他都会十分清楚决策的内容，也会为这个决策做好准备。这样一来，管理层根本不需要游说，因为人们已经十分了解这个决策了。

6. 落实执行决策的具体行动

在采取正确的行动之前，决策还不能算已经完成。如果没有把执行决策的任务和责任分配下去，并且为实施决策规定一个最后期限，制定决策只是一句空谈，决策也只能算是一种希望。我们平时可以见到这样的情况：饭店请了某著名的咨询公司，对饭店的某个方面做出了一个决策。于是，饭店郑重其事地又开会，又发文，大张旗鼓地宣传，饭店领导也出面表态，对这项决策表示全力支持。然而，最后每个人都把关于这项新政策的文件束之高阁。

要想使一项决策卓有成效，就必须在决策过程的一开始就考虑需要采取的行动。确实，在把执行决策的具体步骤转换成某些人的任务和责任之前，决策根本还没有完成，这时，决策只不过是一纸空文。

将决策转化为行动需要回答以下几个问题。

（1）谁必须了解这项决策？

（2）实施决策需要采取哪些行动？

（3）谁来采取这些行动？

（4）为了便于员工执行，这些行动应该采取何种方式？

7. 根据实际结果对决策进行检验

即使是有效的管理者也可能做出不正确的决策。毕竟，每一个决策都有风险，因为它将现有的资源托付给不确定的、未知的将来。因此，决策做出后，还需要经过实践的检验。一个重要决策的结果往往要在未来才能显示出来，而且经常是在多年以后。所以，在决策过程中要注意跟踪记录并及时汇报有关信息，从而不断用真正发生的结果检验决策者原来的期望。

当管理者做重要的决策时，他都应该把对结果的期望，以及希望实现的时间写下来。在 9 个月或者一年之后，这位管理者应该把真正发生的结果同原来期望的结果进行比较，而且要持续地做这种比较，直到决策已经实施完毕。

第二节　决策过程

决策制订是一个过程而不是简单的选择方案的行为。决策过程（Decision-Making Process）从发现问题开始，到选择能解决问题的方案，最后结束于评价决策效果，如下图所示。

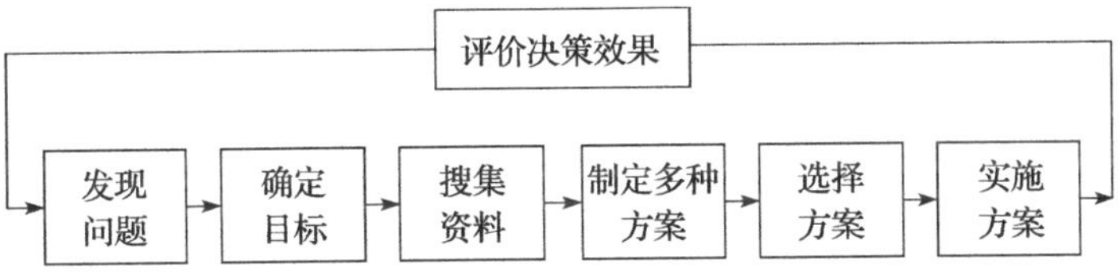

图　决策过程

一、发现问题

决策过程始于一个存在的问题（Problem），所谓问题，是指期望状态（应有状况）与实际状况之间的差距。问题的发现和识别是主观的。除了来自外部环境中的变化，它还可能来自组织内部管理者的行为。不管主动还是被动，重要的一点是，他们必须认识到决策的需要，并以一种及时和恰当的方式做出反应。

在某些事情被认为是问题前，管理者必须意识到差异，他们不得不承受采取行动的压力，同时，他们必须有采取行动所需的资源。

研究组织活动中存在的不平衡，要着重思考以下几个方面的问题。

（1）组织在何时何地已经或将要发生何种不平衡？

（2）这种不平衡会对组织产生何种影响？

（3）不平衡的原因是什么？

（4）其主要根源是什么？

（5）针对不平衡的性质，组织是否有必要改变或调整其活动的方向和内容？

二、确定目标

发现问题后，接着就要确定目标。所谓目标，是指在一定条件下，根据需要和可能，在预测的基础上所企求的终极要求，或决策所要获得的结果。

确定目标是决策中的重要一环，目标一错，失之毫厘，谬以千里。明智的决策者有这样的体会，“目标一旦定好，决策问题已经解决一半”。确立目标要注意以下几个问题。

第一，要有层次结构，建立目标体系。

目标是由总目标、子目标、二级子目标从总到分、从上到下组成的一个有层次的目标体系，是一个动态的复杂系统。俄国批判现实主义作家、思想家、哲学家列夫·托尔斯泰（Lev Tolstoy）说：“要有生活目标，一辈子的目标，一段时期的目标，一个阶段的目标，一年的目标，一个月的目标，一个星期的目标，一个小时的目标，一分钟的目标，还得为大目标牺牲小目标。”决策目标固然不必分得这样细，但必须有总有分，目标之间相互衔接，使整体功能得到有效发挥。

第二，目标是可能计量其成果、规定其时间、确定其责任的。

第三，要规定目标的约束条件。如把产值、利润增长一倍作为目标，同时要规定在产品的品种、结构、质量、规格符合一定的前提条件下来完成。执行的结果如不符合这些条件，那么即使产值、利润的计划已经完成，也不算达到了目标。约束条件主要有资源条件、质量规格、时间要求及法律、制度、政策等限制性规定。

第四，建立衡量决策的近期、中期、远期效果的三级价值标准，建立科学价值、经济价值及社会价值指标，并进行综合权衡，以构成价值系统，以此作为评价标准。

第五，目标的确定，要经过专家与领导的集体论证。

三、搜集资料，掌握情报信息

搜集与决策有关的经济、技术、社会等各方面的情报资料，是进行科学决策的重要依据。情报信息量的大小、正确与否，直接影响决策的质量。要想在决策上不失误，必须有丰富可靠的情报来源、迅速的情报传递、准确的情报研究，这是决策科学化的重要物质技术基础。没有一批定量的数据，就不可能为决策作出定性分析。因而，要尽可能大量占有数据和资料。资料来源，一方面是统计调查资料；另一方面是预测资料。

搜集情报信息资料要达到以下要求。

第一，资料必须具有完整性，凡与目标要求有关的直接或间接资料，都要尽可能搜集齐全。

第二，资料情报必须具有可靠性，要有依据，要具有时间、地点、对象的连续性要求，数字要准确无误。

第三，对资料要做系统分析，着重从事实的全部总和、从事实的联系去掌握事实，从事物的发展中全面估计各种对比关系，以保证掌握情报信息的科学性。

第四，对一些不确切的问题或疑难问题，要召集专家及有关人员进行集体会诊，以做出定性分析和概率估计。

做好预测工作，是确定目标和搜集资料两个阶段都十分必要的事情。

科学的决策要有科学的预测。科学决策需要的科学依据包括经济依据、现状依据、预测依据。对事物的过去和现状进行定量定性分析是重要的，但还是不够的。决策是在今后执行的，分析历史和现状是为了预测未来。没有科学的预测，就没有科学的决策。过去一些决策上的失误，其中一个重要原因，就是科学依据不足，尤其缺乏预测依据。只有通过科学的预测从而获得决策所必要的未来发展的信息，才能有可靠的科学依据。

四、拟订多种备选方案

拟订供选择用的各种可能方案，是决策的基础。没有恰当地拟定不同的备选方案并对其进行分析是许多管理者有时候做出错误决策的原因之一。“没有选择就没有决策”。如果只有一个方案，就没有比较和选择的余地，也就无所谓决策。正如管理学上的一句格言：“如果你感到似乎只有一条路可走，那很可能这条路就是不该走的”。过去经常是一个方案，一上一下，这种做法似应改进。

拟订方案阶段的主要任务是，对信息系统提供的数据、情报，进行充分的系统分析，并在这个基础上制订出备选方案。要求做到以下几点。

第一，必须制订多种可供选择的方案，方案之间具有原则区别，便于权衡比较。

第二，每一种方案以确切的定量数据反映其成果。

第三，要说明本方案的特点、弱点及实践条件。

第四，各种方案的表达方式必须做到条理化和直观化。

在制订方案的步骤上一般分两大步。

第一步，设想阶级。要求有创新精神和丰富的想象力。这些都取决于参谋人员的知识、能力、智慧和胆识。既要实事求是，又不能因循守旧。思想要敏锐、有洞察力并富于远见。

第二步，精心设计。如果第一步需要大胆设想，这一步却更要冷静思索、反复计算、严密论证和细致推敲，即经得起怀疑者和反对者的挑剔。这一步，主要做好两项工作：一是确定方案的细节；二是估计方案的结果。既要有好的主意，又要有好的结果。

这里还有一个主要问题，管理者很难对特定问题提出具有创造性的解决方案。因为他们中的一些人也许已经习惯从单一的角度来看待这个世界，即形成了某种特定的“管理思维定式”。根据美国管理学家彼得·圣吉（Peter Senge）的观点，我们每一个人的思想和行为都受到个人世界观模式的制约。

五、选择方案

方案一旦拟定后，决策者必须批评性地分析每一方案，让每一个方案的优缺点变得明显。接下来就评价每个方案。美国国家航空航天局（National Aeronautics and Space Administration，简称 NASA）和莫顿聚硫橡胶公司（Morton Thiokol Inc.）的管理者希望向美国公众展示其太空计划的成功，从而保证未来的拨款（经济可行性）。而这一标准和确保宇航员安全的要求（合乎道德）是相互冲突的。管理者们认为经济标准更为重要，并最终决定发射“挑战者号”（STS Challenger）航天飞机，悲剧就此发生。1986 年 1 月 28 日，挑战者号在进行代号 STS-51-L 的第 10 次太空任务时，因为右侧固态火箭推进器上面的一个 O 形环失效，导致一连串的连锁反应，并且在升空后 73 秒时，爆炸解体坠毁。机上的 7 名宇航员都在该次意外中丧生。

对管理者来说，选择评价备选方案的正确标准组合并不是一件容易的事情。

1. 评价和比较的主要内容

一般而言，评价和比较的主要内容有以下几个方面。

（1）方案实施所需要的条件是否已经具备，建立和利用这些条件需要组织付出多少成本。

（2）方案实施能给组织带来哪些长期和短期的利益。

（3）方案实施中可能遇到的风险及活动失败的可能性。

2. 几个关键的问题

在方案比较和选择过程中，决策者以及决策的组织者要注意处理好以下几个方面的问题。

（1）要统筹兼顾。

（2）要注意反对意见。

（3）要有决断的魄力。

六、实施方案

在选定了最佳备选方案之后，就需要将其予以实施。在实施方案的过程中，还需要做出许多后续的相关决策。没有切实地去实施这些决策，这和不做决策其实没什么两样。因此，需做好以下工作。

1. 制订相应的具体措施，保证方案的正确执行

围绕目标和实施目标的优化方案，制订具体的实施方案，明确各部门的职责、分工和任务，做出时间和进度安排。交方案同时要交办法，层层要有落实方案的具体措施，使总目标有层层保证的基础。

2. 确保有关方案和各项内容为参与实施的人充分接受和彻底了解

把决策的目标、价值标准以及整个方案向下属交底，动员群众、干部和科技人员为实现目标而共同努力，以求实现。

3. 运用目标管理方法将决策目标层层分解，落实到每一个执行单位和个人

制订各级各部门及执行人员的责任制，确立规范、严明制度，赏罚分明。切忌吃"大锅饭"及粗放管理。要把统一指挥同调动群众的积极性结合起来，加强思想工作。

4. 随时纠正偏差，减少偏离目标的震荡

建立重要工作的报告制度，以便随时了解方案进展情况，及时调整行动。

七、评价决策效果

即使是一个优化方案，在执行过程中，由于主客观情况的变化，发生这样那样与目标偏离的情况也是常有的。因此，必须做好反馈和追踪检查工作，以评价决策效果。这个阶段的任务，就是要准确、及时地把方案实施过程中出现的问题、执行情况的信息，输送到决策机构，以进行追踪检查。通过评价决策效果，我们就会发现出现的问题，要么是执行人员没有按规定完成任务；要么是执行中遇到实际困难，发现方案中有不妥的地方；要么是已经按方案执行了，但未达到预期目标。因此，所采取的对策，要么是教育和落实；要么是修正方案，使其更加切合实际、日臻完善；要么是需要对决策进行根本性的修正，甚至是要推倒重来。

追踪决策和评价决策效果是正常的。对追踪决策和评价决策效果要有正确的看法，采取冷静审慎的态度。决策是一个动态的依赖于时空变化的复杂的过程，把决策看成一个凝固僵化的东西，是不切实际的。因此，评价决策效果和对方案进行必要的修正是不鲜见的。就是对决策进行根本性修正的追踪决策，也是不奇怪的。经过评价决策效果和追踪决策使方案达到双重优化，不但会减少损失，而且可以获得更佳效果。

八、从反馈中学习

决策过程的最后一个步骤就是从反馈中学习。为了避免这些问题，管理者必须建

立起一种从过去决策的结果中进行学习的正式程序。这种程序一般应包括以下几个步骤。

（1）将实施一项决策后的实际结果与期望的结果进行比较。

（2）分析为什么有些决策期望落空了。

（3）从中总结出有助于未来决策的指导方针。

第三节　决策的特征和类型

一、决策的特征

一般来说，决策有以下的特征或属性。

1. 目标性

决策的目的是为了解决领导活动中出现的问题，达成一定的目标，决策中的一切行为都是为实现这一目标服务。所以，目标是贯穿全部决策过程的主线，任何活动都要围绕目标进行。决策目标首先应是明确的，即简单明了，最好具有可测性，并且任何人都能对其有相同的理解；其次目标要有可行性，满足于约束条件，经过努力能够实现。

2. 预见性

决策是一种立足现实却又面向未来的活动，而未来对任何人来说都是一个未知的领域。然而，人们进行决策的目的就是不甘心在未知领域面前无所作为，他们希望能够对未来作出判断，以把握自己的行动方向。决策者面对未来并不是脱离现实去凭空设想，而是立足现实又不停留于现实，以现实作为通向未来的起点，根据现有的知识和经验进行预测。

3. 选择性

一个问题的解决往往有多种途径，决策是从这些途径中选择一个最好的作为行动方案，没有选择就没有决策。在选择中往往都追求最佳，实际上最佳方案是很难确定的。一是人们没有可能把所有的方案都制订出来，而遗漏的也许是最佳方案；二是最佳是相比较而存在的，各方案往往是都有优点和不足，并且有些方面无法定量比较，排出优劣。因而决策中有时只能以“满意”为选择标准，即选择可以接受的途径作为实施方案，并努力使其成为现实。选择性是决策的灵魂，决策过程实质上就是选择的过程。

4. 主观性

决策是由人作出的，所以必然受到人的主观因素的影响。从未来的多种可能性中选择哪一种，都必须考虑其客观的条件，但绝不能因这些客观因素的存在就否定决策中人的主观作用。作为决策者的人是一个复杂的系统，一般具有自己的价值标准、偏好等特点，这些特点会对决策结果产生影响。比较悲观的决策者可能选择相对保守的方案，比较乐观的决策者可能选择相对激进的方案。

5. 实践性

决策是基于现实和未来的需要，是对现实和未来实践活动的一种设计、选择，是指导、控制实践活动的准绳。决策时必须考虑实施的可行性，研究决策实施环境的变迁、组织系统内部的变化以及决策管理者与执行者的利益和积极性。根据不同的决策对象、决策环境，决策也要相应地进行变化。

6. 动态性

决策一般不是瞬间完成的，而是经过一定的过程，即决策者从收集信息开始，通过分析信息、寻找方案、比较不同方案等步骤，最后确定实施方案。这些步骤总是需要一定的时间。根据以上分析，我们可以说，决策是决策者在某种特定的时间，为了达到一定目的所进行的收集信息、制订方案、选择并实施方案的过程。现代决策所面对的环境越来越复杂，在一定的时间内，人们难以找到一个较满意的决策应该具备的基本约束条件，所以，决策的动态性还表现在它应是一个不断完善的一系列的决断过程。

7. 优化性

决策总是在界定的条件下寻求优化的目标和优化地达到目标的途径，不追求优化，决策是没有意义的。优化有两层含义：一是在同样的约束条件下寻找以最低的代价，最短的时间，最优的效果实现既定的目标；二是把决策实施后可能产生的消极后果减少到最低限度。

8. 风险性

决策可能实现目标，也可能出现意想不到的结果，给组织带来损失。造成这种现象的原因很多，比如，目标错误，方案不佳，选择不当，实施不利，信息不准，环境变化等。所有决策都有失误的可能性，领导者应采取各种措施，谨慎从事，努力减少失误。但是也不能害怕失误而造成回避问题，举棋不定，贻误时机。

二、决策的类型

现代饭店经营管理活动的复杂性、多样性，决定了管理者的决策也多种多样。不同的分类方法，具有不同的决策类型。

（一）战略决策、管理决策和业务决策

按决策的作用不同，分为战略决策、管理决策和业务决策。

1. 战略决策

战略决策（Strategic Decision）是指对饭店发展方向和发展远景做出的决策，是关系到饭店发展的全局性、长远性、方向性的重大决策。如对饭店的经营方向、经营方针、新产品开发等决策。战略决策由饭店最高层领导做出。它具有影响时间长、涉及范围广、作用程度深刻的特点，是战术决策的依据和中心目标。它的正确与否，直接决定饭店的兴衰成败，决定饭店发展前景。

2. 管理决策

管理决策（Management Decision）是指饭店为保证战略决策的实现而对局部的经营管理业务工作做出的决策。它旨在提高饭店的管理效能，以实现饭店内部各环节经济活动的高度协调及资源的合理配置与利用，如饭店原材料和设施设备的采购，生产、销售的决策，商品的进货来源，人员的调配，中层干部任免，组织机构的调整等属此类决策。管理决策一般由饭店中层管理人员做出的，也称中层决策。管理决策大多涉及组织的局部问题，主要为战略决策服务。

3. 业务决策

业务决策（Business Decision）是指饭店为解决日常工作和作业任务中的问题，提高工作效率和经济利益所作的决策。它属于局部性、短期性、业务性的决策，一般由基层人员完成。

（二）个人决策和集体决策

按决策的主体不同，决策分为个人决策和集体决策。

1. 个人决策

个人决策（Personal Decision）是指在最后选定决策方案时，由决策机构的主要领导成员最终做出决定的一种决策形式。个人决策主要凭借饭店领导者个人的判断力、智慧、经验及所掌握的信息，决策速度快、效率高，适用于日常工作中程序化的决策和管理者职责范围内的事情的决策，以及紧迫性问题的决策。

个人决策具有合理性，是因为它具有简便、迅速、责任明确的特点。科学意义上的个人决策，是领导者在集中多数人的正确意见，经过反复思考后作出的，它并不意味着不负责任的独断专行。

个人决策的最大缺点是带有主观和片面性，因此，对全局性重大问题则不宜采用。个人决策的局限性主要体现在两个方面。

（1）个人决策所需的条件难以充分具备。具体表现在饭店难以找到杰出的个人决策者，那些具备条件的个人又不一定能成为掌握权力的个人决策者。

（2）决策者受到个人的经验、知识和能力的限制。

2. 集体决策

集体决策（Group Decision Making）是为充分发挥集体的智慧，由多人共同参与决策分析并制定决策的过程。其中，参与决策的人组成了决策群体。对于那些复杂的决策问题，往往涉及目标的多重性、时间的动态性和状态的不确定性，这是单纯个人的能力远远不能驾驭的。为此，集体决策因其特有的优势得到了越来越多的决策者的认同并日益受到重视。集体决策的优点是能充分发挥集体智慧，集思广益，决策慎重，从而保证决策的正确性、有效性；缺点是决策过程较复杂，耗费时间较多。它适宜于制定长远规划、全局性的决策（见下表）。

表 个人决策与集体决策的优劣性

方式	个人决策	集体决策
速度	快	慢
准确性	较差	较好
创造性	较高。适于工作不明确，需要创新的工作	较低。适于工作结构明确，有固定程序的工作
方式	个人决策	集体决策
效率	任务复杂程度决定。通常费时少，但代价高	从长远看，费时多，但代价低。效率高于个人决策
风险性	视个人气质、经历而定	视群体性格（尤其是领导）而定

（三）程序性决策和非程序性决策

按决策问题是否重复，分为程序性决策和非程序性决策。

1. 程序性决策

程序性决策（Programmed Decision），又叫常规决策，是指决策的问题是经常出现的问题，已经有了处理的经验、程序、规则，可以按常规办法来解决。一般指对例行公事所作的决策。例如，饭店生产的产品质量不合格如何处理？商店销售过期的食品如何解决？就属程序性决策。一般组织中，约有 80% 的决策可以成为程序性决策。

程序性决策涉及的都是大量重复进行的活动，可以建立一定的程序。遇到此类问题时，按照规定的程序和手续解决就可以了。这类决策在基层管理活动中比较常见，高层管理人员较少使用。

2. 非程序性决策

非程序性决策（Unprogrammed Decision），又叫非常规决策，是指为解决不经常重复出现的、非例行的新问题所进行的决策。这类决策的问题一般是不经常出现的，没有先例可鉴，也没有固定的模式、经验去解决，要靠决策者根据掌握的资料，个别研究，做出新的判断来处理和解决。非程序性决策也叫非常规决策。如饭店开辟新的市场，选择新的促销方式等属于非常规决策。

（四）确定型决策、不确定型决策和风险型决策

按照决策依据的相关信息的多少，决策可以分为确定型决策、不确定型决策和风险型决策。

1. 确定型决策

确定型决策（Decision Making under Certainty）是指在决策过程中，提出各备选方案在确知的客观条件下，每个方案只有一种结果，比较其结果优劣做出最优选择的决策。确定型决策是一种肯定状态下的决策。决策者对被决策问题的条件、性质、后果都有充分了解，可供选择方案之间的优劣比较和预期结果是明确的，各个备选的方案只能有一种结果。如员工 A 得到奖金 200 元，他可以用这些钱买一份礼物送给父母，以示孝心；或者可以给儿子买他向往已久的玩具汽车；或者可以一家三口出去吃一顿；或者还可以为自己买些资料。他采用了以上的其中一条，做出一个决策，买礼物送给父母，那么结果就是表示了孝心，这就是一个确定型决策。这类决策的关键在于选择肯定状态下的最佳方案。

2. 不确定型决策

不确定型决策（Decision Making under Uncertainty）是指在决策过程中提出各个备选方案，每个方案有几种不同的结果可以知道，但每一结果发生的概率（可能性）是无法估计和测算的。在这种条件下，决策就是不确定型的决策。它与风险型决策的区别在于：风险型决策中，每一方案产生的几种可能结果及其发生概率（可能性）都是明确的，不确定型决策只知道每一方案产生的几种可能结果，但发生的概率（可能性）并不明确。这类决策是由于人们对市场需求的几种可能客观状态出现的随机性规律认识不足，就增大了决策的不确定性程度。

3. 风险型决策

风险型决策（Risk Type Decision），是指在决策过程中提出各个备选方案，每个方案都有几种不同结果可以知道，哪种结果发生是不确定的，但是其发生的概率（可能性）大小是可以估计和测算的，在这样条件下的决策，就是风险型决策。例如，某饭店为了增加利润，提出两个备选方案：一是扩大老产品的销售；二是开发新产品。不论哪一种方案都会遇到市场需求高、市场需求一般和市场需求低这三种可能，它们发生的概率都可以估计和测算，若遇到市场需求低，饭店就要亏损。因而在上述条件下决策，带有一定的风险性，故称为风险型决策。风险型决策之所以存在，是因为影响预测目标的各种市场因素是复杂多变的，因而每个方案的执行结果都带有很大的随机

性。决策中，不论选择哪种方案，都存在一定的风险性。

（五）定性决策和定量决策

按照决策者做决策时依据的基础，决策可以分为定性决策和定量决策。

1. 定性决策

定性决策（Qualitative Decision）是一种直接利用决策者本人或有关专家的智慧来进行决策的方法，即是决策者根据所掌握的信息，通过对事物运动规律的分析，在把握事物内在本质联系基础上进行决策。定性决策更多依靠决策者（个人或集体）的丰富经验、智慧、直感和判断等进行决策的方法。这种方法适用于受经济社会因素影响较大，以及涉及社会心理因素较多的综合性的战略问题，是决策采用的主要方法。

常用的定性决策方法主要有德尔菲法和头脑风暴法。

（1）德尔菲法（Delphi Method）。是由美国著名的兰德公司（RAND Corporation）首创并用于预测和决策的方法。该法以匿名方式通过几轮函询征求专家的意见，组织预测小组对每一轮的意见进行汇总整理后作为参考再发给各专家，供他们分析判断，以提出新的论证。几轮反复后，专家意见渐趋一致，最后供决策者进行决策。

（2）头脑风暴法（Brain Storming，简称 BS 法）。又称思维共振法，即通过有关专家之间的信息交流，引起思维共振，产生组合效应，从而导致创造性思维。头脑风暴法是比较常用的群体决策方法，它利用一种思想的产生过程，鼓励提出任何种类的方案设计思想，同时禁止对各种方案的任何批判。因此，这种方法主要用于收集新设想。

采用头脑风暴法组织群体决策时，要集中有关专家召开专题会议，主持者以明确的方式向所有参与者阐明问题，说明会议的规则，尽力创造融洽轻松的会议气氛。一般不发表意见，以免影响会议的自由气氛。由专家们“自由”提出尽可能多的方案。

2. 定量决策

定量决策是指决策者对各种信息和数据进行加工、取舍，经过分析、归纳，使之具备系统性、可用性，并通过科学化的计算和分析，从而做出正确的判断后做出的决策。

定量决策方法的优点有以下几点。

（1）可以提高决策的准确性、最优性、可靠性。

（2）可以使决策者从常规决策中解脱出来，把注意力集中在关键性、全局性的重大战略决策方面，这又帮助了领导者提高重大战略决策的正确性和可靠性。

定量决策方法也有其局限性。

（1）有些变量难以定量。

（2）数学手段本身深奥难懂。

（3）花钱多，不适合一般决策问题。

第四节　制订决策

一、影响决策的因素

有一部叫作《爱在心灵深处》的电影，其中有一个很有趣的片段：第二次世界大战时盟军轰炸德国的德累斯顿，那个地方已被夷为平地，工厂、民宅等都已被炸毁了，结果盟军还是不断地在那个地方投下炸弹。轰炸机的投手很费解，去问参谋本部的军官，说德国已经被打成这个样子，德累斯顿已经被炸得一塌糊涂，为什么还要不停地在那里轰炸呢？那个军官回答："所有重大的决定都是出于私人恩怨。"

原来有一个高级军官曾经在德累斯顿交了一个女朋友，后来这个女朋友和他分手了，他因此就特别憎恨德累斯顿这个地方，所以在这个城市被炸成一片废墟后，他仍然下命令继续轰炸。这个案例里决策者已经受到个人恩怨的影响了。

尽管这是一个故事，但说明了一个道理，在需要做出重大决策时，常常有很多因素会影响管理者制定决策。在制定决策的过程中，影响决策的因素是比较多的，其中最重要的有以下几个。

（一）环境

环境对组织决策的影响是双重的。环境特点首先影响组织活动的选择。比如，在一个相对稳定的市场环境中，饭店的决策相对简单，大多数决策都可以在过去决策的基础上做出；如果市场环境复杂，变化频繁，那么饭店就可能要经常面对许多非程序性的、过去所没有遇到过的问题。

此外，对环境的习惯反应模式也影响着组织活动的选择。即使在相同的环境背景下，不同的组织也可能做出不同的反应。而这种组织与环境之间关系的模式一旦形成，就会趋向固定，影响人们对行动方案的选择。

（二）过去的决策

过去决策所带来的良好效果和记忆必然给未来的决策以有益的借鉴，过去失败的决策必然给未来的决策带来心理的阴影和消极影响。在大多数情况下，组织决策不是在一张白纸上进行初始决策，而是对初始决策的完善、调整或者是改革。组织过去的决策是当前决策的起点；过去选择的方案的实施，不仅伴随着人力、物力、财力等资源的消耗，而且伴随着内部状况的改善，带来了对外部环境的影响。

过去决策对目前决策的制约程度，主要由过去决策与现任决策者的关系决定。如果过去的决策是由现任的决策者制订的，由于决策者通常要对自己的选择及其后果负责，也为了保证决策的连续性，因此决策者一般不愿对组织的活动进行重大的调整，而趋向于仍将大部分资源投入到过去未完成的方案执行中。相反，如果现在的主要决策者与组织过去的重大决策没有很深的渊源关系，则会易于接受重大改变。

（三）决策者的风险偏好

未来条件并不总能事先预料。现实生活中，许多管理决策是在风险条件下做出的。如何对各种各样的行动方案进行概率估计呢？如果情形相似的话，决策者可以依靠过去的经验或是对二手资料的分析。

风险（risk）是指一个决策所产生的特定结果的概率。根据决策者对风险的态度可以将其分为以下三种。

1. 风险喜好型

风险喜好型的决策者敢于冒风险，敢于承担责任，因此有可能抓住机会，但也可能遭到一些损失。

2. 风险厌恶型

风险厌恶型决策者不愿冒风险，不敢承担责任，虽然可以避免一些无谓的损失，但也有可能丧失机会。

3. 风险中性

风险中性的决策者对风险采取理性的态度，既不喜好也不回避。

不同的决策者对风险的态度，决定了其决策的方式。由此可见，决策者对风险的态度影响着决策活动。

（四）组织成员对组织变化所持的态度

任何决策的制订与实施，都会给组织带来某种程度的变化。组织成员对这种可能产生的变化会表现出抵制或者是欢迎两种截然不同的态度。组织成员通常会根据过去的标准来判断现在的决策，总是担心在变化中会失去什么，对将要发生的变化产生抵御的心理，则可能给任何新决策、特别是创新决策的实施带来灾难性的后果。相反，如果组织成员以发展的眼光来分析变化的合理性并希望在可能的变化中得到什么而支持变化，这就有利于新决策的实施，特别是创新决策的实施。因此，组织成员对变化的态度对决策的影响是较大的。在前一种情况下，为了有效实施新的决策，必须做好大量的工作来改变组织成员的态度。美国福特公司（Ford），每年都要制订一个全年的

“员工参与计划”（Employee Involvement）。动员员工参与企业决策。此举引发了员工对企业的“知遇之恩”，员工投入感、合作性不断提高。

（五）时间

决策受时间的制约。决策是在特定的情况下，把组织的当前情况与组织未来可能的行动联系起来，并旨在解决问题或把握机会的管理活动。这就决定了决策必然受时间的制约，一旦超出了时间的限制，情况发生了变化，再好的决策也不可能达到预期目标。《吕氏春秋》中记载的寓言《刻舟求剑》，就充分地说明了随着时间的改变、条件的改变，决策也必须随之变化的道理。

二、怎样做出正确的决策

1. 确定决策目标

决策目标是指在一定外部环境和内部环境条件下，在市场调查和研究的基础上所预测达到的结果。决策目标是根据所要解决的问题来确定的，因此，必须把握住所要解决问题的要害。只有明确了决策目标，才能避免决策的失误。

2. 拟订备选方案

决策目标确定以后，就应拟订达到目标的各种备选方案。拟订备选方案，第一步是分析和研究目标实现的外部因素和内部条件，积极因素和消极因素，以及决策事物未来的运动趋势和发展状况；第二步是在此基础上，将外部环境各不利因素和有利因素、内部业务活动的有利条件和不利条件等，同决策事物未来趋势和发展状况的各种估计进行排列组合，拟订出实现目标的方案；第三步是将这些方案同目标要求进行粗略的分析对比，权衡利弊，从中选择出若干个利多弊少的可行方案，供进一步评估和抉择。

3. 评价备选方案

备选方案拟定以后，随之便是对备选方案进行评价，评价标准是看哪一个方案最有利于达到决策目标。评价的方法通常有三种：经验判断法、数学分析法和试验法。

4. 选择方案

选择方案就是对各种备选方案进行总体权衡后，由决策者选定一个最好的方案。

三、决策分析

决策分析（Decision Analysis），一般指从若干可能的方案中通过决策分析技术，如期望值法或决策树法等，选择其一的决策过程的定量分析方法。

（一）决策分析的步骤

决策分析一般分四个步骤。

（1）形成决策问题，包括提出方案和确定目标。

（2）判断自然状态及其概率。

（3）拟订多个可行方案。

（4）评价方案并做出选择。

（二）决策分析技术

常用的决策分析技术有：确定型情况下的决策分析，风险型情况下的决策分析。

1. 确定型情况下的决策分析

确定型决策问题的主要特征有 4 个方面。

（1）只有一个状态。

（2）有决策者希望达到的一个明确的目标。

（3）存在着可供决策者选择的两个或两个以上的方案。

（4）不同方案在该状态下的收益值是清楚的。

确定型决策分析技术包括用微分法求极大值和用数学规划等。

2. 风险型情况下的决策分析

这类决策问题与确定型决策只在第一点特征上有所区别：风险型情况下，未来可能状态不止一种，究竟出现哪种状态，不能事先肯定，只知道各种状态出现的可能性大小（如概率、频率、比例或权等）。常用的风险型决策分析技术有期望值法和决策树法。

期望值法是根据各可行方案在各自然状态下收益值的概率平均值的大小，决定各方案的取舍。

决策树法有利于决策人员使决策问题形象化，可把各种可以更换的方案、可能出现的状态、可能性大小及产生的后果等，简单地绘制在一张图上，以便计算、研究与分析，同时还可以随时补充和不确定型情况下的决策分析。如果不只有一个状态，各状态出现的可能性的大小又不确知，便称为不确定型决策。

常用的风险型决策分析方法有以下几种。

（1）乐观准则。比较乐观的决策者愿意争取一切机会获得最好结果。决策步骤是从每个方案中选一个最大收益值，再从这些最大收益值中选一个最大值，该最大值对应的方案便是入选方案。

（2）悲观准则。比较悲观的决策者总是小心谨慎，从最坏结果着想。决策步骤是先从各方案中选一个最小收益值，再从这些最小收益值中选出一个最大收益值，其对应方案便是最优方案。这是在各种最不利的情况下又从中找出一个最有利的方案。

（3）等可能性准则。决策者对于状态信息毫无所知，所以对它们一视同仁，即认为它们出现的可能性大小相等。于是这样就可按风险型情况下的方法进行决策。

（4）四方五步分析表法。以确认、地点、时间、广度四个方面为纵轴以探询问题、明确绩效偏离现象、进行最接近的逻辑比较，明确有何差异之处、明确有何变动为横轴进行决策分析。

思考与练习

一、名词解释

1. 决策。
2. 管理决策。
3. 决策分析。

二、简答题

1. 简述决策的要素。
2. 简述决策的过程。
3. 简述决策的特征。
4. 简述常见的风险型决策分析方法。

实训项目

【实训名称】决策

【实训内容】培养学生集体解决问题的能力

【实训步骤】

1. 学生 3 ～ 6 人一组，每个小组提出一道饭店督导工作中的问题。
2. 教师把这些问题分给其他小组来解决。
3. 各小组对接收的问题进行研究，集体解决。再由小组推举 1 名主发言人陈述和答辩，其他成员辅助。
4. 提出问题的小组把问题的讨论结果记录下来。

【实训点评】

教师和学生根据各组的表现给予评价打分。纳入学生实训课考核之中。

第五章

督导沟通技巧

学习目标

1. 掌握沟通含义；
2. 熟悉沟通的过程；
3. 掌握沟通的技巧。

案例引导

沟通的重要

华克公司在费城承建一座办公大厦，就在大厦要完工时，承包铜器装饰材料的供应商，突然以种种理由停止供应铜材料。由于缺少铜材料，只能眼睁睁地看着工程停下来。如工程不能如期完成，除了要交付巨额的罚款之外，华克公司还要承担信誉上的损失，这对公司以后的发展恐怕比罚款所带来的损失更大。

打电话，对方一味地应付；发传真，对方也不予理睬。由于当初认为大厦的铜器装饰不过是一个很小的工程，所以，并没有与铜商签订十分严密的供货合同。没想到就是这小小的疏忽，竟然在这节骨眼儿上缚住了公司的手脚。华克公司决定派卡伍到勃洛克林市，与铜商当面交涉。

第二天上午，卡伍走进了铜商的办公室，一进门就兴奋地说："你知道吗？我在勃洛克林市发现了一个极大的秘密。"铜商瞪大了眼睛，好奇地问："是什么秘密呀？"卡伍说："今天早晨，我翻看电话号码簿时意外地发现，在整个勃洛克林市，只有你一个人叫这个名字。看来你是一个独一无二的人啊！"铜商听后心里乐滋滋的："我还从来没注意过呢。"于是，他饶有兴趣地打开了办公桌上的电话号码簿："哈，还真是这么一回事呢！"接着，他很自豪地谈论起了他的家世。

等这个话题谈完，卡伍又说："许多人谈起你的企业都赞不绝口，说同行中你们是设备最完善的一家。"铜商笑着说："是的，这工厂的确花去了我很多精力和心血，如果你高兴的话，我愿陪你一起去看看。"

于是，他们一起来到了工厂。卡伍非常专业地指出哪些方面要比别家工厂先进，特别是对几种特殊的机器设备，更是赞不绝口。卡伍的赞赏，使铜商感到遇上了知音，他告诉卡伍，那几台机器是自己用几年的时间研制发明的，也是他的得意之作。卡伍由衷地说："我们公司能遇上像你这样既能干又智慧超群的合作者，真是我们的幸运啊！"

铜商执意要请卡伍吃午餐，卡伍也不推辞。餐后，铜商自己先笑了起来，他说："我原以为我们之间一定会爆发一场口舌之战，我也早已做好了应战的准备。没想到见面后竟然谈得如此愉快。好了，你先回费城吧，我保证按时送货，尽管有人等着出更高的价格要货呢。"

与人沟通时，除基本能力要求外，赞赏同样是一个有效沟通的重要方法和技巧。一位心理学家说："赞赏是对一个人价值的肯定，而得到你肯定评价的人，往往也会怀着一种潜在的快乐心情来满足你对他的期待。这在心理学上叫作赞赏效应。"当你对某个人有意见或准备指责他的时候，你不妨试一试赞赏。首先看看你想责备的那个人，还有哪些值得敬佩和赞赏之处，然后真诚地表达出来，把你对他的批评或责备变成一种你对他的期待，并让他感到自己是一个值得你有所期待的人，你一定会收到比预想的还要好的交际效果。

第一节　认识沟通

沟通是一个永恒的话题。沟通在饭店内部无处不在，无时不有。从某种意义上讲，管理就是各个部门、各个层次之间的相互沟通，管理人员必须不断寻找员工的需求，了解员工对饭店的意见，使员工知道正在进行哪些活动，让员工参与管理决策活动。由此可见，沟通是饭店督导管理的核心、实质和灵魂。

一、沟通的内涵

沟通（Communication）是为了一个设定的目标，把信息、思想和情感在个人或群体之间传递，并寻求反馈以达到相互理解并达成共同协议的过程。

沟通的内涵主要有以下三大内容。

1. 要有一个明确的目标

只有有了明确的目标才叫沟通，这是沟通最重要的前提。沟通时要明白自己要达到的目的，这是非常重要的。

2. 达成共同的协议

沟通结束以后一定要形成一个双方或者多方都共同承认的一个协议，只有形成了这个协议才叫作完成了一次沟通。沟通是否结束的标志就是是否达成了一个协议。在沟通结束的时候一定要有人来做总结，这是一个非常良好的沟通行为的标志。

3. 沟通信息、思想和情感

沟通的内容不仅是信息还包括更加重要的思想和情感。信息是非常容易沟通的。例如，今天几点钟起床？现在是几点了？几点钟开会？而思想和情感是不太容易沟通的。事实上我们在沟通过程中，传递更多的是彼此之间的思想和情感，而信息的内容并不是主要的内容。

二、沟通的作用

素有“经营之神”之称的日本松下电器（Panasonic）创始人松下幸之助（Konosuke Matsushita）有句名言：“企业管理过去是沟通，现在是沟通，未来还是沟通。”管理者的真正工作就是沟通。不管到了什么时候，企业管理都离不开沟通。沟通艺术是管理艺术中非常重要的一种。督导只有掌握了沟通艺术，才能成为一个真正优秀的管理者。有资料表明，饭店管理者 70% 的时间用在沟通上，主要包括开会、谈判、谈话、作报告等。虽然管理者投入了大量精力用于沟通，饭店中 70% 的问题仍然是由于沟通障碍引起的，无论是工作效率低，还是执行力差等问题。具体而言，沟通的作用主要表现在以下几个方面。

1. 沟通有助于提高决策的质量

任何决策都会涉及干什么、怎么干、何时干等问题。每当遇到这些急需解决的问题，管理者就需要从广泛的饭店内部的沟通中获取大量的信息情报，然后进行决策，或建议有关人员作出决策，以迅速解决问题。下属人员也可以主动与上级管理人员沟通，提出自己的建议，供领导者作出决策时参考，或经过沟通，取得上级领导的认可，自行决策。饭店内部的沟通为各个部门和人员进行决策提供了信息，增强了判断能力。

2. 沟通协调促使饭店员工高效工作

饭店中各个部门和各个职务是相互依存的，依存度越大，对协调的需要越高，而协调只有通过沟通才能实现。没有适当的沟通，管理者对下属的指导也不会充分，下属就可能对分配给他们的任务和要求有错误的理解，使工作任务不能正确圆满地完成，导致饭店在效益方面的损失。

3. 提高员工的士气

沟通有利于领导者激励下属，建立良好的人际关系和组织氛围。除了技术性和协调性的信息外，饭店员工还需要鼓励性的信息。它可以使领导者了解员工的需要，关心员工的疾苦，在决策中就会考虑员工的要求，以提高他们的工作热情。人一般都会要求对自己的工作能力有一个恰当的评价。如果领导的表扬、认可或者满意能够通过各种渠道及时传递给员工，就会造成某种工作激励。同时，饭店内部良好的人际关系更离不开沟通。思想上和感情上的沟通可以增进彼此的了解，消除误解、隔阂和猜忌，即使不能达到完全理解，至少也可取得谅解，使饭店有和谐的组织氛围，所谓“大家心往一处想，劲往一处使”就是有效沟通的结果。

三、沟通的功能

被誉为“经营之神”的日本松下电器（Panasonic）创始人松下幸之助（Konosuke Matsushita）有一次在一家餐厅招待客人，一行六人都点了牛排。等六人都吃完主餐，他让助理去请烹调牛排的主厨过来，还特别强调：“不要找经理，找主厨。”助理注意到，松下幸之助的牛排只吃了一半，心想一会儿的场面可能会很尴尬。主厨也很紧张，因为他知道要见自己的客人来头很大。“是不是牛排有什么问题？”主厨紧张地问。“烹调牛排，对你已不成问题，”松下幸之助说，“但是我只能吃一半。原因不在于厨艺，牛排真的很好吃，你是位非常出色的厨师，但我已 80 岁了，胃口大不如前。”主厨与其他的五位用餐者困惑得面面相觑，大家过了好一会儿才明白怎么一回事。“我想当面和你谈，是因为我担心，当你看到只吃了一半的牛排被送回厨房时，心里会难过。”

如果你是那位主厨，听到松下幸之助的如此说明，会有什么感受？是不是觉得备受尊重？客人在旁听见他如此说，更佩服他的人格并更喜欢与他做生意了。时刻真情关怀员工感受的领导，将完全捕获员工的心，并让员工心甘情愿为他赴汤蹈火！对员工表示关心和善意，比任何礼物都能产生更多的效果，这就是沟通的功能。

沟通对于饭店督导所具有的功能主要有：信息传递、情感交流、控制功能、激励功能。

1. 信息传递

沟通与决策角色有关，它为个体和群体提供决策所需要的信息，使决策者能够确定并评估各种备择方案。

2. 情感交流

对很多员工来说，工作群体是主要的社交场所，员工通过群体内的沟通来表达自己的挫折感和满足感。因此，沟通提供了一种释放情感的情绪表达机制，并满足了员工的社交需要。

3. 控制功能

沟通可以控制员工的行为。员工们必须遵守组织中的权力等级和正式指导方针，比如，他们首先要与上级交流工作方面的困难，要按照工作程序工作，要遵守饭店的政策法规等，通过沟通可以实现这种控制功能。另外，非正式沟通也控制着员工的行为。

4. 激励功能

在沟通中明确告诉员工做什么、如何做、没有达到标准时应如何改进，可以激励员工努力工作。

四、沟通的分类

（一）沟通按结构分类

沟通的基本结构包括信息、通道、反馈三个方面，缺少任何一方都完不成沟通。沟通按具体结构划分可分为正式沟通和非正式沟通。

1. 正式沟通

正式沟通（Formal Communication）是指按照组织明文规定的渠道进行信息的传递和交流。例如，组织内部的文件传达，上下级之间例行的汇报、总结，工作任务分配以及组织之间的信函往来等都属于正式沟通。正式沟通具有组织的严肃性、程序性、稳定性、可靠性及信息不易失真的特点。它是组织内沟通的主要方式。正式沟通网络有链式（Chain）、环式（Circle）、轮式（Wheel）、全通道式（All Channel）、Y 式（Y）等形式（见图 5-1）。正式的沟通网络，信息的传递速度较快，群体成员的满意度较高。

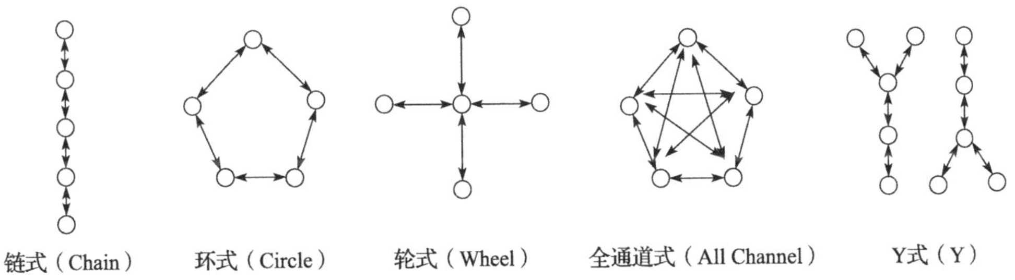

图 5-1 五种正式沟通网络

2. 非正式沟通

非正式沟通（Informal Communication）是指正式沟通渠道以外自由进行的信息传递和交流，它是正式沟通的补充。例如，员工之间私下交换意见，交流思想感情或传播小道消息等。其特点是自发性、灵活性、不可靠性。非正式沟通作为正式沟通的补充有其积极的作用，通过它可以掌握群体成员的心理状况，并在一定程度上为组织决策提供依据。但由于在非正式沟通中信息失真比较大，所以作为管理人员既不能完全依赖它获得必要的信息，又不能完全忽视它。通过对“小道消息”的研究发现，非正式沟通网络主要有集群型、密语型、随机型以及单线型等典型形式（见图 5-2）。

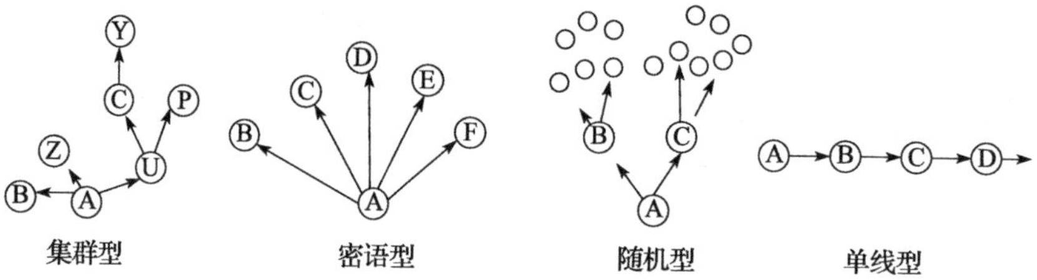

图 5-2　四种非正式沟通网络

（二）沟通按信息流动方向分类

沟通按信息流动方向分类可划分为上行沟通、下行沟通和平行沟通三种。

1. 上行沟通

上行沟通（Upward Communication）是指在组织或群体中从较低层次向较高层次的沟通。一般是指下级的意见向上级反映，即自下而上的沟通。饭店督导作为饭店的基层管理人员，首先面对的是自己的上级，如何与自己的上级沟通？具体体现在什么地方？在这里，向上沟通既不是常人所说的“拍马屁”，也不是单纯为了“功利”目的。在饭店中，向上沟通是群体成员向上级提供信息、发表意见和对情况的反映。如果上行沟通渠道畅通，可使下级员工向上级反映自己的意见和愿望，获得某种心理上的满足，同时也可使领导者及时、准确地掌握下级情况，为做出符合实际的决策和改进管理创造条件。上行沟通是一个组织领导者了解和掌握组织全面情况，以做出正确决策的重要环节。因此，组织领导者应大力鼓励下级向上级反映情况，从而确保上行沟通渠道的畅通无阻。

2. 下行沟通

下行沟通（Downward Communication）是指组织或群体中从较高层次向较低层次传递信息的过程。通常下行沟通的目的是为了控制、指示、激励及评估。它是组织的领导者把组织的目标、规章制度、工作程序向下传达的沟通方式。其形式包括管理政策宣示、备忘录、任务指派、下达指示等。下行沟通是使下级员工明确工作任务、目标、增强责任感和组织归属感，而且可以协调组织各层次的活动，加强各级间的有效协作。

3. 平行沟通

平行沟通（Horizontal Communication），也称横向沟通，是指组织或群体中各平行机构之间的交流及员工在工作中交互作用和工作交谈等。在任何一个组织中，同级管理人员之间的矛盾与竞争都是存在的。每个部门都要努力完成各自的目标，又需要得到其他部门的支持与合作。例如，某饭店前厅部经理抱怨："人力资源部经常把招聘来的最佳人选提供给客房部，而提供给前厅部的人选总是不尽如人意。"但是人力资源部经理解释："客房部经理知道部门间如何配合，而前厅部经理似乎总想凌驾于别人之上，只想别人给他方便。"平行沟通通常可以节省时间和促进协调，能够保证部门间的相互通气，相互配合和支持，从而减少矛盾和冲突，有利于组织各种关系的平衡和稳定。

（三）沟通按沟通方式分类

按沟通方式的不同，沟通可以划分为语言沟通和非语言沟通。

1. 语言沟通

语言沟通（Verbal Communication）是包括口头沟通和书面沟通。

（1）口头沟通（Oral Communication）。是指借助于口头语言实现的信息交流，它是最常采用的一种沟通形式。主要包括口头汇报、会谈、讨论、演讲、电话联系等。人们借助口头语言的表达方式彼此传递着不同的信息、情感和思想。口头沟通的优点是信息发送和反馈快捷和及时。其缺点是信息传递经过的中间环节越多，信息被曲解的可能性就越大。

（2）书面沟通（Written communication）。与口头沟通都属于语言沟通的过程，但书面沟通更加规范、正式和完整。书面沟通是以书面文字为媒介的沟通，例如，通知、文件、备忘录等。在组织和群体正式的、比较规范的沟通中通常用书面沟通。书面沟通的优点是沟通的内容具体化、直观化；沟通信息能够被永远保存，便于查询。其缺点是花费大量时间，缺乏及时的反馈，而且不能保证接收者完全正确地理解信息。

2. 非语言沟通

非语言沟通（Non-verbal Communication）。是指通过身体动作、体态、语气语调、空间距离等方式交流信息、进行沟通的过程。包括声音语气（如音乐）、肢体动作（如手势、舞蹈、武术、体育运动等）。在沟通中，信息的内容部分往往通过语言来表达，而非语言则作为提供解释内容的框架，来表达信息的相关部分。

最有效的沟通是语言沟通和非语言沟通的结合。

（四）沟通按信息发送者与接收者的位置是否变换分类

按信息发送者与接收者的位置是否变换，可分为单向沟通和双向沟通。

1. 单向沟通

单向沟通（Unilateral Communication）是指信息的发送者与接收者之间相对位置不发生变化的沟通，即信息的交流是单向的流动。例如，演讲、作报告、广播消息等都属于单向沟通。单向沟通的优点是信息传递快，其缺点是缺少信息反馈，沟通的信息准确性差，当接收者不愿接受意见或任务时，容易引起不满与抗拒。

2. 双向沟通

双向沟通（Bilateral Communicate）是指信息的发送者与接收者的位置不断变化的沟通，即信息交流是双向的活动。例如，组织间的协商、讨论或是两个人之间的谈心等都属于双向沟通。双向沟通的优点是沟通信息准确性较高，接收者有反馈意见的机会，产生平等感和参与感；通过沟通有助于建立、联络和巩固双方的感情。其缺点是信息完整传递速度较慢；接收者可以反对信息发送者的意见，在一定条件下可能给发送者造成心理上的压力。

（五）沟通按信息沟通的过程是否需要第三者加入分类

按信息沟通的过程是否需要第三者加入，可分为直接沟通和间接沟通。

1. 直接沟通

直接沟通（Direct Communication）是指信息发送者与接收者直接进行信息交流，无须第三者传递的沟通方式。例如，面对面的交谈、电话交谈等。直接沟通的优点是沟通迅速，双方可以充分交换意见，交流信息，迅速取得相互了解。其缺点是信息的有效传递需要时间和空间的一致性，有时直接沟通存在一定困难。

2. 间接沟通

间接沟通（Indirect Communication）是指信息发送者必须经过中间人或借助中介技术手段（如书信、电话等个人媒介和电视、广播、报刊、网络等大众媒介）的中转才能把信息传递给接收者。间接沟通为非面谈式沟通，常见的形式为书信类、文件报告式沟通。间接沟通的优点是不受时间和空间条件的限制，沟通交流观点比较系统。其缺点是缺少情感交流，较浪费人力和时间，且可能使信息失真。

第二节　沟通过程

沟通过程（Communication Process）是指沟通主体对沟通客体进行有目的、有计划、有组织的思想、观念、信息交流，使沟通成为双向互动的过程。

一、沟通过程的要素

沟通过程应包括五个要素，即沟通主体、沟通客体、沟通介体、沟通环境、沟通渠道。

1. 沟通主体

沟通主体是指有目的地对沟通客体施加影响的个人和团体，比如饭店企业、行政组织、家庭、社会文化团体及社会成员等。沟通主体可以选择和决定沟通客体、沟通介体、沟通环境和沟通渠道，在沟通过程中处于主导地位。

2. 沟通客体

沟通客体即沟通对象，包括个体沟通对象和团体沟通对象。团体的沟通对象还有正式群体和非正式群体的区分。沟通对象是沟通过程的出发点和落脚点，因而在沟通过程中具有积极的能动作用。

3. 沟通介体

沟通介体即沟通主体用以影响、作用于沟通客体的中介，包括沟通内容和沟通方法。沟通主体与客体间的联系，保证沟通过程的正常开展。

4. 沟通环境

沟通环境既包括与个体间接联系的政治制度、经济制度、政治观点、道德风尚、群体结构等社会整体环境，也包括与个体直接联系的学习、工作、单位或家庭等区域环境，对个体直接施加影响的社会情境及小型的人际群落。

5. 沟通渠道

沟通渠道即沟通介体从沟通主体传达给沟通客体的途径。沟通渠道不仅能使正确的思想观念尽可能全、准、快地传达给沟通客体，而且还能广泛、及时、准确地收集客体的思想动态和反馈的信息，因而沟通渠道是实施沟通过程，提高沟通功效的重要一环。沟通渠道很多，如谈心、座谈等。

二、沟通过程解析

沟通就是传递信息的过程，在这个过程中至少存在着一个发送者和一个接收者，即发出信息一方和接收信息一方。有这样一个故事：一条船在海上遇难了，有三个幸存者被海浪冲到三个相距很远的孤岛上。第一个人大声呼救，但周围什么也没有。第二个人也高声呼救，恰好一架飞机飞过天空，但飞机上的人听不到他的声音。第三个人在呼救的同时点燃了一堆篝火，飞机上的人发现了孤岛上的浓烟，通知海上救护队把他救了出来。虽然遇难的三个人都在向外联系请求救命，但由于沟通方式不同，效果截然不一样。第一个人没有信息的接收者，第二个人发出的信息未被对方辨认，只有第三个人既有信息的接收者，发出的信息又能被对方辨认，才实现了有效的沟通。一般而言，有效的沟通经常要经历七个基本环节（见图 5-3）。

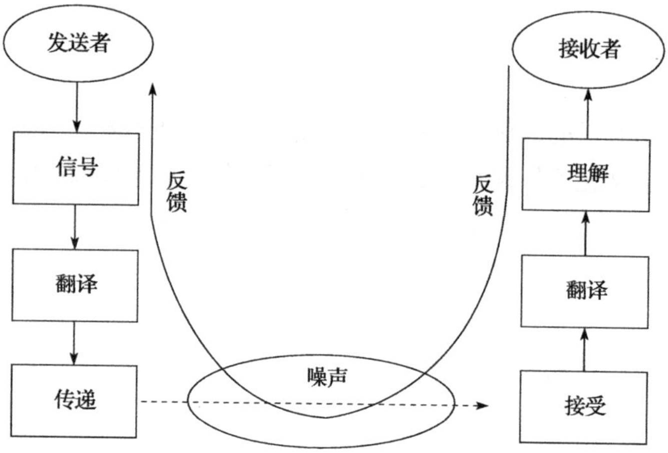

图 5-3　沟通过程

（1）发送者需要向接收者传递信息或者需要接收者提供信息。这里所说的信息是一个广义的概念，它包括观点、想法、资料等内容。

（2）发送者将所要发送的信息译成接收者能够理解的一系列符号。为了有效地进行沟通，这些符号必须适应媒体的需要。例如，如果媒体是书面报告，符号的形式应选择文字、图表或照片；如果媒体是讲座，就应选择文字、投影胶片和板书。

（3）发送的符号传递给接收者。由于选择的符号种类不同，传递的方式也不同。传递的方式可以是书面的，例如，书信、备忘录等，也可以是口头的，如交谈、演讲、电话等，甚至还可以通过身体动作来表述，如手势、面部表情、姿态等。

（4）接收者接收符号。接收者根据发送来的符号的传递方式，选择相应的接收方式。例如，如果发送来的符号是口头传递的，接收者就必须仔细地听，否则，符号就会丢失。

（5）接收者将接收到的符号译成具有特定含义的信息。由于发送者翻译和传递能力的差异，以及接收者接收和翻译水平的不同，信息的内容和含义经常被曲解。据传，澳大利亚某位定居者看到一只奇形怪状的动物，就问一位过路的土著人。回答是“kangaroo”。这位定居的移民万万没有想到，“kangaroo”在当地土语里是“我不知道”的意思，而这却成了我们所知道的“袋鼠”的名字。

（6）接收者理解被翻译的信息内容。

（7）发送者通过反馈来了解他想传递的信息是否被对方准确地接收。一般来说，由于沟通过程中存在着许多干扰和扭曲信息传递的因素（通常把这些因素称为噪声），这使得沟通的效率大为降低。因此，发送者了解信息被理解的程度也是十分必要的。沟通过程图中的反馈，构成了信息的双向沟通。

第三节　沟通障碍与团队沟通

工作生活中的一切矛盾、误会和冲突都与沟通不当有关，而结束矛盾和冲突的最好方法就是沟通。一个成功的管理者必须具备良好的沟通技能，才能应对激烈竞争的挑战。因此，饭店督导需要掌握适当的沟通技巧，让沟通成为饭店内部的润滑剂，使得管理者与员工之间，员工与员工之间的关系更为融洽。

一、沟通障碍

在日常的管理沟通行为中，常常因为一些“意外”而使沟通无法实现，甚至会出现相反的效果。许多饭店管理者发现，决策层做出的新决策或会议决议，在传达到下面时早已经“变了味”。这些情况都表明，沟通出现了障碍，有一些因素影响了信息的有效传递。实现有效沟通的障碍主要由以下原因造成的。

1. 个人原因

个人原因又有以下几种情况。

（1）人们对人对事的态度、观点和信念不同造成沟通的障碍。知觉选择的偏差是指人们有选择地接受，例如，人们在接收信息时，符合自己利益需要又与自己切身利益有关的内容很容易接受，而对自己不利或可能损害自己利益的则不容易接受。

（2）个人的个性特征差异引起沟通的障碍。在组织内部的信息沟通中，个人的性格、气质、态度、情绪、兴趣等差别，都可能引起信息沟通的障碍。

（3）语言表达、交流和理解造成沟通的障碍。在一个组织中，员工常常来自不同的背景，有着不同的说话方式和风格，对同样的事物有着不一样的理解，这些都造成了沟通的障碍。有这样一个案例：一天一位中国香港客人来到前台办理入住登记，负责接待的员工照例向客人询问所需要的房间类型，但因客人听不懂普通话，而该员工粤语水平又欠佳，在尝试用蹩脚的粤语向客人解释客人仍听不懂后，乘客人转身拿证件时，该员工向精通粤语的行李员求救，请他帮忙解释，该员工的本意是想减少由于沟通困难产生的尴尬，并节省时间，但没顾及此举动让客人觉得不被尊重，导致客人投诉。在对客人服务过程中，我们应尽量用客人的语言与客人沟通。由于地域等各种因素的原因，员工或许不能完全掌握一种语言。因此，饭店平时应加强语言技能的培训与学习。

2. 人际原因

人际原因主要包括沟通双方的相互信任程度和相似程度。沟通是发送者与接收者之间“给”与“受”的过程。信息传递不是单方面，而是双方的事情，因此，沟通双方的诚意和相互信任至关重要。在组织沟通中，当面对来源不同的同一信息时，员工最可能相信他们认为的最值得信任的那个来源的信息。上下级之间的猜疑只会增加抵触情绪，减少坦率交谈的机会，也就不可能进行有效的沟通。沟通的准确性与沟通双方间的相似性也有着直接的关系。沟通双方的特征，包括性别、年龄、智力、种族、社会地位、兴趣、价值观、能力等相似性越大，沟通的效果也会越好。

3. 结构原因

信息传递者在组织中的地位、信息传递链、团体规模等结构因素也都影响了有效的沟通。许多研究表明，地位的高低对沟通的方向和频率有很大的影响。例如，人们一般愿意与地位较高的人沟通。地位悬殊越大，信息趋向于从地位高的流向地位低的。信息传递层次越多，它到达目的地的时间也越长，信息失真率则越大，越不利于沟通。另外，组织机构庞大，层次太多，也影响信息沟通的及时性和真实性。

二、改善沟通的策略

为提高饭店内部的沟通效率，达到优化饭店沟通的目的，饭店管理者经常运用以下这些有效改善沟通的策略。

1. 沟通要有明确的目的性

管理者在沟通前应检查沟通的目的。要对沟通内容有正确、清晰的理解，制订符合实际的信息沟通计划；还应该认清这次沟通的意义所在，比如，通过这次沟通能够收获什么。重要的沟通最好事先征求他人的意见，每次沟通要解决什么问题，达到什么目的，沟通者和被沟通者都应该清楚。此外沟通不仅是下达命令，宣布政策和规定，而且是为了统一思想，协调行动。

2. 沟通要有诚意，要取得信任并与被沟通者建立感情

沟通双方的感情会影响沟通的效果。要进行有效的沟通，管理者应避免以自己的职务、地位、身份为基础进行沟通，不能因身为管理者就独断专权，不能以自己在饭店中的地位，给员工制造一种紧张的气氛。员工对管理者在某一方面的不信任可能会波及其他方面，因而为了提高双方的信任度，使管理者可以接纳部属内心各种真实的想法，让员工感到什么话都敢跟你说，管理者应尽量在各方面得到员工的信任，以加强相互之间的有效沟通。

3. 设计固定畅通的沟通渠道，形成沟通常规

如果没有明确的沟通渠道，饭店就必然呈现自发的无组织状态，以致别人提供的信息并不需要，而需要的信息又无法提供，效能下降。现代饭店规模扩大、人员增加、机构复杂、信息流量上升，为使信息能有序的流动，管理者一定要建立稳定合理的信息传播体系，以便控制饭店内部的横向及纵向的信息流动，使各部门及员工都有固定的信息来源。

4. 充分利用反馈

在沟通过程，由于缺乏反馈而导致沟通失败的现象非常普遍。人们想当然地自认为问题很简单、表达得也很清楚，对方已经明白了自己的意图，从而忽视了要求对方反馈，其实对方还真没明白你的意图。解决这一障碍的办法就是一定要让对方反馈，直到对方真正明白你的意图为止。如果是上级给下级分派工作，就更需要这样做，既要通过反馈让下属明白你的意图，还要要求下属事前一定要问清楚，事后如出现问题则需要承担责任。

5. 简化语言

沟通时讲话要有重点，尽量字斟句酌，用简单、明了的语言表达你的意思。如果条件允许，还可以借助一些其他的表达手段，如图表展示等。如果道理确实比较深奥，则要想方设法举出生活中的例子去做比喻，让对方容易理解。

6. 主动倾听

不要自顾自地喋喋不休，要多听少说、主动倾听，让对方把话说完、把意思表达完整之后再提问。对方讲的内容要多进行分析和思考，不能光看表面意思、也不要断章取义。

三、团队沟通

美国西南航空公司（Southwest Airlines）的内部杂志经常以“我们的排名如何”这个部分让西南航空的员工知道他们的表现如何。在这里，员工可以看到运务处针对准时、行李处置、旅客投诉案等三项工作的每月例行报告和统计数字。并将当月和前一个月的评估结果作比较，制订出西南航空公司整体表现在业界中的排名。还列出业界的平均数值，以利员工掌握趋势，同时比较公司和平均水准的差距。西南航空的员工对这些数据具有十足的信心，因为他们知道，公司的成就和他们的工作表现息息相关。当某一家同行的排名连续高于西南航空几个月时，公司内部会在短短几天内散布这个消息。到最后，员工会加倍努力，期待赶上人家。西南航空第一线员工的消息之灵通是许多同行无法相比的。在实际工作中，要实现团队的有效沟通，可以通过以下

几个方面来努力。

1. 团队领导者的责任

领导者要认识到沟通的重要性，并把这种思想付诸行动。饭店的领导者必须真正地认识到与员工进行沟通对实现组织目标十分重要。如果领导者通过自己的言行认可了沟通，这种观念会逐渐渗透到组织的各个环节中去。

2. 团队成员提高沟通的心理水平

团队成员要克服沟通的障碍必须注意以下心理因素的作用。

（1）在沟通过程中要认真感知，集中注意力，以便信息准确而又及时地传递和接收，避免信息错传和接收时减少信息的损失。

（2）增强记忆的准确性是消除沟通障碍的有效心理措施，记忆准确性水平高的人，传递信息可靠，接收信息也准确。

（3）提高思维能力和水平是提高沟通效果的重要心理因素，高的思维能力和水平对于正确地传递、接收和理解信息，起着重要的作用。

（4）培养稳定情绪和良好的心理气氛，创造一个相互信任、有利于沟通的小环境，有助于人们真实地传递信息和正确地判断信息，避免因偏激而歪曲信息。

3. 正确地使用语言文字

语言文字运用得是否恰当直接影响沟通的效果。使用语言文字时要简洁、明确，叙事说理要言之有据，条理清楚，富于逻辑性；措辞得当，通俗易懂，不要滥用辞藻，不要讲空话、套话。非专业性沟通时，少用专业性术语。可以借助手势语言和表情动作，以增强沟通的生动性和形象性，使对方容易接受。

4. 学会有效的倾听

有效的倾听能增加信息交流双方的信任感，是克服沟通障碍的重要条件。要提高倾听的技能，可以从以下几方面去努力。

（1）使用目光接触。

（2）展现赞许性的点头和恰当的面部表情。

（3）避免分心的举动或手势。

（4）要提出意见，以显示自己不仅在充分聆听，而且在思考。

（5）复述，用自己的话重述对方所说的内容。

（6）要有耐心，不要随意插话和随便打断对方的话。

（7）不要妄加批评和争论。

（8）使听者与说者的角色顺利转换。

5. 缩短信息传递链，拓宽沟通渠道

信息传递链过长，会减慢流通速度并造成信息失真。因此，要减少组织机构重叠，拓宽信息渠道。在美国惠普公司（Hewlett-Packard，简称 HP），总裁的办公室从来没有门，员工受到顶头上司的不公正待遇或看到公司发生问题时，可以直接提出，还可越级反映。这种沟通渠道使得人与人之间相处时，彼此之间都能做到互相尊重，消除了对抗和内讧。使团队管理者激发团队成员自下而上地沟通。例如，运用交互式广播电视系统，允许下属提出问题，并得到高层领导者的解答。如果是在一个公司，公司内部刊物应设立有问必答栏目，鼓励所有员工提出自己的疑问。此外，在利用正式沟通渠道的同时，可以开辟非正式的沟通渠道，让领导者走出办公室，亲自和员工们交流信息。坦诚、开放、面对面的沟通会使员工觉得领导者理解自己的需要和关注，取得事半功倍的效果。

总之，有效的沟通在团队的运作中起着非常重要的作用。成功的团队领导把沟通作为一种管理的手段，通过有效的沟通来实现对团队成员的控制和激励，为团队的发展创造良好的心理环境。因此，团队成员应统一思想，提高认识，克服沟通障碍，实现有效沟通，为实现个人和团队的共同发展而努力。

四、改进督导管理的沟通

在团队里，要进行有效沟通，必须明确目标。对于团队领导来说，目标管理是进行有效沟通的一种解决办法。在目标管理中，团队领导和团队成员讨论目标、计划、对象、问题和解决方案。由于整个团队都着眼于完成目标，这就使沟通有了一个共同的基础，彼此能够更好地了解对方。即便团队领导不能接受下属成员的建议，他也能理解其观点，下属对上司的要求也会有进一步的了解，沟通的结果自然得以改善。如果绩效评估也采用类似办法的话，同样也能改善沟通。

在团队中身为领导者，善于利用各种机会进行沟通，甚至创造出更多的沟通途径，与成员充分交流等并不是一件难事。难的是创造一种让团队成员在需要时可以无话不谈的环境。

对于饭店督导来说，要进行有效沟通，可以从以下几个方面着手。

（1）必须知道说什么，要明确沟通的目的。如果目的不明确，就意味着督导自己也不知道说什么，自然也不可能让别人明白，自然也就达不到沟通的目的。

（2）必须知道什么时候说，要掌握好沟通的时间。在沟通对象正大汗淋漓地忙于工作时，督导要求他与自己商量下次聚会的事情，显然不合时宜。所以，要想很好地达到沟通效果，必须掌握好沟通的时间，把握好沟通的火候。

（3）必须知道对谁说，要明确沟通的对象。虽然督导说得很好，但如果督导选错了对象，自然也达不到沟通的目的。

（4）必须知道怎么说，要掌握沟通的方法。督导知道应该向谁说、说什么，也知道该什么时候说，但督导不知道怎么说，仍然难以达到沟通的效果。沟通是要用对方听得懂的语言——包括文字、语调及肢体语言，而督导要学的就是透过对这些沟通语言的观察来有效地使用它们进行沟通。

以上四个问题，可以用来自我检测，看看督导自己是否能进行有效的沟通。

第四节　沟通的方法和技巧

一、沟通的方法

1. 会议沟通法

通过组织会议的方式进行沟通，这是最常用的沟通方法。饭店的很多沟通事务，都可以借助于会议沟通法，如部门管理例会、质量分析会和营销诊断会等。会议沟通法的特点是参与人员较多，目的明确，时间集中。会议沟通法是交流信息，分析、解决问题的重要沟通方法。工作中运用会议沟通法，必须把握好以下要点。

（1）会前充分准备。开会前，要将沟通主题、要求、时间和地点通知每一个开会者。

（2）沟通不要跑题。会议交流信息、讨论问题等要紧扣主题，提高沟通效率。

（3）会后要有结果。出台解决问题的决策方案及具体措施，体现沟通的成果。

2. 拜访沟通法

管理者就某项沟通内容，如汇报工作、征求意见等，主动向相关部门及人员寻求交流的方法。如饭店财务部将年度预算方案通过拜访部门领导及员工方式征求意见。拜访沟通法最能体现沟通者的诚意。其要点如下。

（1）沟通目的明确。对沟通所要达到的目的、效果要了如指掌。

（2）事前通知对方。给沟通对方有充分思想和时间准备，这将有利于提高沟通的效果。

（3）认真听取意见。学会倾听，虚心接纳别人的意见，即便是别人所提出的意见是错误的，也要抱着有则改之，无则加勉的态度。

3. 电话沟通法

电话沟通法是指以电话为信息交流工具的沟通方式。电话沟通的特点是时间短，简洁明了，适合于各部门一般工作过程中的衔接、协调事务的沟通。如饭店人力资源部向营销部门询问营销人员需求信息等。其要点如下。

（1）事先作好准备。对沟通的内容、重点，能否达到目的，要作好充分的思想和心理准备。

（2）通话时间简短。通话抓住主题，用词简洁、准确，忌漫无边际，词不达意。

4. 表单沟通法

饭店各项工作通过表格、单据跟随管理流程，传递、接收各部门工作环节信息的沟通方法。表单是饭店各部门工作信息交流的重要载体，具有文字简洁、程序性强的特点。饭店各部门领导要十分重视和善于利用工作表单这个工具，加强同“上游”“下游”部门的工作信息沟通。其要点如下。

（1）表单随流程走。饭店各类工作的表格、单据要随管理流程在各部门运行。

（2）认真填报表单。实事求是，一丝不苟，为其他部门提供真实、客观的工作信息。

（3）填表字迹工整。文字是信息交流的工具，字迹工整，有利于提高信息沟通的质量。

5. 文件沟通法

饭店通过颁发文件，向各部门及员工传达饭店经营决策、管理制度等信息的沟通方法。文件沟通法适用于饭店战略性、全局性的信息沟通，如饭店重大决策出台、管理制度实施等。其要点如下。

（1）文件内容公开。要将饭店决策、管理制度等信息公开，以激发员工的参与热情。

（2）组织学习贯彻。将文件发到各部门组织学习贯彻，以提高文件沟通的效果。

6. 巡视沟通法

饭店领导通过到各部门与员工了解、询问工作状况并对其工作进行指导的沟通方法。巡视沟通能增强沟通的直接性、客观性和真实性，有利于饭店领导掌握各部门及员工情况的第一手资料。其要点如下。

（1）仔细观察询问。领导巡视沟通忌走马观花，要深入基层与员工交心谈心，倾听群众的呼声。

（2）不要越权指挥。领导在巡视过程中发现问题，应与部门领导交流，由部门领导负责问题解决，而巡视者不宜越权指挥。

7. 定期沟通法

饭店或部门通过确定某一固定时间定期举行沟通活动的方法。如饭店每月召开的生产协调会、资金调度会等。定期沟通方法适合于饭店重要工作信息交流，以及解决重要问题的决策意见沟通。其要点如下。

（1）重在解决问题。定期沟通的重点要放在集思广益，如何尽快解决问题的主体上。

（2）不要流于形式。要谨防沟通会月月开，但月月不能解决实际问题的形式陷阱。

8. 演讲沟通法

饭店领导通过演讲或作报告的方式与员工沟通。饭店年度经营计划、饭店存在的重大问题和饭店年度工作总结等，这些都是饭店领导演讲的重要内容。通过演讲沟通，让员工了解饭店经营状况，可以提高他们参与饭店管理的热情，激发主人翁的责任感。其要点如下。

（1）演讲主题明确。演讲内容应紧扣一个中心，忌杂乱无章，漫无边际。

（2）时间不宜过长。演讲时间以 1 ～ 2 小时为宜，过于冗长的演讲会影响、降低沟通的效果。

9. 对话沟通法

对于饭店员工普遍关心的问题，如工资、福利待遇，饭店重大决策问题等，饭店领导与员工可以通过对话方式进行双向沟通。对话沟通是化解领导与员工在观念、思想和工作等领域分歧、矛盾的一个重要途径，有利于领导掌握员工最新观念、思想、工作动态。其要点如下。

（1）沟通角色平等。饭店领导要以普通员工身份参与同员工的对话沟通。

（2）沟通态度诚恳。沟通双方以相互尊重、理解、合作的心态参与沟通。

（3）回答明确具体。对员工提出的质询问题回答明确、具体，不含糊其词。

10. 餐厅沟通法

通过选择餐厅环境，边就餐、边沟通的方法。餐厅沟通特点是轻松自在，无拘无束，最适合于员工间的知识交流、思维碰撞和化解分歧及矛盾。其要点如下。

（1）敞开思想观点。让思想冲破“牢笼”，源源不断冒出思想火花。

（2）宽容异端观点。怪异的思想和观点，往往凝聚着创造性思维的硕果。

（3）不要铺张浪费。餐厅能够营造一个良好的沟通环境，菜肴和酒只是沟通的辅助品。

二、常用的沟通技巧

1. 保持自信的态度

一般经营事业相当成功的人士，他们不随波逐流或唯唯诺诺，有自己的想法与作风，但却很少对别人吼叫、谩骂，甚至连争辩都极为罕见。他们对自己了解相当清楚，并且肯定自己，他们的共同点是自信，日子过得很开心，有自信的人常常是最会沟通的人。

2. 体谅他人的行为

这其中包含“体谅对方”与“表达自我”两方面。所谓体谅是指设身处地为别人着想，并且体会对方的感受与需要。在经营“人”的事业过程中，当我们想对他人表示体谅与关心，唯有我们自己设身处地为对方着想。由于我们的了解与尊重，对方也相对体谅督导的立场与好意，因而做出积极而合适的回应。

3. 适当地提示对方

产生矛盾与误会的原因，如果出自对方的健忘，我们的提示正可使对方信守承诺；反之若是对方有意食言，提示就代表我们并未忘记事情，并且希望对方信守诺言。

4. 有效地直接告诉对方

一位知名的谈判专家分享他成功的谈判经验时说道：“我在各个国际商谈场合中，时常会以‘我觉得’（说出自己的感受）、‘我希望’（说出自己的要求或期望）为开端，结果常会令人极为满意。”其实，这种行为就是直言不讳地告诉对方我们的要求与感受，若能有效地直接告诉你所想要表达的对象，将会有效帮助我们建立良好的人际网络。但要切记“三不谈”：时间不恰当不谈；气氛不恰当不谈；对象不恰当不谈。

5. 善用询问与倾听

询问与倾听的行为，是用来控制自己，让自己不要为了维护权力而侵犯他人。尤其是在对方行为退缩、默不作声或欲言又止的时候，可用询问行为引出对方真正的想法，了解对方的立场以及对方的需求、愿望、意见与感受，并且运用积极倾听的方式，来诱导对方发表意见，进而对自己产生好感。一位优秀的沟通好手，绝对善于询问以及积极倾听他人的意见与感受。

一个人的成功，20% 靠专业知识，40% 靠人际关系，另外 40% 需要观察力的帮助，因此为了提升我们个人的竞争力，获得成功，就必须不断地运用有效的沟通方式和技巧，随时有效地与“人”接触沟通，只有这样，才有可能使督导事业成功。

思考与练习

一、名词解释

1. 沟通。
2. 沟通过程。
3. 双向沟通。

二、简答题

1. 简述沟通的作用。
2. 简述沟通的功能。
3. 简述有效的沟通的基本环节。
4. 简述有效沟通障碍的原因。

实训项目

【实训名称】就职演讲

【实训内容】增强学生对沟通的感性认识，培养沟通能力

【实训步骤】

1. 模拟饭店中层或基层管理者到一个新的部门任职后，第一次在部门全体员工面前讲话。
2. 每个学生准备一份演讲稿。
3. 以模拟饭店公司为单位，组织演讲训练。
4. 再以班级为单位组织演讲比赛。

【实训点评】

1. 能运用沟通的理论与方法，并尽可能搜集较多的模拟任职部门与职务的信息。
2. 每个学生的演讲稿可作为一次作业。
3. 教师根据学生的演讲稿与演讲表现给予评价打分。纳入学生实训课考核之中。

第六章

督导激励技能

学习目标

1. 充分认识和掌握激励的内涵；
2. 熟悉激励的理论；
3. 了解和熟悉激励理论的应用。

| 案例引导 |

美国曾经有一位教授在一所高中学校做了一项试验，教授首先找来三位教师，告诉他们学校对所有的教师进行了一次评选，他们正是当选的三位最好的教师。接着，教授向三位当选的教师提出了一项试验计划，并告诉他们这次试验的主要目的是考察好老师教好学生的教学效果如何。这项试验的具体内容是要他们来接手三个高中班，这三个班的新生是从全校的新生中挑选出来的最好的一批学生。同时，教授要求三位教师对他讲的事情严格保密，保密时间为一年。

这三位教师欣然答应了这项试验计划，在这一年当中，他们每当遇到学生听不懂自己讲课的情况，总是会抛弃掉过去那种认为学生愚笨的念头，不断地去改进自己的教学方式；如果学生调皮捣蛋，他们会觉得聪明的学生总是很调皮，作为全校最好的老师他们一定能让调皮的学生好好学习。

所以，在这一年中，这些老师发挥出了绝对的热情和自信，非常耐心地教育和照顾这些学生。一年之后，这三个班的学生，不管是在课业上、体育上、团队的运作上，都表现得非常优良，而且超过历届的平均水平。

暑假的时候，主事的教授告诉这三位老师他们的试验计划已经结束，而且取得了非常令人惊讶的好成果。更富戏剧性的是，教授告诉三位教师，他们的学生和他们本身都是学校随机抽选的对象，并不是所谓的全校最好。这项试验就是心理学上非常著名的期望定律试验。

当一个人觉得自己非常棒，而且对他所领导的人有高度期望的时候，他们就会使身边的整个氛围散发出一种非常健康、非常良性的感觉。这正说明了当领导者和被领导者的心态都很健康的时候，他们之间的关系也会是一种健康的关系。

第一节　认识激励

一、什么是激励

（一）激励的定义

激励（Motivate）一词，《辞海》解释为“激发使振作”。从生理学的角度看，激励就是激发人的动机，诱导人的行为，使其产生一种内在的动力，朝着所期望的目标努力的过程。激励概念用于饭店督导，就是指激发员工的工作动机，通过满足员工的各种需要，使员工努力去完成组织的任务，实现组织的目标。

（二）激励的内涵

“现代管理学之父”彼得·德鲁克（Peter F. Drucker）曾说：“对员工最大的激励就是帮助他们获得业绩，只有业绩才能让他获得成就感。不是加薪，不是晋升，不是奖励，那只是结果而已。”饭店督导中的激励包含以下几方面的内容。

（1）激励的出发点是满足组织成员的各种需要，即通过系统的设计适当的外部奖酬形式和工作环境，来满足饭店员工的外在性需要和内在性需要。

（2）科学的激励工作需要奖励和惩罚并举，既要对员工表现出来的符合饭店期望的行为进行奖励，又要对不符合饭店期望的行为进行惩罚。

（3）激励贯穿于饭店员工工作的全过程，包括对员工个人需要的了解、个性的把握、行为过程的控制和行为结果的评价等。因此，激励工作需要耐心。美国心理学家弗雷德里克·赫茨伯格（Fredrick Herzberg）曾说：“如何激励员工：锲而不舍。”

（4）信息沟通贯穿于激励工作的始末，从对激励制度的宣传、饭店员工个人的了解，到对员工行为过程的控制和对员工行为结果的评价等，都依赖于一定的信息沟通。饭店组织中信息沟通是否通畅，是否及时、准确、全面，直接影响着激励制度的运用效果和激励工作的成本。

（5）激励的最终目的是在实现组织预期目标的同时，也能让组织成员实现其个人目标，即达到组织目标和员工个人目标在客观上的统一。

二、激励的过程

激励的目标是使组织中的成员充分发挥出其潜在的能力。激励是“需求→行为→目标”的一个连锁过程。激励的过程如图 6-1 所示。

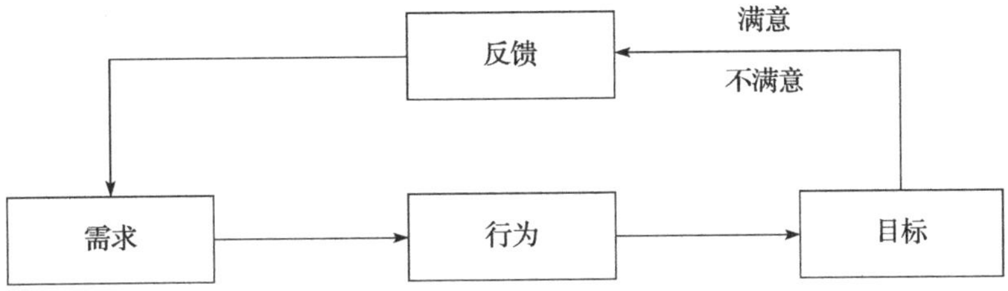

图 6-1 激励的过程

一个人从有需要直到产生动机，这是一个“心理过程”，比如，当一个下属干了一件自认为十分漂亮的事情后，他渴望得到上司或同事的赞赏、认可和肯定，这就是他渴望被上司激励的心理“动机”。这时，如果上司及时而得体地用表扬“激励”了他，他在今后的工作会更卖力，甚至做得更好，这就使他产生了努力工作的“行为”，而这种行为肯定会导致好的“结果”，最后达到下属和上司都“满意”的目标。被称为“经营之神”的日本松下电器（Panasonic）创始人松下幸之助（Konosuke Matsushita）很注意表扬人，如果当面碰上进步快或表现好的员工，他会立即给予口头表扬，如果不在现场，他还会亲自打电话表扬下属。

三、激励的作用

某足球队教练将该队队员分成三个集训小组，并在训练时做了一个心理实验。教练对第一小组队员的表现大加赞赏，说：“你们表现卓越，配合度非常高，太棒了！你们是一流的球员。”对第二小组则说：“你们也不错，如果你们运球速度快一点，步伐再稳一点，就更好了。”对第三小组则说：“你们怎么搞的，总是抓不到要领，靠你们，我什么时候才有出头之日呀！”其实这三个小组成员的素质、能力都一样。但是经过这样一个实验之后，结果第一小组获得最好的成绩，第二小组次之，第三小组最差。从这个案例我们不难看出，激励对行为具有不可估量的作用。对一个饭店来说，科学的激励制度至少具有以下几个方面的作用。

1. 吸引优秀的人才到饭店来

在发达国家的许多饭店中，特别是那些竞争力强、实力雄厚的饭店，通过各种优惠政策、丰厚的福利待遇、快捷的晋升途径来吸引饭店需要的人才。“现代管理学之父”彼得·德鲁克（Peter F. Drucker）认为，每一个组织都需要三个方面的绩效：直接的成果、价值的实现和未来的人力资源发展。缺少任何一方面的绩效，组织注定非垮不可。因此，每一位督导都必须在这三个方面均有贡献。在三方面的贡献中，对“未来的人力资源发展”的贡献就是来自激励工作。

2. 员工激励可以提高饭店绩效

管理学家的研究表明，员工的工作绩效是受激励程度、员工个人能力和工作环境的函数影响，即

$$P = f(M \times Ab \times E)$$

[P- 员工工作绩效、M- 激励水平（积极性）、Ab- 员工个人能力、E- 工作环境]

从中可以看到，好的绩效水平不仅取决于员工的个人能力，还与激励水平、工作环境有很大的关系。如果把激励制度对员工创造性、革新精神和主动提高自身素质的意愿的影响考虑进去的话，激励对工作绩效的影响就更大了。员工能力再高，如果没有工作积极性，也是不可能有良好的行为表现的。

3. 开发员工的潜在能力，提高人力资源质量

美国哈佛大学的威廉·詹姆斯（William James）教授在对员工激励的研究中发现，按时计酬的分配制度仅能让员工发挥 20% ～ 30% 的能力，如果受到充分激励的话，员工的能力可以发挥 80% ～ 90%，两种情况之间 60% 的差距就是有效激励的结果。由此可见，激励是开发员工潜在能力的重要途径。日本索尼公司（Sony Corporation）鼓励每一位员工对产品提出任何意见，由此，便有了随身听（Walkman）的诞生，这便是挖掘潜力非常成功的一个案例。

4. 造就良性的竞争环境

科学的激励制度饱含有一种竞争精神，它的运行能够创造出一种良性的竞争环境，进而形成良性的竞争机制。在具有竞争性的环境中，组织成员就会收到环境的压力，这种压力将转变为员工努力工作的动力。正如美国著名的行为科学家道格拉斯·麦格雷戈（Douglas M · Mc Gregor）所说：“个人与个人之间的竞争，才是激励的主要来源之一。”在这里，员工工作的动力和积极性成了激励工作的核心内容。

四、激励的类型

不同的激励类型对行为过程会产生程度不同的影响，所以激励类型的选择是做好激励工作的一项先决条件。

1. 物质激励与精神激励

虽然二者的目标是一致的，但是它们的作用对象却是不同的。前者作用于人的生

理方面，是对人物质需要的满足，后者作用于人的心理方面，是对人精神需要的满足。随着人们物质生活水平的不断提高，人们对精神与情感的需求越来越迫切。比如，期望得到爱、得到尊重、得到认可、得到赞美、得到理解等。美国国际商业机器公司（International Business Machines Corporation，简称 IBM）有一个“百分之百俱乐部”，当公司员工完成他的年度任务，他就被批准成为该俱乐部的成员，他和他的家人将被邀请参加隆重的各种聚会。这使得公司的雇员都将获得“百分之百俱乐部”会员资格作为第一目标，以获取那份光荣，取得了良好的激励效果。

2. 正激励与负激励

所谓正激励就是当一个人的行为符合组织的需要时，通过奖赏的方式来鼓励这种行为，以达到持续和发扬这种行为的目的。所谓负激励就是当一个人的行为不符合组织的需要时，通过制裁的方式来抑制这种行为，以达到减少或消除这种行为的目的。

正激励与负激励作为激励的两种不同类型，目的都是要对人的行为进行强化，不同之处在于二者的取向相反。正激励起正强化的作用，是对行为的肯定；负激励起负强化的作用，是对行为的否定。

3. 内激励与外激励

所谓内激励是指由内酬引发的、源自工作人员内心的激励。所谓外激励是指由外酬引发的、与工作任务本身无直接关系的激励。

内酬是指工作任务本身的刺激，即在工作进行过程中所获得的满足感，它与工作任务是同步的。追求成长、锻炼自己、获得认可、自我实现、乐在其中等内酬所引发的内激励，会产生一种持久性的作用。

外酬是指工作任务完成之后或在工作场所以外所获得的满足感，它与工作任务不是同步的。如果一项又脏又累、谁都不愿干的工作有一个人干了，那可能是因为完成这项任务，将会得到一定的外酬——奖金及其他额外补贴，一旦外酬消失，他的积极性可能就不存在了。所以，由外酬引发的外激励是难以持久的。

第二节 激励的理论

激励理论是关于如何满足人的各种需要、调动人的积极性的原则和方法的概括总结。激励的目的在于激发人的正确行为动机，调动人的积极性和创造性，以充分发挥人的智力效应，做出最大成绩。从 20 世纪 20 年代起，一些学者认为工作效率和劳动效率与职工的工作态度有直接关系，而工作态度则取决于需要的满足程度和激励因素，因此提出了许多激励理论。

一、马斯洛的需要层次理论

（一）需要层次理论的内涵

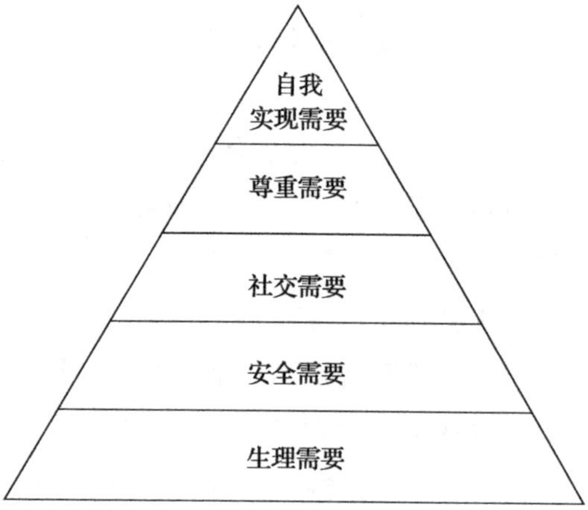

图 6-2　马斯洛需要层次理论

美国著名社会心理学家亚伯拉罕·哈罗德·马斯洛（Abraham Harold Maslow）在 1943 年提出了需要层次理论（Maslow's Hierarchy of Needs），他把人类纷繁复杂的需要由低到高分为生理需要、安全需要、社交需要、尊重需要、自我实现需要五个层次（见图 6-2）。

1. 生理需要（Physiological Needs）

指维持人类生存所必需的身体需要，包括食物、水、住所和睡眠以及其他方面的生理需要。马斯洛认为，“人是永远有需要的动物”，在一切需要之中生理需要是最优先的。如果一个人为生理需要所控制，那么其他需要均会被推到次要地位。“对于一个处于极端饥饿的人来说，除了食物没有别的兴趣。”

2. 安全需要（Safety Needs）

生理需要得到满足后，安全需要即成为主要需要，这是一种保证身心免受伤害的需要。安全需要包括许多方面：心理安全，希望解脱监督的威胁，避免不公正的待遇等；劳动安全，希望工作安全、不出事故，环境无害等；职业安全，如希望免于天灾战争、破产等；经济安全，希望医疗、养老、意外事故有保障。这种需要得不到满足，人就会感到威胁与恐惧。

3. 社交需要（Society Needs）

包括感情、归属、被接纳、友谊等方面的需要。是人要求与他人建立情感联系，如结交朋友，追求爱情的需要。爱的需要包括给他人的爱和接受他人的爱。这种爱体现在互相信任、深深理解和相互给予上，包括给予和接受爱。社交的需要与个人性格、经历、生活区域、民族、生活习惯、宗教信仰等都有关系，这种需要是难以察悟，无法度量的。

4. 尊重需要（Esteem Needs）

尊重需要包括内在的尊重如自尊心、自主权、成就感等需要和外在的尊重如地位、认同、受重视等需要。人的归属感一旦得到满足，他们就要求自觉和受到别人的尊重。内部尊重因素包括自尊、自主和成就感；外部尊重因素包括地位认可和关注等。这种需要得到满足会使人体验到自己的力量和价值，而这种需要得不到满足会使人产生自卑和失去自信心。

5. 自我实现需要（Self Actualization Needs）

自我实现需要包括个人成长与发展、发挥个人潜能、实现个人理想的需要。这是一种追求个人能力极限的内驱力。能最大限度地发挥自己的潜能，不断完善自己，完成与自己能力相称的一切事情，是人类最高层次的需要。

（二）需要层次理论的应用

按照马斯洛的观点，人的需要有轻重层次之分，在特定时刻，人的一切需要如果都未得到满足，那么满足最主要的需要就比满足其他需要更迫切，只有排在前面的那些属于低级的需要得到满足，才能产生更高一级的需要。

当一种需要得到满足后，另一种更高层次的需要就会占据主导地位。从激励的角度看，没有一种需要会得到完全满足，但只要其得到部分的满足，个体就会转向追求其他方面的需要了。事实上，社会中的大多数人在正常的情况下，他们的每种基本需要都是部分地得到满足。

如果希望激励某人，就必须了解此人目前所处的需要层次，然后着重满足这一层次或在此层次之上的需要。比如，给一个濒临饿死的人一座金山，还不如给他一个面包来得更直接、更有效。因为他们此时的需求是填饱肚子，让自己生存下来。因此，他们可以做最累、最脏、最不体面的工作。他们只需要一份收入不错的工作，他们只需要挣足够多的钱来承担家庭和生活的责任。这种类型的员工一般为基础人员或经济有困难的员工，对于他们最有效的激励就是物质激励方式。如果缺少物质激励，不能满足他们的物质需求，给予再多的精神激励也不会有任何作用的。

马斯洛把基本需要分为高低二级，其中生理需要、安全需要、社交需要属于低级的需要，这些需要通过外部条件使人得到满足，如借助于工资收入满足生理需要，借助于法律制度满足安全需要等。尊重需要、自我实现的需要是高级的需要，它们是从内部使人得到满足的，而且一个人对尊重和自我实现的需要，是永远不会感到完全满足的。高层次的需要比低层次的需要更有价值，人的需要结构是动态的、发展变化的。因此，通过满足员工的高层次需要来调动其生产积极性，具有更稳定、更持久的力量。

二、双因素理论

激励因素——保健因素理论（Motivator-Hygiene Theory）是美国的行为科学家弗雷德里克·赫茨伯格（Fredrick Herzberg）提出来的，又称双因素理论（Two Factor Theory），双因素理论是他最主要的成就。

（一）双因素理论的内涵

20 世纪 50 年代末期，赫茨伯格和他的助手们在美国匹兹堡（Pittsburgh）地区对 200 名工程师、会计师进行了调查访问。结果他发现，使员工感到满意的都是属于工作本身或工作内容方面的；使员工感到不满的，都是属于工作环境或工作关系方面的。他把前者叫作激励因素，后者叫作保健因素。

1. 保健因素

保健因素包括公司政策、管理措施、监督、人际关系、物质工作条件、工资、福利等。当这些因素恶化到人们认为可以接受的水平以下时，就会产生对工作的不满意。但是，当人们认为这些因素很好时，它只是消除了不满意，并不会导致积极的态度，这就形成了某种既不是满意、又不是不满意的中性状态。

2. 激励因素

那些能带来积极态度、满意和激励作用的因素就叫作“激励因素”，这是那些能满足个人自我实现需要的因素，包括成就、赏识、挑战性的工作、增加的工作责任，以及成长和发展的机会。如果这些因素具备了，就能对人们产生更大的激励。从这个意义出发，赫茨伯格认为传统的激励假设，如工资刺激、人际关系的改善、提供良好的工作条件等，都不会产生更大的激励；它们能消除不满意，防止产生问题，但这些传统的“激励因素”即使达到最佳程度，也不会产生更大的激励。

根据赫茨伯格的研究发现，经理人应该认识到保健因素是必需的，不过它一旦使不满意中和以后，就不能产生更积极的效果。只有“激励因素”才能使人们有更好的工作成绩。

双因素理论告诉我们，满足各种需要所引起的激励深度和效果是不一样的。物质需求的满足是必要的，没有它会导致不满，但是即使获得满足，它的作用往往是很有限的、不能持久的。要调动人的积极性，不仅要注意物质利益和工作条件等外部因素，更重要的是要注意工作的安排、量才使用、个人成长与能力提升等，注意对人进行精神鼓励，给予表扬和认可，注意给人以成长、发展、晋升的机会。随着人们物质“小康”问题的解决，人们对精神“小康”的需求也越来越迫切。

（二）双因素理论的应用

根据赫茨伯格的理论，在调动员工积极性方面，可以分别采用以下两种基本做法。

1. 直接满足

直接满足又称为工作任务以内的满足。它是一个人通过工作所获得的满足，这种满足是通过工作本身和工作过程中人与人的关系得到的。它能使员工学习到新的知识和技能，产生兴趣和热情，使员工具有光荣感、责任心和成就感。因而可以使员工受到内在激励，产生极大的工作积极性。对于这种激励方法，管理者应该予以充分重视。这种激励的措施虽然有时所需的时间较长，但是员工的积极性一经激励起来，不仅可以提高生产效率，而且能够持久，所以管理者应该充分注意运用这种方法。

2. 间接满足

间接满足，又称为工作任务以外的满足。这种满足不是从工作本身获得的，而是在工作以后获得的。例如，晋升、授衔、嘉奖或物质报酬和福利等，就都是在工作之后获得的。其中福利方面，如工资、奖金、食堂、托儿所、员工学校、俱乐部等，都属于间接满足。间接满足虽然也与员工所承担的工作有一定的联系，但它毕竟不是直接的，因而在调动员工积极性上往往有一定的局限性，常常会使员工感到与工作本身关系不大而满不在乎。研究者认为，这种满足虽然也能够显著地提高工作效率，但不容易持久，有时处理不好还会发生反作用。

在实际工作中，借鉴双因素理论来调动员工的积极性，不仅要充分注意保健因素，使员工不至于产生不满情绪；更要注意利用激励因素去激发员工的工作热情，使其努力工作。如果只顾及保健因素，仅仅满足员工暂时没有什么意见，是很难创造出一流的工作成绩的。

双因素理论还可以用来指导饭店的奖金发放。当前，饭店正使用奖金作为一种激励因素，但是必须指出，在使用这种激励因素时，必须与饭店的效益或部门及个人的工作成绩挂起钩来。如果奖金不与部门及个人的工作成绩相联系，一味地“平均分配”，久而久之，奖金就会变成保健因素，再多也起不了激励作用。

双因素理论的科学价值，不仅对搞好奖励工作具有一定的指导意义，而且对如何做好人的思想工作提供了有益的启示。既然在管理理论和实践中，人们都没有单纯地追求物质刺激，那么就不应把调动员工积极性的希望只寄托于物质鼓励方面；既然工作上的满足与精神上的鼓励将会更有效地激发人的工作热情，那么在管理中，就应特别注意处理好物质鼓励与精神鼓励的关系，充分发挥精神鼓励的作用。

三、期望理论

美国心理学家和行为科学家维克多·弗鲁姆（Victor H.Vroom）于 1964 年在其名著 *Work and Motivation*（中文名译为《工作与激励》）中提出了期望理论（Expectancy Theory）。

（一）期望理论的内涵

期望理论认为，人总是渴求满足一定的需要并设法达到一定的目标。这个目标在尚未实现时，表现为一种期望，这时目标反过来对个人的动机又是一种激发的力量，

而这个激发力量的大小，取决于目标价值（效价）和期望概率（期望值）的乘积。即

$$M = \sum V \times E$$

M 表示激励的效用（Motivation），是指调动一个人的积极性，激发人内部潜力的强度。

V 表示效价（Valence），是指达到目标对于满足个人需要的价值。同一目标，由于各个人所处的环境不同，需求不同，其需要的目标价值也就不同。同一个目标对每一个人可能有三种效价：正、零、负。如果个人喜欢其可得的结果，则为正效价；如果个人漠视其结果，则为零值；如果不喜欢其可得的结果，则为负效价。效价越高，激励力量就越大。

E 表示期望值（Expectancy），是人们根据过去经验判断自己达到某种目标或满足需要的可能性是大还是小，即能够达到目标的主观概率。

这个公式说明：假如一个人把某种目标的价值看得很大，估计能实现的概率也很高，那么这个目标激发动机的力量越强烈。

期望理论认为，期望的东西不等于现实，期望与现实之间一般有三种可能性，即期望小于现实，期望大于现实，期望等于现实。这三种情况对人的积极性的影响是不同的。

1. 期望小于现实

即实际结果大于期望值。一般地说，在正强化的情况下，如奖励、提职、提薪、分房子等，当现实大于期望值的时候，有助于提高人们的积极性，在这种情况下，能够增强信心，增加激发力量。而在负强化的情况下，如惩罚、灾害、祸患等，期望值大于现实，就会使人感到失望，因而产生消极情绪。

2. 期望大于现实

即实际结果小于期望值。一般地说，在正强化的情况下，便会产生挫折感，对激发力量产生削弱作用。如果在负强化的情况下，期望值大于现实，则会有利于调动人们的积极性，因为这时人们作了最坏的打算和准备，而结果却比预想的好很多，这自然对人的积极性是一个很大的激发。

3. 期望等于现实

即人们的期望变为现实，所谓期望的结果，是人们预料之中的事。在这种情况下，一般地说，也有助于提高人的积极性。如果从此以后，没有继续给以激励，积极性则只能维持在期望值的水平上。

在实际生活中，每个目标的效价与期望常呈现负相关。难度大、成功率低的目标既有重大社会意义，又能满足个体的成就需要，具有高效价；而成功率很高的目标则会由于缺乏挑战性，做起来索然无味，而导致总效价降低。因此，设计与选择适当的

外在目标，使其既给人以成功的希望，又使人感到值得为此而奋斗，就成了激励过程中的关键问题。

（二）期望理论的应用

1. 关于效价

期望理论指出，效价也指工作态度，受个人价值取向、主观态度、优势需要及个性特征的影响。可以根据行为的选择方向进行推测，假如个人可以自由地选择 X 结果和 Y 结果的任一个，在相等的条件下：如果选择 X，即表示 X 比 Y 具有正效价；如果选择 Y，则表示 Y 比 X 具有正效价。也可以根据观察到的需求完成行为来推测。例如，有人认为有价值的事物，另外的人可能认为全无价值。

如 1000 元奖金对生活困难者可能很有价值，而对百万富翁来说意义不大。一个希望通过努力工作得到升迁机会的人，在他心中，“升迁”的效价就很高；如果他对升迁漠不关心，毫无要求，那么升迁对他来说效价就等于零；如果这个人对升迁不仅毫无要求，而且害怕升迁，那么，升迁对他来说，效价就是负值。再例如，吃喝的数量和质量可以表明需求完成的情况，如果吃得多、吃得快，说明食品具有正效价。

2. 关于期望值

期望理论指出，期望值也指工作信心。人总是渴求满足一定的需要并设法达到一定的目标。这个目标在尚未实现时，表现为一种期望，期望的概念就是指一个人根据以往的能力和经验，在一定的时间里希望达到目标或满足需要的一种心理活动。

对于目标的期望值怎样才算适合？有人把它形容为摘苹果。只有跳起来能摘到苹果时，人才最用力去摘。倘若跳起来也摘不到，人就不跳了。如果坐着能摘到，无须去跳，便不会使人努力去做。由此可见，领导者给员工制订工作定额时，要让员工经过努力就能完成，再努力就能超额，这才有利于调动员工的积极性。定额太高使员工失去完成的信心，他就不努力去做；太低，唾手可得，员工也不会努力去做。因为期望概率太高、太容易的工作会影响员工的成就感，失去目标的内在价值。所以领导者制订工作、生产定额，以及使员工获得奖励的可能性都有个适度问题，只有适度才能保持员工恰当的期望值。

推动人们去实现目标的力量，是效价和期望值这两个变量的乘积，如果其中有一个变量为零，激励的效用就等于零。效价是饭店和团队的目标达到后，对个人有什么好处或价值，及其价值大小的主观估计。期望值是达到饭店目标的可能性大小，以及饭店目标达到后兑现个人要求可能性大小的主观估计。这两种估计在实践过程中会不断修正和变化，发生所谓“感情调整”。比如，我认为我有能力完成这项任务，完成任务后我估计老板肯定会兑现他给我晋升工资的诺言，而增加工资正是我的最大期望，所以，我工作的积极性肯定很高；反之，任何一个变量的变化，就会影响工作的积极性。管理者的任务就是要使这种调整有利于达到最大的激发力量。

第三节　激励的原则和方法

一、员工的激励需求

一般说来，每个员工都有其比较偏重的追求目标，有的追求成就，有的追求职位，而有人却追求融洽的关系与真诚的友谊。作为管理者，应设法了解员工各种不同的需求，以便为他们创造条件，激励他们实现更高的目标。下面是大多数员工的共同需求。

1. 公平的报酬

报酬是一种有效的刺激物，无论管理者多么高明，都必须以物质力量为后盾，而稳定的工资收入，是员工工作动力的永久源泉。大多数员工都希望他们工作能得到公平的回报，即同样的工作获得同样的报酬。员工不满的是别人干同样的工作，却获得更多的报酬。偏离按劳分配准则是令人恼火的。如果人们认为唯唯诺诺、玩弄手腕和攀附上级就可以加薪的话，他们就会产生这样做的动机。在这样的体系中，员工不会进取，饭店难有活力。

2. 升迁的机会

多数员工都希望在工作中有晋升的机会，没有前途的工作会使员工产生不满，最终可能导致辞职。如果饭店不能为员工提供足够的升迁机会，多半是因为饭店整体或某些部门停滞不前之故。这时饭店就必须下定决心采取行动，腾出位子，为提拔优秀员工创造条件。除了有提升机会外，员工还希望工作有保障，对于身为一家之主并有沉重的家庭负担的员工来说，情况更是这样。

3. 有趣的工作

热爱一项工作是做好这项工作的前提，许多员工把这一点排在许多要素的前列。当然，不同的工作对不同的员工有不同的吸引力，同样的东西对这个人来说是馅饼，对另一个人可能是糟粿。“工作的报酬就是工作本身！”管理者必须为员工寻求工作的内在意义，也就是要为员工创造工作的意义和价值。员工体会到工作的内在价值与意义，才会真正为了这份工作而积极努力，发挥自己的最大力量。

4. 饭店的赏识

人与人之间如果维持冷漠的态度，不仅自己活得很累，也会在无意中伤害别人。员工谋求饭店的承认和同事的认可，希望自己出色的工作被饭店“大家庭”所接受。如果得不到这些，他们的士气就会低落，工作效率就会降低。他们不仅需要自己归属于员工群体，而且还需要归属于饭店整体，是饭店整体的一部分。所有的员工都希望得到饭店的赏识，甚至需要与他们的上司一起研究工作，直接从领导那里了解饭店生产经营情况。这种做法有助于拉近管理者与员工之间的距离，使员工感到自己是饭店的主人，而不是苦力。

5. 开放的管理

让下属全面了解饭店的发展计划及努力方向，才能激发他们的工作热情。一个饭店要想快速发展，就必须将饭店经营理念和发展目标明确化，把饭店发展目标转化为员工的使命。员工越了解饭店目标，使命感越强，饭店的向心力越大。下属非常希望管理者和他们所服务的饭店都是开放的，能不断提供给他们与工作有关的饭店重大信息。如能充分告知，员工不必浪费精力打听小道消息，从而更专心地投入工作；若未充分告知，员工会对饭店缺乏归属感，能混就混，混不下去就“跳槽”。

6. 更大的权力

饭店的成长，要靠员工的努力，管理者要把员工看成比自己伟大，充分信任他们，放权给他们，才能使员工养成独立工作的能力。授权不仅是封官任命，管理者在向下属分派工作时，也要授予他们权力，否则就不算授权。管理者要帮被授权者消除心理障碍，让他们觉得自己是在“独挑大梁”，肩负着一项完整的职责。授权应注意把握好两点：一是让所有相关人士知道被授权者的权责；二是一旦授权就不再干涉。

7. 正面的回馈

饭店管理千头万绪，其中最困难的是用人。认可下属的努力，不但可以提高工作效率和士气，同时可以有效地建立其信心，提高员工的忠诚度，激励他们接受更大的挑战。有些员工总是抱怨说，领导只有在员工出错的时候，才会注意到他们的存在。管理者有责任对下属的工作给予正面的回馈，以加强他们的自信。为了充分调动员工的积极性，必须使他们相信，他们的努力会使工作富有成效。

8. 必要的培训

一家不肯花钱培训员工成才的饭店，不可能成为有前途的优秀企业。成千上万的饭店，包括那些曾经盛旺一时的大饭店，都因为不舍得在人才培训方面作投资，先后在饭店行业衰退以致消失。支持员工参加职业培训，如岗位培训或饭店付费的各种学习班、研讨会等，有助于减轻疲沓情绪，降低工作压力，提高员工的创造力。下属的最大心愿，并不是高薪水，而是取得更大成就的能力，谁能给他能力，他就会给谁卖命。

不同的员工对这些需求和愿望的侧重有所不同。对一位员工来说，晋升的机会或许最为重要，而对另一位员工来说，工作保障可能是第一重要。鉴别个人需求对管理者来说并非易事，员工嘴上说想要的，与他们实际想要的可能是两回事。作为管理者，不要以为多发奖金、多说好话就能调动员工的积极性，要让他们为团队效力，需要更细心地体察。采用何种方式激励员工，应视他们的情况而定。

二、激励的原则

1. 目标结合原则

在激励机制中，设置目标是一个关键环节。目标设置必须同时体现组织目标和员工需要的要求。

2. 物质激励和精神激励相结合的原则

物质激励是基础，精神激励是根本。在两者结合的基础上，逐步过渡到以精神激励为主。

3. 引导性原则

外激励措施只有转化为被激励者的自觉意愿，才能取得激励效果。因此，引导性原则是激励过程的内在要求。

4. 合理性原则

激励的措施要适度。要根据所实现目标本身的价值大小确定适当的激励量。同时，奖惩要公平。

5. 明确性原则

激励的目的应该是明确的，需要做什么和必须怎么做，均需清楚明了。在分配奖金等大量员工关注的问题时，最好能公开。实施物质奖励和精神奖励时都需要直观地表达它们的指标，总结和授予奖励和惩罚的方式。直观性与激励影响的心理效应成正比。

6. 时效性原则

要把握激励的时机，“雪中送炭”和“雨后送伞”的效果是不一样的。激励越及时，越有利于将人们的激情推向高潮，使其创造力连续有效地发挥出来。

7. 正激励与负激励相结合的原则

所谓正激励就是对员工的符合组织目标的期望行为进行奖励。所谓负激励就是对员工违背组织目的的非期望行为进行惩罚。正负激励都是必要而有效的，不仅作用于当事人，而且会间接地影响周围其他人。

8. 按需激励原则

激励的起点是满足员工的需要，但员工的需要因人而异、因时而异，并且只有满足最迫切需要的措施，其效价才高，其激励强度才大。因此，管理者必须进行深入的调查研究，不断了解员工需要层次和需要结构的变化趋势，有针对性地采取激励措施，才能收到实效。

三、正确运用激励原则

正确地运用激励原则，充分地认识和了解在激励中起关键性作用的一些因素，如时机、频率、程度、方向等因素，可以提高激励的效果，达到预先设定的目标。激励原则的运用应注意到以下因素。

1. 准确地把握激励时机

激励在不同时间进行，其作用与效果是有很大差别的。打个比方，厨师炒菜时，不同的时间放入味料，菜的味道和质量是不一样的。超前激励可能会使下属感到无足轻重。迟到的激励可能会让下属觉得画蛇添足，失去了激励应有的意义。激励原则如同化学实验中的催化剂，何时该用、何时不该用，都要根据具体情况进行具体分析。

根据时间上快慢的差异，激励时机可分为及时激励与延时激励；根据时间间隔是否规律，激励时机可分为规则激励与不规则激励；根据工作的周期，激励时机又可分为期前激励、期中激励和期末激励。激励时机既然存在多种形式，就不能机械地强调一种而忽视其他，而应该根据多种客观条件，进行灵活的选择，更多的时候还要加以综合的运用。

管理实际中，并不存在一种绝对有效的、时时适宜的激励时机，激励时机的选择是随机制宜的。从事饭店督导管理，应根据具体客观条件，灵活地选择激励的时机或采用综合激励的形式，以有效地发挥激励的作用。激励原则在不同时间进行，其作用与效果有很大的区别。

2. 相应采取激励频率

激励频率是指在一定时间进行激励的次数，它一般以一个工作学习周期为其时间单位的。激励频率的高低是由一个工作周期里激励次数的多少所决定的，激励频率与激励效果之间并不是简单的正比关系，在某些特殊条件下，两者可能成反比关系。因此，只有区分不同情况，采取相应的激励频率，才能有效发挥激励的作用。激励频率选择受到多种客观因素的制约，这些客观因素包括工作的内容和性质、任务目标的明确程度、激励对象的素质情况、工作条件及人际关系等。一般来说有下列几种情形。

（1）对于工作复杂性强，比较难以完成的任务，激励频率应当高，对于工作比较简单、容易完成的任务，激励频率就应该低。

（2）对于任务目标不明确、较长时期才可见成果的工作，激励频率应该低；对于任务目标明确、短期可见成果的工作，激励频率应该高。

（3）对于各方面素质较差的工作人员，激励频率应该高，对于各方面素质较好的工作人员，激励频率应该低。

（4）在工作条件和环境较差的部门，激励频率应该高；在工作条件和环境较好的部门，激励频率应该低。

当然，上述几种情况，并不是绝对的划分。在具体的管理中，应具体情况具体分析，因人、因事、因地制宜地确定恰当的激励频率。

3. 恰当地运用激励程度

激励程度是激励机制的重要因素之一，与激励效果有极为密切的联系。所谓激励程度是激励量的大小，即奖赏或惩罚标准的高低。它是激励的重要因素之一，与激励效果有着极为密切的联系。能否恰当地掌握激励程度，直接影响激励作用的发挥。过量激励和不足量激励不但起不到激励的真正作用，有时甚至会起反作用，造成对工作积极性的挫伤。比如，过分优厚的奖赏，会使人感到得来全不费功夫，丧失了发挥潜力的积极性；过分苛刻的惩罚，可能会导致人的摔破罐心理，挫伤下属改善工作的信心；过于吝啬的奖赏，会使人感到得不偿失，多干不如少干；过于轻微的惩罚，可能导致人的无所谓心理，不但不改掉毛病，反而会变本加厉。所以从量上把握激励，一定要做到恰如其分，激励程度不能过高也不能过低。激励程度并不是越高越好，超出了这一限度，就无激励作用可言了，正所谓“过犹不及”。

在饭店督导管理过程中，如果设定的激励程度偏低，就会使被激励者产生不满足感、失落感，从而丧失继续前进的动力；如果设定的激励程度偏高，又会使被激励者产生过分满足感，感到轻而易举，也会丧失上升的动力。所以要求饭店督导从量上把握激励要做到恰如其分，激励程度要适中，超过了一定的限度或不到一定程度，激励的作用就不能得到充分的发挥。

4. 正确地确定激励方向

所谓激励方向是指激励的针对性，即针对什么样的内容来实施激励。它对激励的效果具有明显的影响作用。美国心理学家马斯洛的需要层次理论（Maslow’s Hierarchy of Needs）有力地表明，激励方向的选择与激励作用的发挥有着非常密切的关系。

根据马斯洛的需要层次理论，人的行为动机起源于五种需要，即生理的需要、安全的需要、归属的需要、尊重的需要和自我实现的需要。人的需要并不是一成不变的，它是一个由低到高的发展过程，但这一过程并不是一种间断的阶梯式的跳跃，而是一种连续的、波浪式的演进。不同的需要通常是同时并存的，但在不同的时期，各种需要的刺激作用是不同的，总存在一种起最大刺激作用的优势需要。一般来说，当较低层次的需要相对满足以后，较高层次的优势需要才会出现。这一理论表明，激励方向选择与激励作用的发挥有着非常密切的关系，当某一层次的优势需要基本得到满足时，激励的作用就难以继续保持，只有把激励方向转移到满足更高层次的优势需要，才能更有效地达到激励的目的。比如，对一个具有强烈自我表现欲望的员工来说，如果要对他所取得的成绩予以奖励，奖给他奖金和实物不如为他创造一次能充分表现自己才能的机会，使他从中得到更大的鼓励。需要指出的是，激励方向选择是以优先需要的发现为其前提条件的。因此，饭店督导在管理实践中要努力发现不同阶段的优先需要，正确区分个体优先需要与群体优先需要，以提高激励的效果。

四、员工激励的方法

管理者要成功地实施激励，必须恰当、有效地运用激励方法。激励的方法多种多样，大体上可分为物质激励与精神激励两大类。

（一）物质激励

物质激励是组织激励员工最基本的手段，它以货币和实物形式对员工良好行为给予奖励或对员工不良行为进行处罚。物质利益是人们从事一切社会活动的最基本动因。物质激励就是通过满足或限制个人物质利益的需求，来激发员工的积极性和创造性。员工为了获得或者避免失去物质利益，就会自觉用道德、法律、规章制度来约束自己，规范自己的言行，积极努力地工作，从而实现组织管理的目的。常见的物质激励形式有薪酬、奖品、奖金、津贴、福利以及休假、疗养、旅游等正激励，还有诸如罚款、降薪等负激励。物质激励是激励的主要模式，也是目前饭店内部使用得非常普遍的一种激励模式。

物质激励的重要性是显而易见的，但物质激励也存在着边际效果递减、短时性、不经济性、恶性循环等一些缺陷。因此，一些学者认为物质激励只是一种较原始的表层激励方式，他们更主张“关心人、爱护人、理解人、尊重人”的精神激励方式，提倡用人性管理来提高管理水平。

事实上人类不但有物质上的需要，更有精神方面的需要。饭店单用物质激励不一定能起作用，必须把物质激励和精神激励结合起来才能真正起到调动广大员工积极性的作用。

（二）精神激励

与物质激励主要作用于人的生理、满足人的物质需要不同，精神激励主要作用于人的心理、满足人的精神需要。它从精神上对员工进行鼓励或处罚，从而激发其工作积极性。在现代管理中，精神激励是必不可少的，组织管理不能“见物不见人”。

精神激励不仅可以弥补物质激励的不足，而且可以成为长期起作用的力量，它能激发员工的工作热情，满足员工自我发展需要，提高工作效率，具有物质激励不可替代的作用。精神激励主要有以下几种方法。

1. 目标激励

组织目标是组织凝聚力的核心，它体现了员工工作的意义，能够在理想和信念的层次上激励全体员工。实施目标激励，首先，应将组织的长远目标、中期目标和近期目标进行宣传，使员工更加了解组织目标，了解自己在目标的实现过程中应起到的作用。其次，应注意把组织目标和个人目标结合起来，宣传两者的一致性，使大家了解到只有在完成组织目标的过程中，才能实现个人目标。个人事业的发展、待遇的改善与组织事业的发展、效益的提高息息相关，这样员工就会产生强烈的责任感，不用别人监督就能自觉地把工作搞好，自觉地关心组织的利益和发展前途。

2. 工作激励

人们只有在工作中充分表现自己的才能，才会感到最大的满足。因此，为了更好地发挥员工的工作积极性，管理者应更多地考虑如何才能使工作本身变得更具内在意义和更具挑战性，给员工一种自我实现的优越感。

3. 参与激励

现代饭店管理的实践经验和研究表明，现代的员工都有参与管理的要求和愿望，创造和提供一切机会让员工参与管理是调动他们积极性的有效方法。通过参与，形成员工的归属感、认同感，可以进一步满足他们自我实现的需要。

4. 培训激励

通过基本和高级的训练计划，提高员工的工作能力，并且从饭店内部选拔有资格担任领导工作的人才。素质提高的员工会产生更高层次的需要，从而起到激励的作用。

5. 尊重激励

每个员工内心都有一种把工作做好的欲望。尊重员工就是让员工学会对工作负责，自己主动承担工作，提高自我管理水平。尊重是加速员工自信力爆发的催化剂，尊重激励是一种基本激励方式。上下级之间的相互尊重是一种强大的精神力量，它有助于饭店员工之间的和谐，有助于饭店团队精神和凝聚力的形成。

6. 领导行为激励

领导者行为通过榜样作用、暗示作用、模仿作用等心理机制激发下属的动机，以调动工作和学习积极性，称为领导行为激励。领导的良好行为、模范作用、以身作则就是一种无声的命令，有力地激发下属的积极性。

7. 授权和参与激励

适当授权，让下属肩负起与其才能相适应的重任，为其提供个人获得成就和发展的机会，激发其献身精神，满足其事业心与成就感。让员工恰当地参与管理，通过参与，形成员工对饭店的归属感、认同感，可以进一步满足自尊和自我实现的需要。建立和完善员工参与管理、提出合理化建议的制度和员工持股制度，加强员工各层次与领导层的交流沟通，提高员工主人翁意识。

8. 关心激励

对员工工作和生活的关心，如建立员工生日情况表，总经理签发员工生日贺卡，关心员工的困难、慰问或赠送小礼物。这被管理学家称之为“爱的经济学”即无须投入资本，只要注入关心、爱护等情感因素，就能获得产出。

9. 文化激励

文化激励是所有激励因素中作用最为持久的，也是最需要高超的操作艺术的。饭店要注重培养独具特色的企业文化并贯彻到管理中，使其得到员工的认可并融入其中，使企业文化成为员工的一种精神动力。这是管理的最高境界，让员工在各自的领域真正处于主导地位，尊重人的价值，提高人的素质，发挥人的主观能动性，力求使每个员工的聪明才智都有用武之地，使他们各得其所，各尽所能，使员工对饭店有归属感、安全感和荣誉感。

10. 建立学习型组织激励

学习型组织是彼得·圣吉（Peter Senge）在《第五项修炼》(*The Fifth Discipline*）中提出的理论模式，是指通过培养弥漫于整个组织的学习气氛而建立起来的一种符合人性的、有机的组织。在学习型组织中，提倡员工主动学习，主动做事，不断拓展他们的能力，增强合作精神，激发员工灵感，活跃思维，提升员工与饭店的创新能力，实现个人与饭店的共同发展。

第四节 有效的激励

一、几种错误的激励理念

1. 单纯的物质激励便可以

如果能付给员工足够多的薪酬，他们当然会愿意从事任何工作；倘若在肯定其工作的同时，辅以一定的奖金刺激，员工们将会非常开心，除非他们对奖金原本有更高的期待。当薪酬提升时，员工们确实工作起来更加卖力。

但研究发现，物质激励只能带来短期的快乐。半年以后，这种动力将会逐步消失，员工们不但不像刚刚获得奖金时那么欢呼雀跃，甚至他们连奖金的具体数目都记不起来了。这是因为，金钱本身并不能对一个人产生持续的刺激作用。

没有人甘心落后，没有人愿意失败，为了比周围的人更出色，为了让周围的人能认可，舍得付出辛劳，可以加倍努力，这本身就是一种需求，对成就感的需求，而不仅是为了钱。马斯洛的需求理论认为，人的最高需求是实现个人价值。心理学家赫兹伯格说，钱只是保健因子，而不是激励因子。

那么，作为管理者的你该怎么办？应该建立起一套健全的机制，让员工获得某种程度的成就感。给他们一种认同感，让他们工作得很充实；同时给予进步的机会及上升的空间，员工将会十分珍惜这些机会。

2. 让员工保持快乐就能带来更高的生产力

管理者往往不遗余力地推行一些举措，让员工保持快乐的心情。比如，设立娱乐室或者允许员工免费拨打长途电话等。管理者一厢情愿地认为，工作间歇中员工的愉悦感，很容易转化为一种工作动力。

员工们确实都很享受休息时间，并期待这一时刻的到来，有些甚至还会拖延上班时间。但在这些时刻的满足感并不一定就会转化为更高的生产力，也不意味着在工作中会有更好的表现。

3. 忽略冲突便万事大吉

很少有人喜欢冲突，在职场上尤其如此。老板和员工几乎都怀有这两种心态——“就这样算了吧”“睁一只眼闭一只眼吧”，大家都缺乏解决问题的态度。管理层关心的往往是自己是否受人欢迎，而非快速指出员工实际存在的问题。但如果忽视员工存在的一些缺陷，长远来看，对其成长反而是不利的。

4. 一些人简直无药可救

对某些员工存有偏见，对他们彻底失去信心——这是一个最普遍存在的误区。其实，每个人都是可塑之才，只是点燃他们激情的火种有所差异。倘若管理者巡视整个办公室时，看到员工在玩电脑游戏或者发送私人邮件，他可能会在心里认定：“这个人对工作没有积极性，因为他根本就没有认真工作。”其实不然，这些看起来在“玩耍”的员工，一样有饱满的激情，甚至比那些正在埋头苦干的人更有积极性。只不过他们没有把精力直接投入到工作中来而已。

如果这位员工有可取之处，那么，饭店领导者应该找出激发他们工作热情的窍门，并尽可能地投其所好，让他们在工作中尽情释放自己的激情。

5. 响鼓无须重锤

几乎每个饭店都渴望吸引聪明人加入，因为这些人学得更快、上手也快。于是，老板们便想当然地认为这部分人不需要费心了，他们会自律。

然而，高智商与良好的自我管理能力之间并没有必然的联系。不仅如此，一部分聪明的员工往往不清楚自己保持工作热情的动力何在，他们反而更容易迷失自己或者厌倦工作，最终导致对工作兴致寥寥，效率低下。

那么，究竟该如何动员员工的积极性？聪明的老板应该了解怎样去营造良好的工作氛围，以让每个员工都活力十足。同时洞悉员工们的“动力阀门”，知道他们的优点及兴趣点，人尽其才，让每个人都在自己钟爱的岗位上发光发热。

二、如何有效地进行激励

（一）以员工需要为基础进行激励

员工为什么可以被激励？怎样才算是有效的激励？心理学研究表明：人的动机是由于他所体验的某种未满足的需要或未达到的目标所引起的。马斯洛的需要层次论（Maslow’s hierarchy of needs）是激励理论中最基本、最重要的理论。它把员工的需要从低到高依次分为：生理需要、安全需要、社交需要、尊重需要、自我实现需要5个层面。在众多的需要中有一种是对行为起决定作用的需要，称为优势需要。员工工作的动机正是为了达到需要的满足，尤其是优势需要的满足。只有需要达到满足，员工才有较高的积极性。

激励之所以有效，原因在于人们在事关自己切身利益的时候，就会对事情的成败分外关注，而趋利避害的本能会使面临的压力变为动力。比如，单位规定全年无迟到早退病事假可以拿到“满勤奖”，这样员工就会很重视每一次考勤记录。员工各式各样的需求正是激励的基础。激励手段必须针对员工的需要，才会产生积极的效果。只有让员工满意的激励措施才是有效的。

（二）有效激励的保障是科学的评价系统

有效的激励还必须以科学的评价体系为保证。这里所指的评价体系包括绩效评估体系和对激励手段有效性的评价。客观、公正的绩效评价是对员工努力工作的肯定，是对员工进行奖惩的依据。以员工绩效为依据，对员工进行奖惩，才能起到激励员工的目的。而激励的根本目的就是为了让员工创造出高的绩效水平。没有一个科学的绩效评价体系也就无法评定激励是否有效。这就需要制定一整套完善的激励制度和评价体制。随着饭店的发展，员工的需要也会随之变化，通过对激励手段的评价，可以随时把握激励手段的有效性和员工需要的变化，调整激励政策。达到激励员工的最好效果。

（三）人岗匹配

员工的技能特点、性格特点要与岗位的任职条件相匹配。我们可以假想一下，让一个高素质人才去干一份平淡、简单的工作，结果会是怎样。长时间工作后，这位人才一定会一走了之。现代饭店的岗位需要的是最适合的人来干。员工素质过高，对工作提不起兴趣；素质过低，无法完成工作，也不会对工作有兴趣。只有与员工的个人能力相匹配的工作，才会激起员工的工作兴趣，员工才会有积极性。

（四）处理好保健因素和激励因素的关系

美国心理学家弗雷德里克·赫茨伯格（Fredrick Herzberg）通过实验发现，使员工感到满意的都是属于工作本身或工作内容方面的；使员工感到不满意的都是属于工作环境或工作关系方面的。他把前者叫作激励因素，后者叫作保健因素。

赫茨伯格把那些能带来积极态度、满意和激励作用的因素就叫作“激励因素”，这是那些能满足个人自我实现需要的因素，包括成就、赏识、挑战性的工作、增加的工作责任，以及成长和发展的机会。如果这些因素具备了，就能对人们产生更大的激励。激励因素基本上都是属于工作本身或工作内容的，保健因素基本都是属于工作环境和工作关系的。但是，赫茨伯格注意到，激励因素和保健因素都有若干重叠现象，如赏识属于激励因素，基本上起积极作用；但当没有受到赏识时，又可能起消极作用，这时又表现为保健因素。工资是保健因素，但有时也能产生使员工满意的结果。

处理好保健因素和激励因素的关系需要饭店做好如下工作。

1. 提供一个良好的工作环境

饭店必须为员工提供良好的工作场所、必要的工具、完整的工作信息以及饭店各部门的协调等。员工所处的工作环境是员工工作时随时可以感受到的。

2. 工作的内容要丰富、具有一定挑战性

调查表明，当员工按部就班地工作一段时间后，积极性会有下滑趋势。对工作内容的设计，可以缓解这一问题。例如，流水线上的工人，每天从事一样的工作，较长时间后，积极性就会下降。如果适当调整其工作内容，采用工作轮换，就会再次提起工人对工作的兴趣。对于管理人员和技术人员，工作内容较为丰富，饭店鼓励其在工作上的创新，增强工作的挑战性，就可以有效地激励他们。

3. 为员工制订职业生涯规划

有调查显示，高学历的求职者，选择工作时最看中的就是发展前途。没有员工会满意没有前途的工作。饭店要把员工的工作前途告诉员工，就要制订职业生涯规划，让员工明白自己在饭店中的发展机会。以往饭店很不重视这点，很多员工不知道自己将来的位置，发展存在很大盲目性。饭店能够充分了解员工的个人需要和职业发展意愿，结合实际，为员工提供适合其要求的升迁道路，员工才有动力为饭店贡献力量。员工职业生涯规划设计，是一种长期激励措施。

4. 提供员工培训的机会

知识经济时代，科技突飞猛进，如果不及时补充新知识，掌握新技能，必被淘汰。所以，员工很渴望得到培训机会。针对员工这一需要，建立符合自己饭店实际的培训体系就很重要。培训只是手段，使用才是目的。只有学以致用，才能达到培训目的。

（五）制定激励性薪酬和福利制度

在饭店里，报酬的高低在一定程度上代表员工价值大小。合理的薪酬系统是具有很大激励效果的。

1. 激励性的薪酬政策

（1）在保证公平的前提下提高薪酬水平。从饭店内部来讲，员工关心薪酬的差别程度高于对薪酬水平的关心。要想有激励效果，就要提高薪酬水平。高薪可以形成对外竞争优势，员工有优越感，认识到饭店对自己很重视，就有高涨的积极性。

（2）薪酬要与绩效挂钩。绩效薪酬可以把饭店与员工利益统一起来，员工为自己目标奋斗的同时，也为饭店创造了价值，达到“双赢”目的。绩效薪酬实施过程中注意要有科学的绩效评估体系为依据。

（3）适当拉开薪酬层次。拉开薪酬层次可以鼓励后进者，勉励先进者。薪酬激励手段易于饭店控制，可起到事半功倍的效果。

2. 设置具有激励性质的福利项目

（1）采取弹性福利制度。弹性福利制度给予员工选择福利的机会，允许员工把个人需要与所需福利结合起来。另外，饭店还把福利与工作年限联系在一起，高年限高职务的员工更有较大的选择空间，充分体现了饭店的人文关怀，更有利长期激励。

（2）保证福利的质量。举例来讲，很多饭店企业都为员工建立了免费浴室，这本来是一项很好的福利措施。但往往疏忽了管理，浴室里水忽冷忽热，员工抱怨不断。本来是好事，结果却很糟糕。因此，加强对福利项目的管理才能起到福利应有的作用。

（六）实施人性化管理

1. 授予员工恰当的权利，注意把握约束

人性化管理，就是以人为本，以员工需要为出发点。实践证明，现代员工都有参与管理的要求和愿望。任何员工都不想只是一个执行者，都有参与决策的需要。满足员工的这种需要，不仅可以激励员工，还有利于饭店的长期发展。授权过程中一定要注意恰当。权利过大，员工无法驾驭；权利过小，员工无法完成工作。只有恰当的授权才有激励作用。授权后，不要对员工的权力乱加干涉，否则会使员工产生不信任的感觉。

2. 目标激励

目标激励是指通过设置恰当的目标，激发人的动机，达到调动积极性的目的。目标之所以能够起到激励作用，是因为目标是组织和个人的奋斗方向，完成目标是员工成就感的体现。目标激励关键在于目标设置，“跳一跳，能够着”才有激励效果。

（1）员工的目标要与组织目标一致。饭店与员工都在追求自己的利益，在这个过程中，两者之间往往会有矛盾，协调好这对矛盾，使饭店与员工的目标相一致是目标激励得以实现的基础。在饭店目标中分离出员工的个人目标是非常重要的。

（2）目标必须是恰当具体的。目标恰当是指难度不能太大也不能太小。过高的目标，员工无法完成，会挫伤员工积极性；过低的目标，员工无法在完成目标的同时体会到成就感。最好的目标应该是“跳一跳，够得着”的，既具有一定挑战性，还具有可实施性。这样不仅完成起来更有目的性，还便于评估。要求管理者在制订目标时，要注意与目标执行者的沟通，了解其需要和能力，这样才能制订出恰当的目标。

（3）当员工取得阶段性成果时，饭店还要及时反馈给员工，有助于他们进一步实现自己的目标。另外要对完成目标的员工予以奖励，认可其工作成果。

3. 鼓励竞争

只要管理者对竞争进行合理引导，竞争还可以起到激励员工的作用。对于饭店中的后进员工，管理者要鼓励他们迎头赶上；对于饭店里的先进员工，管理者要勉励他们继续领先。在饭店内提倡个人竞争，提倡团队竞争，激发员工的工作激情，可以使饭店形成良好的竞争氛围。在饭店内创造一个公平的竞争环境，竞争的有序性除了靠道德约束外，饭店也可以制定奖惩措施，规范竞争。

4. 营造有归属感的企业文化

企业文化的塑造已经成为现代饭店精神激励的重要手段。实践表明，有着良好企业文化的饭店，人才的流失是明显低于那些不重视企业文化塑造的饭店的。当企业文化充分体现到对员工的尊重时，员工会与饭店融为一体，为饭店感到骄傲，愿意奉献自己的智慧。

思考与练习

一、名词解释

1. 激励。

2. 激励机制。

3. 目标激励。

二、简答题

1. 简述激励的作用。
2. 如何正确运用激励原则？
3. 简述员工激励的方法。

实训项目

【实训名称】饭店激励调研

【实训内容】

调查一家饭店，研究这家饭店在员工激励方面有哪些经验与不足，不足之处应该如何改进。

【实训步骤】

1. 学生 3 ～ 6 人为一小组，其中一人为督导，其余为员工。
2. 小组成员共同讨论，形成调研方案。
3. 小组通过各种途径，获取目标饭店在员工激励方面的经验与不足。
4. 小组集体讨论和研究，分析该饭店员工激励的不足之处应该如何改进。
5. 每小组形成书面汇报材料，并上台向全班汇报相关成果，回答教师和其他同学的提问。

【实训点评】

教师和学生根据各组的汇报材料及汇报表现给予评价打分。纳入学生实训课考核之中。

第七章

团队建设

学习目标

1. 充分认识团队；
2. 熟悉团队的形成与发展；
3. 理解和掌握团队建设；
4. 熟悉团队精神。

案例引导

蚂蚁靠什么搬动巨蟒

蚂蚁驻地遭到了蟒蛇的攻击。蚁王在卫士的保护下来到宫殿外，只见一条巨蟒盘在峭壁上，正用尾巴用力地拍打峭壁上的蚂蚁，躲闪不及的蚂蚁无一例外丢掉了性命。

正当蚁王无计可施时，军师把在外劳作的数亿只蚂蚁召集起来，指挥蚂蚁爬上周围的大树让成团成团的蚂蚁从树上倾泻下来，砸在巨蟒身上，转眼之间，巨蟒已经被蚂蚁裹住，变成了一条“黑蟒”。它不停地摆动身子，试图逃跑，但很快，动作就缓慢下来了，因为数亿只蚂蚁在撕咬它，使它浑身鲜血淋漓，最终因失血过多而死亡。

一条巨蟒，足够作为全国蚂蚁一年的口粮了，这次战争虽然牺牲了两三千只蚂蚁，但收获也不小。

蚁王命令把巨蟒扛回宫殿，在军师的指挥下，近亿只蚂蚁一齐来扛巨蟒。它们并不费力地把巨蟒扛起来了。

然而，扛是扛起来了，并且每一只蚂蚁都很卖力，巨蟒却没有前移，因为虽然有近亿只蚂蚁在用力，但这近亿只蚂蚁的行动不协调，它们并没有站在一条直线上，有的蚂蚁向左走，有的向右走，有的向前走，有的则向后退，结果，表面上看到巨蟒的身体在挪动，实际上却只是在原地“摆动”。

于是军师爬上大树，告诉扛巨蟒的蚂蚁：“大家记住，你们的目标是一致的，那就是把巨蟒扛回家。”统一了大家的目标。

军师又找来全国嗓门最高的一百只蚂蚁，让它们站成一排，整齐地挥动小旗，统一指挥前进的方向。

这一招立即见效，蚂蚁很快将巨蟒拖成一条直线，蚂蚁也站成一条线。然后，指挥者们让最前面的蚂蚁起步，后面的依次跟上，蚂蚁迈着整齐的步伐前进，很快将巨蟒抬回了家。

在这个故事中，蚂蚁凭什么能够战胜巨蟒？单靠一只是无法完成的，必须由无数只蚂蚁结成目标一致的团队才能完成，你可以小看一只蚂蚁，但你绝不能轻视一群蚂蚁，这种团队力量是不可战胜的。

第一节　认识团队

一、团队和群体

团队（Team）就是由两个或者两个以上的，相互作用，相互依赖的个体，为了特定目标而按照一定规则结合在一起的组织。团队是由员工和管理层组成的一个共同体，它合理利用每一个成员的知识和技能协同工作，解决问题，达到共同的目标。

群体（Group）是指两个或两个以上的人，为了达到共同的目标，以一定的方式联系在一起进行活动的人群。群体并不是个体的简单集合，几个人偶然坐在火车上的邻近的座位上，几十个人在海滨游泳戏水，都不能称为群体，群体是指在共同目标的基础上，由两个以上的人所组成的相互依存、相互作用的有机组合体。

（一）团队和群体的差异

团队和群体经常容易被混为一谈，群体可以向团队过渡，但它们之间有根本性的区别，汇总为六点。

1. 在领导方面

作为群体应该有明确的领导人；团队可能就不一样，尤其团队发展到成熟阶段，成员共享决策权。

2. 目标方面

群体的目标必须跟组织保持一致，但团队中除了这点之外，还可以产生自己的目标。

3. 协作方面

协作性是群体和团队最根本的差异，群体的协作性可能是中等程度的，有时成员还有些消极，有些对立；但团队中是一种齐心协力的气氛。

4. 责任方面

群体的领导者要负很大责任，而团队中除了领导者要负责之外，每一个团队的成员也要负责，甚至要一起相互作用，共同负责。

5. 技能方面

群体成员的技能可能是不同的，也可能是相同的，而团队成员的技能是相互补充的，把不同知识、技能和经验的人综合在一起，形成角色互补，从而达到整个团队的有效组合。

6. 结果方面

群体的绩效是每一个个体的绩效相加之和，团队的结果或绩效是由大家共同合作完成的产品。

（二）群体和团队的实例区分

1. 举例

下面四个类型，哪些是群体？哪些是团队？

（1）龙舟队。

（2）旅行团。

（3）足球队。

（4）候机旅客。

龙舟队和足球队是真正意义上的团队。而旅行团是由来自五湖四海的人组成的，它只是一个群体。候机室的旅客也只能是一个群体。

2. 举例

美国职业篮球联赛（National Basketball Association，简称 NBA）在每赛季结束后都要组成一个明星队，由来自各个队伍中不同的球员组成一支篮球队，跟冠军队比赛，这个明星队是团队还是群体，或其他组织？

明星队是团队还是群体，有一些争议。这里的看法是：明星队至少不是真正意义上的团队，只能说是一个潜在的团队，因为最关键的一点是成员之间的协作性还没有那么熟练，还没有形成一个整体的合力，当然从个人技能上来说也许明星队个人技能要高一些。所以认为它是一个潜在的团队，也有人叫它伪团队。

二、团队的特征

团队具有以下八个主要特征。

1. 清晰的目标

高效的团队对所要达到的目标有清楚的了解，并坚信这一目标包含着重大的意义和价值。而且，这种目标的重要性还激励着团队成员把个人目标升华到群体目标中去。在有效的团队中，成员愿意为团队目标做出承诺，清楚地知道希望他们做什么工作，以及他们怎样共同工作最后完成任务。

2. 相关的技能

高效的团队是由一群有能力的成员组成的。他们具备实现理想目标所必需的技术和能力，而且相互之间有能够良好合作的个性品质，从而出色完成任务。后者尤其重要，但却常常被人们忽视。有精湛技术能力的人并不一定就有处理群体内关系的高超技巧，高效团队的成员则往往兼而有之。

3. 相互的信任

成员间相互信任是有效团队的显著特征，也就是说，每个成员对其他人的品行和能力都确信不疑。我们在日常的人际关系中都能体会到，信任这种东西是相当脆弱的，它需要花大量的时间去培养而又很容易被破坏。而且，只有信任他人才能换来被他人的信任，不信任只能导致不信任。所以，维持群体内的相互信任，还需要引起管理层足够的重视。

组织文化和管理层的行为对形成相互信任的群体内氛围很有影响。如果组织崇尚开放、诚实、协作的办事原则，同时鼓励员工的参与和自主性，它就比较容易形成信任的环境。

4. 一致的承诺

高效的团队成员对团队表现出高度的忠诚和承诺，为了能使群体获得成功，他们愿意去做任何事情。我们把这种忠诚和奉献称为一致的承诺。

对成功团队的研究发现，团队成员对他们的群体具有认同感，他们把自己属于该群体的身份看作是自我的一个重要方面。因此，承诺一致的特征表现为对群体目标的奉献精神，愿意为实现这一目标而调动和发挥自己的最大潜能。

5. 良好的沟通

毋庸置疑，良好的沟通是一个高效团队的基本特点。群体成员通过畅通的渠道交流信息，包括各种言语和非言语信息。此外，管理层与团队成员之间健康的信息反馈也是良好沟通的重要特征，它有助于管理者指导团队成员的行动，消除误解。就像一对已经共同生活多年、感情深厚的夫妇那样，高效团队中的成员能迅速而准确地了解彼此的想法和情感。

6. 谈判技能

以个体为基础进行工作设计时，员工的角色由工作说明、工作纪律、工作程序及其他一些正式文件明确规定。但对于高效的团队来说，其成员角色具有灵活多变性，总在不断地进行调整。这就需要成员具备充分的谈判技能。由于团队中的问题和关系时常变换，成员必须能面对和应付这种情况。

7. 恰当的领导

有效的领导者能够让团队跟随自己共同度过最艰难的时期，因为他能为团队指明前途所在。他们向成员阐明变革的可能性，鼓舞团队成员的自信心，帮助他们更充分地了解自己的潜力。

优秀的领导者不一定非得指示或控制，高效团队的领导者往往担任的是教练和后盾的角色，他们对团队提供指导和支持，但并不试图去控制它。

这不仅适用于自我管理团队，当授权给小组成员时，它也适用于任务小组、交叉职能型的团队。对于那些习惯传统方式的管理者来说，这种从上司到后盾的角色变换，即从发号施令到为团队服务——实在是一种困难的转变。当前很多管理者已开始发现这种新型的权力共享方式的好处，或通过领导培训逐渐意识到它的益处，但仍然有些脑筋死板、习惯专制方式的管理者无法接受这种新理念，这些人应当尽快转换自己的旧理念，否则就将被取而代之。

8. 内部支持和外部支持

支持要成为高效团队的最后一个必需条件就是它的支持环境，从内部条件来看，团队应拥有一个合理的基础结构。这包括：适当的培训，一套易于理解的用以评估员工总体绩效的测量系统，以及一个起支持作用的人力资源系统。恰当的基础结构应能支持并强化成员行为以取得高绩效水平。从外部条件来看，管理层应给团队提供完成工作所必需的各种资源。

三、团队的类型

根据团队存在的目的和拥有自主权的大小可将团队分成三种类型。

1. 问题解决型团队（Problem-Solving Team）

问题解决型团队的核心点是提高生产质量、提高生产效率、改善饭店工作环境等。在这样的团队中成员就如何改变工作程序和工作方法相互交流，提出一些建议。

成员几乎没有什么实际权利来根据建议采取行动。

2. 自我管理型团队（Self Managed Work Team）

自我管理型团队，也称自我指导团队，是工作团队的一种，保留了工作团队的基本性质，但运行模式方面增加了自我管理、自我负责、自我领导的特征。它一般由 5 到 30 名员工组成，这些员工拥有不同的技能，轮换工作，生产整个产品或提供整个服务，接管管理的任务，比如，工作和假期安排、订购原材料、雇佣新成员等。

3. 多功能型团队（Cross-Functional Team）

多功能型团队也叫跨职能团队，由来自同一等级、不同工作领域的员工组成，他们走到一起的目的就是完成某项任务。

多功能型团队是一种有效的团队管理方式，它能使组织内甚至组织之间不同领域员工之间交换信息，激发产生新的观点，解决面临的问题，协调复杂的项目。但是多功能型团队在形成的早期阶段需要耗费大量的时间，因为团队成员需要学会处理复杂多样的工作任务。在成员之间，尤其是那些背景、经历和观点不同的成员之间，建立起信任并能真正的合作也需要一定的时间。

全球大型跨国连锁餐厅麦当劳（McDonald）有一个危机管理队伍，责任就是应对重大的危机，由来自于麦当劳营运部、训练部、采购部、政府关系部等部门的一些资深人员组成多功能型团队，他们平时在共同接受关于危机管理的训练，甚至模拟当危机到来时怎样快速应对，比如，广告牌被风吹倒，砸伤了行人，这时该怎么处理？一些人员考虑是否把被砸伤的人送到医院，如何回答新闻媒体的采访，当家属询问或提出质疑时如何对待？另外一些人要考虑的是如何对这个受伤者负责，保险谁来出，怎样确定保险？所有这些都要求团队成员能够在复杂问题面前做出快速行动，并且进行一些专业化的处理。

虽然这种危机管理的团队究竟在一年当中有多少时候能用得上还是个问题，但对于跨国企业来说是养兵千日，用兵一时，因为一旦发生就不是小问题。在面临危机的时候，如果做出快速而且专业的反应，危机会变成生机，问题会得到解决，而且还会给客人及周围的人留下很专业的印象。

第二节　团队的形成与发展

被誉为“团队角色理论之父”的英国心理学博士梅雷迪思·贝尔宾（Meredith Belbin）认为：“没有完美的个人，只有完美的团队。”金无足赤，人无完人，然而团队可以是完美的团队。饭店企业属于劳动密集型企业，人员众多，服务对象经常变化，工作过程存在很多例外和不确定情况，从高层总经理到基层督导，都面临着团队管理的问题。

一、团队的构成要素

1. 目标（Purpose）

团队应该有一个既定的目标，为团队成员导航，知道要向何处去，没有目标这个团队就没有存在的价值。团队的目标必须跟组织的目标一致，此外还可以把大目标分成小目标具体分到各个团队成员身上，大家合力实现这个共同的目标。同时，目标还应该有效地向大众传播，让团队内外的成员都知道这些目标，有时甚至可以把目标贴在团队成员的办公桌上、会议室里，以此激励所有的人为这个目标去工作。

2. 人（People）

人是构成团队最核心的力量。两个以上的人就可以构成团队。目标是通过人员具体实现的，所以人员的选择是团队中非常重要的一个部分。在一个团队中可能需要有人出主意，有人定计划，有人实施，有人协调不同的人一起去工作，还有人去监督团队工作的进展，评价团队最终的贡献。不同的人通过分工来共同完成团队的目标，在人员选择方面要考虑人员的能力如何，技能是否互补，人员的经验如何等。

3. 团队的定位（Place）

团队的定位包含两层意思。

（1）团队的定位，团队在饭店中处于什么位置，由谁选择和决定团队的成员，团队最终应对谁负责，团队采取什么方式激励下属？

（2）个体的定位，作为成员在团队中扮演什么角色？是订计划还是具体实施或评估？

4. 权限（Power）

团队当中领导人的权力大小跟团队的发展阶段相关，一般来说，团队越成熟领导者所拥有的权力相应越小，在团队发展的初期阶段领导权是相对比较集中。团队权限关系的两个方面。

（1）整个团队在组织中拥有什么样的决定权？如财务决定权、人事决定权、信息决定权。

（2）组织的基本特征。如组织的规模有多大，团队的数量是否足够多，组织对于团队的授权有多大，它的业务是什么类型。

5. 计划（Plan）

计划的两层面含义。

（1）目标最终的实现，需要一系列具体的行动方案，可以把计划理解成目标的具体工作的程序。

（2）提前按计划进行可以保证团队的顺利进度。只有在计划的操作下团队才会一步一步地贴近目标，从而最终实现目标。

二、团队发展的阶段

美国著名管理学家布鲁斯·塔克曼（Bruce Tuckman）的团队发展阶段（Stages of Team Development）模型可以被用来辨识团队构建与发展的关键性因素，并对团队的历史发展给以解释。团队发展的五个阶段是：组建期（Forming）、激荡期（Storming）、规范期（Norming）、执行期（Performing）和休整期（Adjourning）（见下图）。所有五个阶段都是必需的、不可逾越的，团队在成长、迎接挑战、处理问题、发现方案、规划、处置结果等一系列经历过程中必然要经过上述五个阶段。

1. 组建期（Forming）——启蒙阶段

在团队组建期，团队开始酝酿，并形成测试。测试的目的是为了辨识团队的人际边界以及任务边界。通过测试，建立起团队成员的相互关系、团队成员与团队领导之间的关系，以及各项团队标准等。

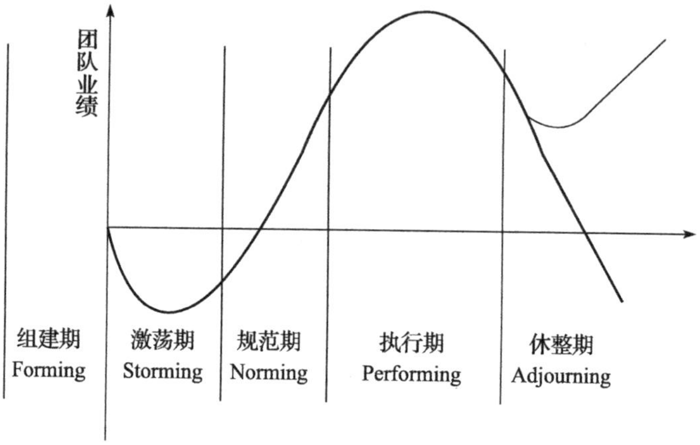

图　团队发展阶段

团队成员行为具有相当大的独立性。尽管他们有可能被促动，但普遍而言，这一时期他们缺乏团队目的、活动的相关信息。部分团队成员还有可能表现出不稳定、忧虑的特征。

团队领导为指挥或“告知”式领导，在带领团队的过程中，要确保团队成员之间建立起一种互信的工作关系，与团队成员分享团队发展阶段的概念，达成共识。

2. 激荡期（Storming）——形成各种观念，激烈竞争、碰撞的局面

团队获取团队发展的信心，但是存在人际冲突、分化的问题。

团队成员面对其他成员的观点、见解，更想要展现个人性格特征。对于团队目标、期望、角色以及责任的不满和挫折感被表露出来。

团队领导为教练式领导，指引项目团队度过激荡转型期，强调团队成员的差异，相互包容。

3. 规范期（Norming）——规则、价值、行为、方法、工具均已建立

团队效能提高，团队开始形成自己的身份识别。

团队成员调适自己的行为，以使得团队发展更加自然、流畅。有意识地解决问题，实现组织和谐。动机水平增加。

团队领导为参与式领导，允许团队有更大的自治性。

4. 执行期（Performing）——人际结构成为执行任务活动的工具，团队角色更为灵活和功能化，团队能量积聚于一体

项目团队运作如一个整体。工作顺利、高效完成，没有任何冲突，不需要外部监督。

团队成员对于任务层面的工作职责有清晰的理解。没有监督，自治，即便在没有监督的情况下自己也能做出决策。随处可见“我能做”的积极工作态度。互助协作。

团队领导为委任式领导，让团队自己执行必要的决策。

5. 休整期（Adjourning）——任务完成，团队解散

有些学者将第五阶段描述为“哀痛期”，反映了团队成员的一种失落感。团队成员动机水平下降，关于团队未来的不确定性开始回升。

第三节 团队建设

团队建设（Team Construction）是饭店在管理中有计划、有目的地组织团队，并对其团队成员进行训练、总结、提高的活动。团队建设的好坏，象征着一个饭店后继发展是否有实力，也是这个饭店凝聚力和战斗力的充分体现。

一、团队建设的要素

如果有一车沙从大厦楼顶上倒下来，对地面的冲击是不太大的，如果把一整车已凝固成整块的混凝土从大厦楼顶上倒下来，其结果就大不一样。团队建设就是把一车散沙变成已凝固成整块的混凝土，将一个个独立的成员变成一个坚强有力的团体，从而能够顺利完成项目的既定目标。

沙土需要搭配石头、钢筋和水泥等才能形成混凝土，在团队建设中同样如此。每个成员的知识结构、技术技能、工作经验和年龄性别按比例的配置，达到合理的互补，决定了这个团队的基本要素。有了沙土等基本要素，是否就一定是混凝土呢？没有水，没有搅拌，就还不行。混凝土中的水就是一种良好的团队氛围，团结信任积极向上的工作气氛。具备了这种气氛，意味着团队建设成功了一半。

饭店督导在团队建设中相当于搅拌机的作用，组织和利用团队建设的各种因素，与成员之间形成良好的沟通，最终形成明智的决策和强大的执行力。

（一）优秀的组织领导

组织领导一般应具有如下素养。

1. 品德高

品德即人才，一个优秀的人才拥有良好的品德，可以让组织成员众望所归，可以成为组织的精神领袖，可以带领大家克服困难，迎来一个又一个成功。《西游记》中的唐僧团队之所以取得真经，首先是有唐僧这个德高望重，富有远大理想与抱负且为了理想而执着的团队领导。因为唐僧的德，才能聚集起孙悟空、猪八戒、沙悟净这班团队成员，这叫“以德服人”，可见团队领导的品质与胸怀是聚才的关键。

2. 能力强

要想保证组织团队的同心同德，让大家心平气和地工作战斗在一个有效的平台上，这个饭店或者组织优选出来的团队负责人，一定要具备某一专长，也就是要有突出的能力，突出的能力必然带来突出的业绩，只有在能力、业绩上，而不只是学历上超越属下，大家才能心服口服，才能避免出现内讧或者内耗，让下属能够安心地工作与处事，这个负责人也许是技术型的，也可能是管理型的，甚至有可能是从低到高发展起来而属于实干型的。

3. 多领导，少管理

作为一个团队领导，如何仅仅依靠组织授予的职权来去管理下属，这个是治标不治本的，通过组织授权是团队建设与管理的基础，但通过“领导”的方式，也就是通过个人内在涵养提升，展现自己的严于律己、率先垂范等人格魅力，才能摈弃由于通过组织授权而采取“高压管理”带来的缺乏人性化的弊端。

（二）共同的事业愿景

共同的事业愿景，包括如下方面。

1. 找到组织存在的价值和意义

人过留名，雁过留声。人在世上走一遭，总有留下点什么，一个找不到活着理由的人，注定犹如行尸走肉，而空虚度过一生。

2. 实现事业的组织分工与责任

为了达成饭店的事业愿景或者使命，团队成员要有各自的组织分工，要明晰自己承担的事业责任，明确了各自的职责，大家齐心协力，才能更好地达成组织的长远规划。

（三）清晰的团队目标

清晰的团队目标，包括如下要素：制定组织的经营目标；组织成员个人的利益目标。由于唐僧有着远大的理想且目标明确，因此他能给团队描述出宏伟蓝图与愿景，引导团队成员朝着一个明确的目标不断地开拓进取。另外，唐僧执着的性格也可以感染团队成员，当其他成员遇到困难想放弃时，他这位团队领导的执着坚守可以正确地引导团队沿着既定的目标前进。

（四）互补的成员类型

互补的成员类型，包括如下两点。

1. 团队成员的个性互补

团队成员的个性互补，就像这个世界有男有女，方为和谐一样，一个组织的成员个性类型，一定是互补型的，性格都较强或者都较弱，会让团队成为“争吵”的平台，或者让团队成为“绵羊”，而缺乏活力或者柔性，因此，团队的性格类型应该强、弱，刚、柔互补的。《西游记》中的唐僧团队之所以能成功，关键在于作为一个团队，成员之间的性格互补。试想一下，唐僧团队中如果都是唐僧一样的人或都是孙悟空一样的人，或者都是猪八戒或沙悟净一样的人能获得取经的成功吗？

2. 团队成员的能力互补

一个团队里面，每个成员都有自己的性格，有自己的特长，有自己的经验，其对工作的适应性也各不相同，有的人擅长于生产管理，有的人擅长于市场营销，有的人则擅长于财务管理，有的人擅长于人力资源管理。因此只有充分实现团队成员能力的互补，相互配合好才能促进团队系统高效运行。

就饭店业的各国从业人员而言，欧洲的特点是讲求高标准、高质量和高规格，管理上一丝不苟；美国的饭店管理重视成本底线和赢利能力，管理上追求高效率和高利润，并鼓励创新；亚洲人则强调人文气息，管理上讲究亲和力。现如今，国内国外的许多国际高星级饭店都在建设人员来自不同国家、不同文化背景的能力互补的管理团队，以保证饭店的高效运营。

（五）合理的激励考核

合理的激励考核包括如下方面。

1. 建立合理而有挑战性的薪酬考核体系

在具备竞争力的前提下，按贡献大小予以合理分配，只有建立一套公平、公正、公开的薪酬体系，大家才能在同一套制度下，施展才华，建功立业。

2. 团队组织建立阶段，要多奖励，少惩治

奖励是激扬人性，惩治是压抑个性，因此，为了避免大家离心离德，甚至分崩离析，就必须多采取正面激励。

（六）系统的学习提升

系统的学习提升，包括如下方面。

1. 创建学习型组织

知识改变命运，学习决定未来。只有打造学习型组织，保持决策的先进性、前瞻性，饭店的流程才不会“僵死”，才会实现“大企业的规模，小企业的活力”，这种学习型组织，一定是自上而下的，组织成员每一个人要有一种学习的动力与渴望，确保让学习成为饭店的“驱动力”

2. 打造学习型个人

作为组织要想方设法，为团队个人提供学习和成长的平台，打造学习的良好氛围。

二、成功团队的主要特征

1. 凝聚力

员工们跟随一个督导，就是希望督导能创造一个环境，聚合众人的力量，营造一个未来！正是这种凝聚力，在创造着人类的历史。试想如果团队成员远离督导，甚至因为督导的言行让他们失望而放弃对事业的追求，督导还会成功吗？

2. 合作

大海是由无数的水滴组成的，每个人都是团队中的水滴。个人敌不过团队，个人的成功是暂时的，而团队的成功才是永久的。团队的成功靠的是团队里的每位成员的配合与合作。如同打篮球，个人能力再强，没有队友的配合也无法取胜。打比赛时 5 个人就是一个团体，有人投球、有人抢篮板、有人战术犯规，其目的都是为了实现团队的目标。

3. 组织无我

个人的力量是有限的，成功靠团队共同推进，每个成员一定要明白，团队的利

益、团队的目标重于个人的利益和目标。在团队中如果人人只想照顾自己的利益，这个组织一定会崩溃，团队没有了，个人的目标自然也实现不了。既然是团队行动，就应听从督导的安排，任何事情就变得很容易，这叫组织无我。团队的目标就是靠这种组织无我的精神达成的。

4. 士气

没有士气的团队，是缺乏吸引力、凝聚力和战斗力的，而士气旺盛的团队，无论在任何环境，遇到任何困难，都是无往而不胜的。狭路相逢勇者胜，士气让不可能变成了可能。美国的波音公司（The Boeing Company），在 1994 年以前遇到一些困难，总裁菲利普·康迪（Philip Condit）上任后，经常邀请高级经理们到自己的家里共进晚餐，然后在屋外围着个大火炉，讲述有关波音的故事。康迪请这些经理们把不好的故事写下来扔到火里烧掉，用来埋葬波音历史上的“阴暗”面，只保留那些振奋人心的故事，极大地鼓舞了团队的士气。

三、团队建设的步骤与方法

人与人的经历不同，追求不同、人生观、价值观不同，因此将一群人团结起来，建立一个团队不是件很容易的事情。

1. 明确团队目标

建立团队的目的是什么，这个团队要完成怎样的目标。目标很重要，因为目标就是方向。每个团队的组建都是为完成一定的目标或使命。没有目标的团队没有存在的意义，或者说没有目标的团队也称不上为一个团队。

2. 建立好团队内部规则

没有规矩不成方圆，一个团队如果能形成战斗力必须建立健全的游戏规则，如岗位职责、权利的界定，团队成员沟通、交流方式的确立等。这些规则应能保证一个团队的正常运行，让团队每个成员的主动性、积极性和创造性发挥出来，使整个团队充满活力。

3. 学会宽容

宽容是一种很高的品质。在一个团队内部，由于每个团队成员的性格特征可能不同，考虑问题的出发点不同，难免会产生摩擦，但每个人都应该抱着一种“对事不对人”的态度去宽容别人对自己的批评，甚至是不理解，而不能一味地去争执，许多东西需要时间去证明，争论没有任何意义。

4. 确立团队成员标准，选对人上船

团队的目标确定了，就要选择正确的团队成员，选择那些认同团队价值观、优势能够互补的人。价值观的认同很关键，不认同团队的价值观大家就不能实现很好的沟通，也就不可能有效率可言。另外并不是所有最强的人组合在一起就能组成一个最强的团队，团队成功的关键在于充分发挥整体优势，这就需要团队中的成员做到优势互补，实现整体大于局部之和。

5. 选择一个好的团队领导

我们不能强调个人的作用，但我们也不能忽略个人的作用。一个好的督导对于建设高效率的团队有着不可替代的作用。一个好的督导能充分发挥团队中每个成员的优势，使团队的资源实现最大程度的优化，从而创造出非凡的业绩。

6. 加强学习

仅有工作的热情是不够的，关键还需要工作的能力，创造业绩的能力。团队应该发挥集体学习的优势，大家敞开心扉，共同学习，共同成长。集体学习要比个人学习效果好得多，因为大家可以进行彼此分享。

四、团队建设的方法与技巧

团队建设是事业发展的根本保障，团队运作是业内人士长期实践的经验总结，至今为止，没有任何一个人是在团队之外获得成功的。团队的发展取决于团队的建设。团队建设应从以下几个方面进行。

（一）组建核心层

团队建设的重点是培养团队的核心成员。俗话说“一个好汉三个帮”，领导人是团队的建设者，应通过组建智囊团或执行团，形成团队的核心层，充分发挥核心成员的作用，使团队的目标变成行动计划，团队的业绩得以快速增长。团队核心层成员应具备领导者的基本素质和能力，不仅要知道团队发展的规划，还要参与团队目标的制定与实施，使团队成员既了解团队发展的方向，又能在行动上与团队发展方向保持一致。大家同心同德、承上启下，心往一处想，劲往一处使。

（二）制订团队目标

团队目标来自饭店的发展方向和团队成员的共同追求。它是全体成员奋斗的方向和动力，也是感召全体成员精诚合作的一面旗帜。核心层成员在制定团队目标时，需要明确本团队目前的实际情况，例如，团队处在哪个发展阶段？组建阶段，上升阶段，还是稳固阶段？团队成员存在哪些不足，需要什么帮助，斗志如何？

有效的目标设定可以提高团队绩效。研究表明：确立明确的预期目标可以使工作的绩效提高 25%，同时 80% 的绩效问题同缺乏明确的预期目标有关。制定目标时，要遵循目标的SMART原则，即S—明确性、M—可衡量性、A—可接受性、R—相关性、T—及时性。

（1）明确性（Specific）。确定有一件事必须改善或维持。

（2）可衡量性（Measurable）。目标应包含数量、品质、期限等，它应该可以很明确地衡量。

（3）可接受性（Attainable）。设定的目标应该有挑战性，它不应该太难（根本无法完成）或太简单（不具挑战性）。

（4）相关性（Relevant）。确定由某人负责，例如，某件事由你负责，而在过程中有一些项目需由他人支援协助，必须清楚说明个人的目标和责任归属，换言之就是有明确的负责人。

（5）及时性（Time-bound）。当前最急待解决的问题应成为我们的主要目标。

（三）训练团队精英

训练精英的工作是团队建设中非常重要的一个环节。建立一支训练有素的员工队伍，能给团队带来很多益处：提升个人能力、提高整体素质、改进服务质量、稳定饭店业绩。一个没有精英的团队，犹如无本之木，一个未经训练的队伍，犹如散兵游勇，难以维持长久的繁荣。训练团队精英的重点在于以下方面。

（1）建立学习型组织。让每一个人认识学习的重要性，尽力为他们创造学习机会，提供学习场地，表扬学习进步快的人，并通过一对一沟通、讨论会、培训课、共同工作的方式营造学习氛围，使团队成员在学习与复制中成为精英。

（2）搭建成长平台。团队精英的产生和成长与他们所在的平台有直接关系，一个好的平台，能够营造良好的成长环境，提供更多的锻炼和施展才华的机会。

（四）培育团队精神

团队精神强调的是团队成员的紧密合作。要培育这种精神，领导人首先要以身作则，做一个团队精神极强的楷模；其次，在团队培训中加强团队精神的理念教育；最重要的，要将这种理念落实到团队工作的实践中去。一个没有团队精神的人难以成为真正的领导人，一个没有团队精神的队伍是经不起考验的队伍，团队精神是优秀团队的灵魂、成功团队的特质。

（五）做好团队激励

团队建设是容易与别人的观念发生冲突的工作，是需要一定时间的坚持才能成就的事业，每个人要做好这一切，他所面临的最大挑战就是自己，因此，每个团队成员都需要被激励，领导人的激励工作做得好坏，直接影响团队的士气，最终影响团队的发展。激励是指通过一定手段使团队成员的需要和愿望得到满足，以调动他们的积极性，使其主动自发地把个人的潜力能发挥出来，从而确保既定目标的实现。饭店督导管理的特点是用激励代替命令，正如美国著名的行为科学家道格拉斯·麦格雷戈（Douglas M · Mc Gregor）所说："督导是由一系列协助员工工作的行动组成，像老师、顾问、同事，极少像一个权威的老板。"激励的方式多种多样：树立榜样、培训、表扬、奖励、旅游、联欢、庆祝活动等。

第四节　团队精神

一、什么是团队精神

团队精神是指团队的成员为了实现团队的利益和目标而相互协作、尽心尽力的意愿和作风，它包括团队的凝聚力、合作意识及士气。简单来说，团队精神就是大局意识、协作精神和服务精神的集中体现。团队精神的基础是尊重个人的兴趣和成就，核心是协同合作，最高境界是全体成员的向心力、凝聚力，也就是个体利益和整体利益的统一后而推动团队的高效率运转。团队精神的形成并不要求团队成员牺牲自我，相反，挥洒个性、表现特长保证了成员共同完成任务目标，而明确的协作意愿和协作方式所产生的真正的内心动力。没有良好的从业心态和奉献精神，就不会有团队精神。

团队精神更强调个人的主动性，团队是由员工和管理层组成的一个共同体，该共同体合理利用每一个成员的知识和技能协同工作，解决问题，达到共同的目标。集体主义则强调大家共同性。团队精神与群体、集体主义的主要区别如下。

（1）在领导方面。群体应该有明确的领导人；团队可能就不一样，尤其团队发展到成熟阶段，成员共享决策权。

（2）目标方面。群体的目标必须跟组织保持一致，但团队中除了这点之外，还可以产生自己的目标。

（3）协作方面。群体的协作性可能是中等程度的，有时成员还有些消极，有些对立；但团队中是一种齐心协力的气氛。

（4）责任方面。群体的领导者要负很大责任，而团队中除了领导者要负责之外，每一个团队的成员也要负责，甚至要一起相互作用，共同负责。

（5）技能方面。群体成员的技能可能是不同的，也可能是相同的，而团队成员的技能是相互补充的，把不同知识、技能和经验的人综合在一起，形成角色互补，从而达到整个团队的有效组合。

（6）结果方面。群体的绩效是每一个个体的绩效相加之和，团队的结果或绩效是由大家共同合作完成的产品。

二、团队精神的功能

1. 目标导向功能

团队精神的培养，使饭店内部员工齐心协力，拧成一股绳，朝着一个目标努力，对单个员工来说，团队要达到的目标即是自己所努力的方向，团队整体的目标顺势分解成各个小目标，在每个员工身上得到落实。

2. 凝聚功能

任何组织群体都需要一种凝聚力，传统的管理方法是通过组织系统自上而下的行政指令，淡化了个人感情和社会心理等方面的需求，而团队精神则通过对群体意识的培养，通过员工在长期的实践中形成的习惯、信仰、动机、兴趣等文化心理，来沟通人们的思想，引导人们产生共同的使命感、归属感和认同感，反过来逐渐强化团队精神，产生一种强大的凝聚力。

3. 激励功能

团队精神要靠员工自觉地要求进步，力争与团队中最优秀的员工看齐。通过员工之间正常的竞争可以实现激励功能，而且这种激励不是单纯停留在物质的基础上，还能得到团队的认可，获得团队中其他员工的尊敬。

4. 控制功能

员工的个体行为需要控制，群体行为也需要协调。团队精神所产生的控制功能，是通过团队内部所形成的一种观念的力量、氛围的影响，去约束规范、控制员工的个体行为。这种控制不是自上而下的硬性强制力量，而是由硬性外化控制向软性内化控制；由控制员工行为，转向控制员工的意识；由控制员工的短期行为，转向对其价值观和长期目标的控制。因此，这种控制更为持久更有意义，而且容易深入人心。

三、团队精神的作用

1. 团队精神能推动团队运作和发展

在团队精神的作用下，团队成员产生了互相关心、互相帮助的交互行为，显示出关心团队的主人翁责任感，并努力自觉地维护团队的集体荣誉，自觉地以团队的整体声誉为重来约束自己的行为，从而使团队精神成为饭店自由而全面发展的动力。

2. 团队精神培养团队成员之间的亲和力

一个具有团队精神的团队，能使每个团队成员显示高涨的士气，有利于激发成员工作的主动性，由此而形成的集体意识，共同的价值观，高涨的士气、团结友爱，团队成员才会自愿地将自己的聪明才智贡献给团队，同时也使自己得到更全面的发展。

3. 团队精神有利于提高组织整体效能

通过发扬团队精神，加强团队建设能进一步节省内耗。如果总是把时间花在怎样界定责任，应该找谁处理，让客人、员工团团转，这样就会减弱饭店成员的亲和力，损伤饭店的凝聚力。

4. 团队精神提高员工的整体素质

团队是最基本的学习单位，组织中所有的目标都是直接或间接地通过团队来达到的。首先，团队精神有利于提高饭店团队领导的领导艺术，实现领导方式从监督型、参与型向团队型转变，把员工培养成真正的工作伙伴。其次，整合员工的分力以形成强大的合力、发挥团队最佳战斗力的关键靠的就是提高团队所有成员个体的觉悟、素质和技能。而更新和提升员工知识技能的最有效手段是实施团队建设，培育团队精神。

四、如何打造团队精神

1. 建立明确的共同目标

有这样一个寓言故事，一条猎狗将兔子赶出了窝，一直追赶他，追了很久仍没有抓到。一牧羊人看到此种情景停下来，讥笑猎狗说："你们两个之间小的反而跑得很快。"猎狗回答说："你们不知道我们两个跑是完全不同的！我仅仅为了一餐而跑，而他却为了性命而跑呀。"

这个寓言揭示兔子与猎狗做一样的事情，都拼命地奔跑，然而，他们的目标是不一致的，导致其动力也会不一样。在团队管理中，不同角色的成员的目标是不一致的。饭店的主管和领班直接面向客人，需要按照承诺，保质保量地按时完成营运目标。团队成员可能是打工者心态，我干一天你要支付我一天的工资，加班要给奖金，当然工作中能学到新知识新技能就更好。

团队中不同角色由于地位和看问题的角度不同，对目标和期望值，会有很大的区别，好的督导要善于捕捉成员之间不同的心态，理解他们的需求，帮助他们树立共同的奋斗目标。劲往一处使，使得团队的努力形成合力。

2. 营造相互信任的组织氛围

有一家知名银行，其管理者特别放权给自己的中层员工，一个月尽管去花钱营销。有人担心那些人会乱花钱，可事实上，员工并没有乱花钱，反而维护了许多客人，其业绩成为业内的一面旗帜。相比之下，有些管理者，把钱看得很严，生怕别人乱花钱，自己却大手大脚，结果员工在暗中也想尽一切办法谋一己私利。还有一家经营环保材料的合资企业，总经理的办公室跟普通员工的一样，都在一个开放的大厅中，每个普通员工站起来都能看见总经理在做什么。员工出去购买日常办公用品时，除了正常报销之外，企业还额外付给一些辛苦费，这个举措杜绝了员工弄虚作假的行为。在这两个案例中，我们可以体会到相互信任对于组织中每个成员的影响，尤其会增加员工对组织的情感认可。而从情感上相互信任，是一个组织最坚实的合作基础，能给员工一种安全感，员工才可能真正认同饭店，把饭店当成自己的，并以之作为个人发展的舞台。

3. 态度并不能决定一切

《三国演义》中的刘备是个非常注重态度的人，三顾茅庐请孔明，与关羽和张飞结成死党，但最后却是一个失败者。曹操不管态度，唯人是举，成就大业。对于饭店来说，赢得利润不仅靠态度，更要依靠才能。那些重视态度的管理者一般都是权威感非常重的人，一旦有人挑战自己的权威，内心就不太舒服。所以，认为态度决定一切的管理者，首先要反思一下自己的用人态度，在评估一个人的能力时，是不是仅仅考虑了自己的情感需要而没有顾及到员工？是不是觉得自己的权威受到了人才的挑战不能从内心接受。

4. 在组织内慎用惩罚

从心理学的角度，如果要改变一个人的行为，有两种手段：惩罚和激励。惩罚导致行为退缩，是消极的，被动的，法律的内在机制就是惩罚。激励是积极的、主动的，能持续提高效率。适度的惩罚有积极意义，过度惩罚是无效的，滥用惩罚的饭店肯定不能长久。惩罚是对员工的否定，一个经常被否定的员工，有多少工作热情也会荡然无存。督导的激励和肯定有利于增加员工对饭店的正面认同，而督导对于员工的频繁否定会让员工觉得自己对饭店没有用，进而员工也会否定饭店。

5. 建立有效的沟通机制

理解与信任不是一句空话，往往一个小误会反而给管理带来无尽的麻烦。有一个员工要辞职，管理者说："你不能走啊，你非常出色，之前的做法都是为了锻炼你，我就要提拔你了，我还要奖励你！"可是，员工却认为是一句谎话，他废寝忘食地工作，反而没有善于阿谀奉承的人收入高，让他如何平静！一个想重用人才，一个想为饭店发挥自己的才能，仅仅因为沟通方式不畅，都很受伤害。我曾经听到一个高级员工说："如果老板早一点告诉我真相，我就不会离开公司了。"

6. 树立全局观念和整体意识

全局观念是指一切从系统整体及其全过程出发的思想和准则，是调节系统内部个人和组织、组织和组织、上级和下级、局部和整体之间关系的行为规范。而对于具有全局观念的人则会从组织整体和长期的角度，进行考虑决策、开展工作，保证团队健康发展。

思考与练习

一、名词解释

1. 团队。
2. 团队建设。
3. 团队精神。

二、简答题

1. 简述团队的特征。
2. 简述团队的构成要素。
3. 简述成功团队的主要特征。
4. 简述团队精神的功能。

实训项目

【实训名称】认识你真好

【实训内容】

每一个团队成员通过彼此的认识，建立一种比较融洽的气氛，为团队精神的培养、合作气氛的营建奠定基础。

【实训步骤】

1. 学生 3 ～ 6 人组成一个小组，交叉进行分组练习。
2. 每个成员介绍自己有代表性的三件事情，其中有两件真的，一件假的。
3. 其他成员来猜测，到底哪一个是真的，哪一个是假的，并说出理由。
4. 由陈述者介绍一下，哪个真哪个假，依次进行。
5. 提供足够的时间，让大家相互认识。

【实训点评】

教师根据各组的表现给予评价打分。纳入学生实训课考核之中。

第八章

督导的有效工具

学习目标

1. 认识和掌握现场督导；
2. 认识和掌握现场会议；
3. 认识和掌握时间管理；
4. 认识和掌握工作委派。

案例引导

当中外方员工对峙时

北京丽都假日饭店开业前夕，须在短短的10多天里把上千间客房，10多个餐厅清理得干干净净，这真是桩苦差事。

一天，张经理带着8名员工清扫大堂卫生间，其中有一名姓曾的外方员工，负责打扫男卫生间。干着干着，一位女员工从正在清理的男卫生间跑了出来，哭哭啼啼地对张经理说："您去看看吧，外方不把咱中国人当人！"张经理走到卫生间一看方才明白过来。原来施工时卫生间的马桶底座和瓷砖地面间有一圈缝隙。为了防止臭味泛出，工人师傅就在它上面抹一圈水泥以图封死，但水泥圈抹得高高低低，不很雅观。外方管理严格，他们要求员工用扁铲把水泥削平。但要做到这一点，清扫人员必须把头钻到马桶底下操作，这时脸蛋必然贴住马桶的外沿。尽管马桶尚未经使用，也仍给人以恶心之感，尤其是女员工有一种受辱感，于是卫生间内形成了两派对峙局面。

张经理弄清情况后琢磨开了。外方严格管理是对的，也正因为如此，我们才高薪聘请，这就是我们花"学费"的用意所在，因此必须支持。但中方员工的苦衷也是可以理解的。尤其是对初出茅庐的女孩子更是如此，也不能随意训斥。怎么办?

只见张经理把外衣一脱，伸手说道："把扁铲给我！"便跪倒在地下，拖着那胖胖的身躯往前挪动。员工们一看年近 50 的老经理要亲自操作，谁也不好意思了，这个拉那个拽。外方曾先生也过意不去了，用生硬的中国话说："Mr. 张，你出来，让我来！"张经理答道："没关系，我来试试。"他把头"塞"到马桶底下，用扁铲使劲地削着。员工们站在边上，眼里闪着泪花。

张经理削了 20 多下，员工们再也待不下去了，七拉八拽，终于把他拉了出来。张经理尚未站稳，员工们已经争先恐后钻到马桶底下，很快完成了任务。不到两个小时，大堂卫生间便窗明几净，一尘不染了。

在饭店的日常管理中常会出现各种矛盾，如发生在中外方之间，则更显得错综复杂，难以处理。作为一个管理者，饭店督导遇到这类问题时，首先头脑要冷静，要找出症结之所在，准确判断孰是孰非，然后对症下药。在处理矛盾中必须掌握一定的技巧。本例所述本来是一个进退两难的问题，如若支持一方，必然打击了另一方，而且还不只是一般性的问题，是中外方能否长期合作的大问题，所以处理起来更要以大局为重。

张经理看到问题的关键在于刚踏上社会的女孩子过于娇嫩，吃不了苦，对她们用一般的说理很难奏效，更不能用行政命令的手段，于是决定采取身教的办法。这样他既支持了外方人员的严格管理，又安抚了中方员工的委屈情绪，使双方的矛盾解决了。

第一节　现场督导

服务质量形成于过程之中，对服务质量的控制，需要加强事先的过程设计，解决好影响过程的人、设施、材料、方法、环境等方面的问题。但服务现场的情况是千变万化的，客人会提出各种意想不到的要求，因各种原因员工也未必都会按照设计的要求对客人服务。因此，现场督导应成为过程管理的重要环节。

一、服务现场督导存在的主要问题

1. 忘记了自己的首要任务

现场督导的首要任务是解决好客人的问题，让客人满意。无论哪一级管理人员置身服务现场，发现了服务中存在的问题，都应拾遗补阙，协调各方，妥善处理现场的问题，让客人满意。

2. 管而不严，缺乏维护质量标准的强烈愿望。

维护饭店的质量标准，按设计的服务程序提供服务，防止偏差，是服务现场督导的主要职责之一。

事实上，员工往往不是按饭店的标准而是按管理人员实际掌握的标准工作的，如果容忍这种现象存在，它就永远存在。

3. 督而不导，忘记了持续改进的原则

饭店质量管理应贯彻持续改进的原则。管理人员在现场，既要对员工的工作进行有效的监督，更要给予下属改进工作的切实指导。管理人员千万不能失去敏锐性。

4. 就事论事地处理问题，缺乏系统思维

任何事情都不是孤立存在的，而是和其他一些事情息息相关，这就要求管理人员具备系统思考的能力。

如果背离系统的原则，就事论事地处理面临的问题，其结果往往不是解决问题，而只是推迟或转移了问题。

5. 缺乏对自身角色的全面设计

饭店管理中强调走动式管理（Management By Wandering Around），但更应该研究的是如何走动。发现问题，处罚违纪人员，这是必要的，是现场管理（Scene Management）的重要内容。但如果认为它是现场管理的全部内容就未必恰当。

管理者置身现场发现英雄与英雄故事，及时肯定、表扬至少与发现问题是同样重要的。即使下属做错了事，作为主管，也首先扮演企业教练（Corporate Coach）的角色，帮助下属找到失误的原因，纠正失误，吸取教训，不再重犯，而不是一罚了事。

6. 控制随意，缺乏对监控规范的认真设计与执行。

对过程质量的控制可分三个阶段。

（1）对过程的设计。解决好影响过程质量的人、设备、材料、方法、环境等问题。而对过程设计中的一个重要方面，是对过程监控规范的设计，要确定监控点、监控方法、质量记录等。

（2）在产品提供过程中，按设计的规范对过程进行监控，并作好记录。

（3）对各种质量信息进行统计分析，为过程的改进提供依据。

二、现场督导不力的后果

在一次隆重热闹的丰年祭庆典中，部落大酋长要求每一户家庭都捐出一壶自己酿的酒，并且将它们都倒在一个大桶里，准备在庆典最后让大家共享。当几个人抬着的大桶经过每家门口时，只看到每一户人家都郑重其事地拿出家里酿的酒，很快就将桶装集满了。终于到了可以共享美酒的时刻了。酋长拔掉了木塞子，在每个人的杯中都注满了一大杯酒，当大伙一饮而尽时，却发现喝下去的都是清水。导致喝的都是清水的根源就是现场督导不到位，人人都以为自己的一点点小问题不会影响大局，而到最后检测结果时却发现处处都有问题。对饭店来说，现场督导不力而造成的后果主要有以下几个方面。

（一）物料的浪费

饭店现场由于督导不力而导致的物料浪费主要有以下两种。

（1）人为因素造成的物料浪费。这是由员工成本意识淡漠或缺失而导致的物料浪费，如厨房生产加工中，厨师不按规格下料。

（2）技术原因造成的物料浪费。这主要是由饭店在软硬件上的技术水平不足而导致的，如厨房缺乏合格、合适的冷藏冷冻设备，造成鲜活产品和材料的变质、过期等浪费。

（二）人力资源的浪费

督导不力而造成的饭店现场人力资源浪费主要体现在以下几个方面。

1. 无用工

由于现场产品积压或滞销而导致的人力浪费。

2. 窝工

窝工主要表现为以下三种。

（1）由于现场物料和生产工具供应不及或摆放不到位，导致员工需要多花时间和精力而造成的窝工。

（2）由于员工技能水平导致的窝工。

（3）由于管理者排班不当，以及淡旺季、闲忙时段现场人力失衡导致的窝工。

3. 浪费工

由于现场管理者没有根据员工的能力、素质和个人兴趣合理安排岗位以及人岗脱节和人力没有实现最优组合而导致的人力浪费。

（三）其他浪费

督导不力还将导致饭店现场其他资源的浪费，如时间、信息等资源的浪费。时间的浪费主要由操作的不规范、作业流程的不合理和工作没重点等原因而导致的；信息的浪费主要由信息传递渠道单一、信息判断不准确、信息利用不充分等原因而造成，表现为饭店信息资源利用效用低下，例如，客户信息、商业信息、内部信息等。

除了上述问题外，现场管理意识和方法落后、管理人员素质不高、管理制度不灵活等问题也是制约饭店现场督导效益提高的重要因素。

三、饭店现场督导的作用

饭店的现场督导是指饭店主管、领班等基层督导人员对饭店的资源通过以监督指导为主的一系列管理职能进行现场管理的过程和活动。现场督导直接面向饭店的生产和服务现场，是连接管理与非管理的“临界点”，是饭店现场管理中的主要管理活动。现场督导在现场管理中主要作用如下。

1. 可以更快地解决现场管理中存在的问题

现场督导面向现场，通过不断检查、监督和参与服务，能及时发现现场的各种质量和安全隐患，解决现场可能出现的各种问题。同时，现场督导通过向上、向下和水平的沟通，可以将现场管理中面临的问题、需要的支持、上级的业务目标、培训考核计划以及各部门的任务和要求进行有效的反映、建议、疏导和沟通，从而有效地协调饭店、员工和部门之间的关系，解决现场管理中的各种问题。

2. 现场督导可以提高现场管理质量

现场督导能及时、有效地对现场服务进行指挥、调控，避免服务质量的失误。同时，现场督导可以适时地打破标准和规范的限制，以富有个性、富于变化的服务来满足客人个性化的需求，确保服务质量稳步提高。另外，由于现场督导属于管理层，在饭店现场执行监督、指导的职能，因此，他们参与现场服务能在无形中提高客人的消费体验，提升饭店的现场服务品质。

四、如何发挥现场督导的作用

从督导的职能来看，发挥现场督导的作用主要应从以下几点着手。

（一）督导的有效性与针对性

饭店的现场督导不仅要确保现场监督的有效性，也要确保现场监督的针对性，以提高现场管理效率。

1. 督导的有效性

监督的有效性要求现场督导在自己的职权范围内对现场实施严格有效的监察，以达到管理的预期效果。循环监督可以将现场监督的职能、措施和时间连成一体，形成封闭或循环，是一种行之有效的监督方法，循环监督可以按照人员、时间等方法来实现。例如，目前饭店客房的现场管理一般都采用三级检查制度，即客房员工完成定额客房清洁工作后，由领班进行全面检查，主管层层抽查，最后由经理重点抽查，以此确保客房服务的质量。这是一种按照人员进行循环监督的有效方法，目前在饭店业运用相当广泛。

2. 督导的针对性

现场督导要善于研究采取行之有效的监督方法，以取得事半功倍的效果。选择关键点进行针对性的督查是提高饭店现场督导工作效率的有效方法，关键点的选择可以按操作程序来确定，也可以按特殊用途来确定，还可以按时间段来确定。例如，福州西湖大饭店的中餐厅就有一套较为成功的做法。周一督导突出检查餐厅的银器、筷子、毛巾篮（夹）；周二突出设备检查，检查转盘、桌椅、餐车、毛巾托、制冰机、灭火器、卡丝炉等设备的完好度和清洁度；周三重点清洁餐厅卫生，更换工作区垫布、围裙，清洁备餐间和办公室；周四……这种按时间段来确定关键点的控制办法可以突出重点，消除监督盲点，促进饭店现场管理工作的进一步提升。

（二）督导的教育性和榜样性

现场督导不仅要按标准和细则对饭店的现场进行监督检查，同时也要对员工进行指导和引导，帮助员工消除障碍，适应饭店工作场所的实际情况以取得最佳工作绩效。为做好现场督导工作，督导应从如下几个方面着手。

1. 引导员工的养成性培养

现场督导要督促、指导员工克服工作中的惰性和随意性，改变不良的行为和习惯，提高改善现场服务的意识，促成员工改善行为的“形式化→行事化→习惯化”发展；培养员工的主人翁精神、吃苦精神、协作精神和工作的养成性，树立员工的责任意识、质量意识、标准意识、成本意识、效率意识和全局意识。

2. 加强对员工的教导

现场督导在工作中要考虑员工的价值主张，加强对员工的教导。现场督导不仅要在各种场合下，抓住机会，通过言传身教、知识启迪和适度授权等形式对员工进行现场教导，提高员工操作的灵活性，帮助员工学会把握标准的“松紧”度，从而消除饭店现场管理中标准的刚性化和服务的柔性化之间的矛盾。同时要强化员工的计划教导，通过日常有计划的培训、岗位轮调，提高员工的操作技能，培养员工一专多能，成为多面手，提高员工的素养。通过日常工作中对员工的悉心指导和恰当帮助，减少无效劳动，减轻员工的疲劳度，调动员工的积极性、主动性和创造性，提高员工的能力和素质。

3. 强化自我督导，树立榜样示范

要实现对饭店现场的成功督导，督导不仅要在知识、技能上成为行家里手，更重要的是行为正派、信誉良好，处事公正，善于随机应变，现场督导的权力、能力、作风、个性等特性赋予了他们多方面的影响力，如权力影响力、能力影响力、个性影响力等。因此，现场督导要不断提高自身的业务水平和指导水平，逐步扩大自身的能力影响力和个性影响力，减弱权利因素对现场运作的影响，以身作则，引导员工不同层次的自主管理，实现现场管理的成效。

（三）督与导的协调与平衡

督和导的平衡要求对督和导的侧重不同，重督轻导，还是轻督重导要因人、因时、因事而异，这是现场督导得到各方支持，实现现场督导预期效果的重要前提。

1. 针对不同类型员工的督导

依据业务水平和从业态度来区别员工，可以分为以下情况。

（1）业务水平高，从业态度好的员工。对这类员工，过多的监督和指导都显多余，现场督导应适当授权，丰富这类员工的工作经验。

（2）业务水平差，从业态度好的员工。对这类员工，督导要着重对他们进行指导教化，帮助他们提高操作技能，提升自我。

（3）业务水平高，从业态度差的员工。对这类员工，督导要着重监督，确保他们的规范操作。

（4）业务水平低，从业态度差的员工。这类员工应当成为现场督导的重点监督和指导对象。

2. 针对不同时期的督导

现场督导按照标准的程序对饭店现场进行监督指导，但是当饭店发生一些突发性的不安全事件，如停电、刮台风或客人伤、病、亡等情况时，现场督导要以监督为主，高度集权，维持现场秩序。而当饭店发生变革时，例如，进行部门重组或服务流程再造等，现场督导要以指导为主，着重对员工的沟通、说服和培训，帮助员工适应新环境，学会新方法，调整新关系，成为变革的推动者。当然，必要时，现场督导要运用手中的职权，强迫员工接受变革。

3. 针对不同关键点的督导

在依据关键点对饭店现场进行督导时，应当依据程序、用途和时间的变化对不同的关键点进行严格的监察，而对“非关键点”则以指导为主。这样，一方面可以及时阻塞员工质量意识的弱化，时刻提醒其卫生盲点；同时又使员工从繁忙劳累的工作中解脱出来，创造性地完成工作。

第二节　现场会议

一、班前会

班前会是指利用每天上班前约 10 分钟的时间，将团队员工集合在一起，进行交流信息和安排工作的一种管理方式。班前会是班组一天工作的开始，一天的工作怎么做，怎么分工配合、协同作战，事前策划和合理安排至关重要。饭店督导好比兵头将尾，处于一个承上启下的关键环节，对于初任饭店督导而言，要想成为一名优秀的管理者，开好班前会是达到此境界的先决条件。

（一）召开高效率的班前会

1. 班前会的认识误区

有的人认为班前会不过是提醒一下而已，可开可不开，开了也就那样，不开照样生产。班前会的认识误区主要有以下几点。

（1）谁有没有来，一看就知道了，没必要开班前会。

（2）把上级指示传达到位就行了，没必要开班前会。

（3）听那么多与我无关的事，浪费时间。

（4）在公告上发通知就行了。

（5）这么短的时间，什么事情也说不清楚。

（6）开班前会的时间，可以多做很多工作了。

2. 班前会的好处

别看班前会小，但班前会却是最实用最有效率的会议。班前会的作用绝不仅是起提示的作用，而是对当前的生产的全面布置和准备，可以说当班生产的效率如何，与班前会的效果密切相关。班前会的主要好处如下。

（1）班前会的习惯有利于团队精神的建设，能进一步确认自己的当班任务，对于完成生产任务、做好班组员工之间的配合都非常重要。

（2）利用班前会持之以恒地进行员工教育，培养全员良好的工作习惯，就会逐步形成积极向上的班组风气，形成人才培养的良性土壤。

（3）班前会是一个及时交流、传递信息和保持良好沟通的机会。一线员工长期工作在生产一线，班前会是向员工传递饭店信息的重要正式渠道。

（4）班前会是一个系统交流的机会，主要讲昨天的问题、今天的任务。督导充分利用每天班前会的机会，把事前策划好的工作，结合接班时的实际状况，向全员布置做什么？如何做？重点在哪里？提高工作效率。

（5）班前会是一个很好的“说教”场所，利用每天的班前会扶正压邪，寓员工教育于说教之中，提高大家的表达能力和沟通能力。

（6）班前会能使大家逐步纠正不良行为，养成遵守规定的习惯。

一个合格的督导会利用班前会的大好机会开展班组的生产安排和教育的，合格的督导会高效地利用班前会达到营造团队工作气氛、进行班组工作安排、教育指导班组员工、传达和晓谕饭店命令的目的的。

（二）如何召开班前会

要当一个合格的督导，开好高效的班前会，可从以下方面入手。

1. 齐唱店歌、朗读经营理念

根据饭店要求，发出号令、集合人员。报数点名后，由值日员工领唱店歌、领读饭店经营理念。督导可以根据阶段性工作的重点，设计相关的内容由值日员领读。如在生产旺季抓品质，朗读“品质从小做起”的品质管理方针或质量管理格言，这样可以创造抓质量的气氛。

2. 分享个人感想

由值日员与大家分享个人的工作经验、心得体会、自我反省、工作建议等。要求值日员主题明确、表达完整，至少要分享 2 ～ 3 分钟，避免“一句话分享”仓促了事、简单应付。让员工轮流主持班前会，给予员工总结经验、表达意见和建议的机会，这是班组民主管理的有效途径，有利于提高员工的工作意识、集体观念和班组凝聚力。

3. 工作总结

由班前会主持者请出督导讲话。督导首先要对前一天的工作进行总结。具体可以从以下几个方面进行。

（1）有没有未完成的任务？

（2）有没有达到目标？

（3）有没有事故和异常？

（4）现场有哪些变化点？

（5）上述情形带来的反省和要求。

在总结时，要避免诸如“大家都干得不错”之类大而空的表达，尽可能具体到人、具体到事，有根有据地进行表扬或批评。

4. 工作安排

安排今天的工作是班前会的重点内容，包括今天的生产计划、工作目标、任务分配、人员调配等。布置工作时要清楚明确，不要含糊其词造成混淆，讲到具体员工的工作安排时要注视对方，确认对方的反应，确保对方理解到位。

5. 工作要求

根据昨天的情况和今天的安排，督导应该明确提出对大家的要求和期望，包括时间要求、工作质量要求、工作配合要求、遵守纪律的要求、及时联络的要求等。

6. 饭店相关信息

根据不同阶段的实际情况，在必要的时候向大家传递饭店的相关信息，能使员工了解大局，更好地理解和接受工作要求。饭店的相关信息包括市场和行业动态、客人要求、饭店经营情况和发展方向、正在和即将开展的管理活动等。

7. 特别联络事项

班前会结束之前，不要忘记问一句："请问大家还有没有其他事情？"如果有，就请其出来补充说明一下。这样，可以避免该通知的没通知、该提醒的没提醒；如果没有，即可宣布结束班前会。

（三）高效召开班前会的技巧

一个好的班前会是全班所有人员共同参与、人人都有热情的会议，督导切不要自弹自唱地唱独角戏，而要发动全班所有的人都积极参与，调动全班成员的积极性，让大家来一起做好这个工作，才能真正发挥出班前会的重要作用，让班前会不流于形式，而具有实际的、实用的功能。所以，采用班前会的轮值制不失为一个高妙的办法。

1. 明确班前会内容

班前会要说什么，如何说，作为主持班会的管理人员应心中有数，为此不妨将班前会需强调的内容记在记事本上，这样既避免遗忘而又显得井然有序。班前会要讲解的内容主要包括饭店经营动态、生产信息、质量信息、现场 5S 状况、安全状况、工作纪律、班组风气以及联络事项。当然，并不是每天都面面俱到，而是根据当天的实际情况确定当天要讲的内容主体（见表 8-1）。

2. 控制班前会时间

班前会时间一般为 10 分钟左右为佳，切忌不可一开就是半小时，因为员工站立时间太长，会感觉很累，而且班会内容太多，员工也不容易记住，同时影响开会前的各项准备工作。班前会时间短、内容多，布置工作要清楚、下达任务要准确，要使全员理解到位，尽量采用要点化的表达方法，一、二、三……一条一条清楚明白。这样，说的人容易说完整，听的人容易听真切。

3. 要有严明的纪律性

管理人员应以正确的站姿，端庄的仪容仪表，提前到场。微笑面对员工，切忌让员工列队等候，自己却在吧台或其他地方，这样既不礼貌，而且容易滋生员工的反感情绪。

4. 在班前会上要整队、点名，确认出勤

这也是班前会的一项重要的功能。准时点名，无论任何原因，不可让准时参加班会的员工等候迟来的员工一起开会，这样做无疑是对有时间观念的员工一种不公平待遇。确认出勤，不仅可以准确地考核员工的出勤率，对于当班生产任务的安排也意义重大。该点名时要点名，人少时可采用全员呼应式点名，人多时应该由督导等骨干自行确认本组人员到会情况，骨干向督导呼应式确认，并大声说出出勤确认结果。

5. 简明扼要，突出重点

声音响亮，语气轻松，切忌描述员工做错事情详细经过，只需简明扼要地告诉员工，遇到此类事情应如何去做以及应做到什么程度。班前会要突出重点，内容要多样化，要有新意，不能每天都是只讲问题、批评员工。要讲问题，更要指方向；要批评，更要表扬；要质量、产量，更要关心、爱护和帮助。

6. 体现团队精神

基层管理者之间有事先沟通和默契的配合，切忌在员工面前发生争执，更不可在班会时重复强调同一件事情，记住在任何时候都要体现团队精神和管理的一致性。

7. 不可轻易下结论

不要在班会上宣布某件事如有违反将如何处置等。若缺乏事前沟通和周详考虑，往往会出现尴尬局面而且加大执行难度。

8. 内容形式多样化

比如小结，投诉案例、员工培训、上情下达、天气冷暖等。班前会也是当天任务布置会，还有与促销相结合的推销等均可入班会内容，力求内容新颖，形式活泼。

9. 营造良好的氛围

主持班会者应在开会期间注重观察员工表情，以及及时掌握员工对班会内容的反映及当天的工作状态。问候语要设计成大家容易回应的方式，逐步形成一种规范。如早上开班前会，督导出来讲话："各位！早上好。"（刚毅、有中气）全员："早—上—好—！"（整齐有力，朝气蓬勃）讲话结束时，一定要道一声"谢谢"。需要提醒的是，如果是班后会，督导讲话应该先道一声"辛苦了"！一声问候一声回应，工作气氛和团队力量顿时洋溢在空气中，大家的注意力瞬间被集中到倾听主持人的表达中。时间一长，员工自然养成了一种互相打招呼的好习惯。

表 8-1 班前会记录

<table>
<tr><td>班前会时间</td><td colspan="5">年 月 日 时 分—— 年 月 日 时 分</td></tr>
<tr><td>班前会地点</td><td></td><td>班次</td><td></td><td>主持人签名</td><td></td></tr>
<tr><td>参会人员签名</td><td colspan="5"></td></tr>
<tr><td colspan="6">工作任务与分工：

</td></tr>
</table>

续表

本班需要注意的事项：			
序号	上班次的主要问题	控制措施	备注
记录人：		审核人（本班次负责人）：	

二、班后总结现场会

班后会与班前会，同样都需要具备一定的基本知识，也同样都需要锻炼和提高组织能力。“在游泳中才能学会游泳”，学会开好班后会的本事，也离不开工作实践。对新任职的督导来说，起码要明确以下几点。

1. 要明确班后会与班前会之间的联系与区别

班后会与班前会都是为了一个共同的目的，内容也是紧密相连的，打个比方来说，就好像文章的上篇与下篇，但两者所采取的方式和要解决的重点问题是不同的。班前会是以思想动员的方式，对即将作业的安全工作进行分析预测，提出趋夷避险的措施，以便防患于未然。班后会则是以讲评的方式，在总结检查生产任务的同时，总结检查安全工作，并提出整改意见。班前会是班后会的前提与基础，班后会则是班前会的继续和发展。

2. 要明确班后会的主要内容

一般地说，班后会的内容应包括以下几点。

（1）简明扼要地小结完成当天生产任务和执行安全规程的情况，既要肯定好的方面，又要找出存在的问题。

（2）对认真执行安全规程、表现突出的员工进行表扬。对违章操作的员工，视情节的轻重和造成后果的大小，提出批评教育或处罚。

（3）提出整改意见和防范措施。班后会的一个鲜明特点，是能够及时发现问题和解决问题，因而针对性强，见效快。

3. 要全面、准确地了解实际情况，使总结讲评具有说服力

班组当天的工作情况，是总结讲评的基本依据。如果对实际情况粗枝大叶或一知

半解，总结讲评就说不到位。而要全面、准确地掌握情况，就必须加强调查研究，取得“第一手”材料。督导要通过自己的实地观察和多方面的了解，以一天来全班完成生产任务、执行安全规程总的情况做出恰如其分的评估。同时，要把发现的不安全现象或造成的事故作为重点，进行详细的了解，不但要弄清楚始末、原因，还要分清责任。尔后要进行思考，归纳要点，形成思路。个人的认识能力总是有限的，为使总结讲评切合实际，督导在会前应征求有关员工的意见。

4. 要注意做好个别人的思想工作

班后会的批评，往往是指名道姓的，有的员工可能不习惯，也有的会因为受到批评或处罚而背上思想包袱。会后，督导应找他们谈心，帮助他们端正认识，克服消极情绪。

还应提到一点是，无论班前会还是班后会都应做好记录（见表 8-2）。

表 8-2　班后会记录

<table>
<tr><td colspan="2">班后会时间</td><td colspan="5">年　月　日　时　分——　年　月　日　时　分</td></tr>
<tr><td colspan="2">班后会地点</td><td></td><td>班次</td><td></td><td>主持人签名</td><td></td></tr>
<tr><td colspan="2">参会人员签名</td><td colspan="5"></td></tr>
<tr><td colspan="7">工作小结：</td></tr>
<tr><td colspan="7">经验小结：</td></tr>
<tr><td>序号</td><td>本班次发现的问题</td><td colspan="4">今后防范措施</td><td>备注</td></tr>
<tr><td></td><td></td><td colspan="4"></td><td></td></tr>
<tr><td></td><td></td><td colspan="4"></td><td></td></tr>
<tr><td></td><td></td><td colspan="4"></td><td></td></tr>
<tr><td></td><td></td><td colspan="4"></td><td></td></tr>
<tr><td></td><td></td><td colspan="4"></td><td></td></tr>
<tr><td colspan="4">记录人：</td><td colspan="3">审核人（本班次负责人）：</td></tr>
</table>

第三节　时间管理

时间管理是事业成功的关键。一个人、一个团队能否在自己的事业生涯中取得成功，秘诀就在于搞好时间管理。

一、测测你的时间管理状况

让我们来做一个关于时间管理的测试。

下面的每个问题，请你根据自己的实际情况，如实地给自己评分。计分方式为：选择“从不”为 0 分，选择“有时”记 1 分，选择“经常”记 2 分，选择“总是”记 3 分。

（1）我在每个工作日之前，都能为计划中的工作做些准备。

（2）凡是可交派下属（别人）去做的，我都交派下去。

（3）我利用工作进度表来书面规定工作任务与目标。

（4）我尽量一次性处理完毕每份文件。

（5）我每天列出一个应办事项清单，按重要顺序来排列，依次办理这些事情。

（6）我尽量回避干扰电话、不速之客的来访，以及突然的约会。

（7）我试着按照生理节奏变动规律曲线来安排我的工作。

（8）我的日程表留有回旋余地，以便应对突发事件。

（9）当其他人想占用我的时间，而我又必须处理更重要的事情时，我会说“不”。

结论：

0 ～ 12 分：你自己没有时间规划，总是让别人牵着鼻子走。

13 ～ 17 分：你试图掌握自己的时间，却不能持之以恒。

18 ～ 22 分：你的时间管理状况良好。

23 ～ 27 分：你是值得学习的时间管理典范。

知道了你自己的时间管理方面的总体水平，接下来，让我们分析一下时间是如何被浪费掉的。

浪费时间的原因有主观和客观两大方面。这里，我们来分析一下浪费时间的主观原因，因为，这是一切的根源。

（1）做事目标不明确。

（2）作风拖拉。

（3）缺乏优先顺序，抓不住重点。

（4）过于注重细节。

（5）做事有头无尾。

（6）没有条理，不简洁，简单的事情复杂化。

（7）事必躬亲，不懂得授权。

（8）不会拒绝别人的请求。

（9）消极思考。

一项国际调查表明：一个效率糟糕的人与一个高效的人工作效率相差可达10倍以上，成功人士的共同点之一就是善于高效运用时间！实际上，在现代社会，人人都需要掌握时间管理的方法和理念。

二、什么是时间管理

所谓时间管理（Time Management)，是指用一系列原则、实践、技能、工具组成的协同系统，帮助人们有效率地运用时间资源获取更大的价值、实现目标，提高人们的生活质量。

有关时间管理的理论可分为四代。

（1）第一代的理论。着重利用便条与备忘录，在忙碌中调配时间与精力。

（2）第二代的理论。强调行事历与日程表，反映出时间管理已注意到规划未来的重要。

（3）第三代的理论。是目前正流行、讲求优先顺序的观念。也就是依据轻重缓急设定短、中、长期目标，再逐日制订实现目标的计划，将有限的时间、精力加以分配，争取最高的效率。

这种做法有它可取的地方。但也有人发现，过分强调效率，把时间绷得死死的，反而会产生反效果，使人失去增进感情、满足个人需要以及享受意外之喜的机会。于是许多人放弃这种过于死板拘束的时间管理法，恢复到前两代的做法，以维护生活的品质。

（4）第四代的理论。与以往截然不同之处在于，第四代的理论根本否定“时间管理”这个名词，主张关键不在于时间管理，而在于个人管理。与其着重于时间与事务的安排，不如把重心放在维持产出与产能的平衡上。

三、最新的时间管理概念——GTD

GTD是Getting Things Done（完成每一件事）的缩写，来自戴维·艾伦（David Allen）的一本畅销书*Getting Things Done*，中文版译为《尽管去做：无压工作的艺术》。

GTD的具体做法可以分成收集、整理、组织、回顾与行动五个步骤。

1. 收集

就是将你能够想到的所有的未尽事宜（GTD中称为Stuff）统统罗列出来，放入Inbox中，这个Inbox既可以是用来放置各种实物的实际的文件夹或者篮子，也可以是用来记录各种事项的纸张或PDA。收集的关键在于把一切赶出你的大脑，记录下所有的工作。

2. 整理

将 Stuff 放入 Inbox 之后，就需要定期或不定期地进行整理，清空 Inbox。将这些 Stuff 按是否可以付诸行动进行区分整理，对于不能付诸行动的内容，可以进一步分为参考资料、日后可能需要处理以及垃圾分类，而对可以付诸行动的内容再考虑是否可在两分钟内完成，如果可以则立即行动完成它，如果不行对下一步行动进行组织。

3. 组织

组织是 GTD 中的最核心的步骤，组织主要分成对参考资料的组织与对下一步行动的组织。对参考资料的组织主要就是一个文档管理系统；而对下一步行动的组织则一般可分为等待清单、未来 / 某天清单和下一步行动清单。

等待清单主要是记录那些委派他人去做的工作；未来 / 某天清单则是记录延迟处理且没有具体的完成日期的未来计划、电子文件等；而下一步清单则是具体的下一步工作，而且如果一个项目涉及多步骤的工作，那么需要将其细化成具体的工作。

GTD 对下一步清单的处理与一般的 To-Do List 最大的不同在于，它做了进一步的细化，比如，按照地点（电脑旁、办公室、电话旁、家里、超市）分别记录只有在这些地方才可以执行的行动，而当你到这些地点后也就能够一目了然地知道应该做哪些工作。

4. 回顾

回顾也是 GTD 中的一个重要步骤，一般需要每周进行回顾与检查，通过回顾及检查你的所有清单并进行更新，可以确保 GTD 系统的运作，而且在回顾的同时可能还需要进行未来一周的计划工作。

5. 行动

现在可以按照每份清单开始行动了，在具体行动中可能会需要根据所处的环境、时间的多少、精力情况、重要性来选择清单以及清单上的事项来行动。

四、时间管理的原则

1. 设立明确的目标

时间管理的目的是让人在最短时间内实现更多人想要实现的目标。把当年的 4 到 10 个目标写出来，找出一个核心目标，并依次排列重要性，然后依照目标制订详细的计划，并依照计划进行。

2. 学会列清单

把自己所要做的每一件事情都写下来，列一张总清单，这样做能让人随时都明确自己手头上的任务。在列好清单的基础上进行目标切割。

（1）将年度目标切割成季度目标，列出清单，每一季度要做哪一些事情。

（2）将季度目标切割成月目标，并在每月初重新再列一遍，遇到有突发事件而更改目标的情形时及时调整过来。

（3）每一个星期天，把下周要完成的每件事列出来。

（4）每天晚上把第二天要做的事情列出来。

3. 做好“时间日志”

花了多少时间在哪些事情，把它详细地记录下来，每天从刷牙开始，至早上出门花了多少时间，早上搭车的时间，平常出去拜访客户的时间，把每天花的时间一一记录下来，这样会发现浪费了哪些时间。当找到浪费时间的根源，才有办法改变。

4. 制订有效的计划

绝大多数难题都是由未经认真思考的行动引起的。在制订有效的计划中每花费 1 小时，在实施计划中就可能节省 3 ～ 4 小时，并会得到更好的结果。如果没有认真计划，那么实际上是在正计划着失败。

5. 遵循 80/20 法则

用 80% 的时间来做 20% 最重要的事情。生活中肯定会有一些突发困扰和迫不及待要解决的问题，如果发现自己天天都在处理这些事情，那表示时间管理并不理想。一定要了解，哪些事情是最重要的，是最有生产力的。成功者往往花最多的时间做最重要但不是最紧急的事情，而一般人往往将紧急但不重要的事放在第一位。因此，必须学会如何把重要的事情变得紧急。

6. 安排“不被干扰”时间

假如每天能有一个小时完全不受任何人干扰地思考一些事情，或是做一些自己认为最重要的事情，这一个小时可以抵过一天的工作效率，甚至可能比三天的工作效率还要高。

7. 确立个人的价值观

假如价值观不明确，就很难知道什么是最重要的，当人的价值观不明确时，就无法做到合理地分配时间。时间管理的重点不在于管理时间，而在于如何分配时间。一个人永远没有时间做每件事，但永远有时间做对自己来说最重要的事。

8. 严格规定完成期限

巴金森（Parkinson）在其所著的《巴金森法则》（*Parkinson's Law*）中写下这段话“你有多少时间完成工作，工作就会自动变成需要那么多时间。”如果一个人有一整天的时间可以做某项工作，他就会花一天的时间去做它。而如果只有一小时的时间可以做这项工作，他就会更迅速有效地在一小时内做完它。

9. 学会充分授权

列出目前生活中所有觉得可以授权的事情，把它们写下来，找适当的人来授权。

10. 同一类的事情最好一次做完

假如在做纸上作业，那段时间都做纸上作业；假如是在思考，用一段时间只作思考；打电话的话，最好把电话累积到某一时间一次把它打完。当重复做一件事情时，就会熟能生巧，效率一定会提高。

五、时间管理方法

时间管理方法就是用技巧、技术和工具帮助我们完成工作，实现目标。时间管理方法并不是要把所有事情做完，而是更有效的运用时间。时间管理方法的目的除了要决定该做些什么事情之外，另一个很重要的目的也是决定什么事情不应该做；时间管理方法不是完全的掌控，而是降低变动性。时间管理方法最重要的功能是透过事先的规划，作为一种提醒与指引。

1. 计划管理法

关于计划，有日计划、周计划、月计划、季度计划、年度计划。时间管理的重点是待办单、日计划、周计划、月计划。

待办单：将你每日要做的一些工作事先列出一份清单，排出优先次序，确认完成时间，以突出工作重点。要避免遗忘就要避免半途而废，尽可能做到，今日事今日毕，干一起了一起。

待办单主要包括的内容：非日常工作、特殊事项、行动计划中的工作、昨日未完成的事项等。

待办单的使用注意：每天在固定时间一上班就制定待办单。只制订一张待办单，完成一项工作划掉一项，待办单要为应付紧急情况留出时间，最关键的一项每天坚持。

每年年末做出下一年度工作规划；每季季末做出下季末工作规划；每月月末做出下月工作计划；每周周末做出下周工作计划。

2. 时间“四象限”法

美国著名管理学家斯蒂芬·科维（Stephen R.Covey）提出了一个时间管理的理论，把工作按照重要和紧急两个不同的程度进行了划分，基本上可以分为四个“象限”（见下图），既紧急又重要（如人事危机、客人投诉、即将到期的任务、财务危机等）、重要但不紧急（如建立人际关系、新的机会、人员培训、制订防范措施等）、紧急但不重要（如电话铃声、不速之客、行政检查、主管部门会议等）、既不紧急也不重要（如客套的闲谈、无聊的信件、个人的爱好等）。时间管理理论的一个重要观念是应有重点地把主要的精力和时间集中地放在处理那些重要但不紧急的工作上，这样可以做到未雨绸缪，防患于未然。在人们的日常工作中，很多时候往往有机会去很好地计划和完成一件事。但常常却又没有及时地去做，随着时间的推移，造成工作质量的下降。因此，应把主要的精力有重点地放在重要但不紧急这个“象限”的事务上是必要的。要把精力主要放在重要但不紧急的事务处理上，需要很好地安排时间。一个好的方法是建立预约。建立了预约，自己的时间才不会被别人所占据，从而有效地开展工作。

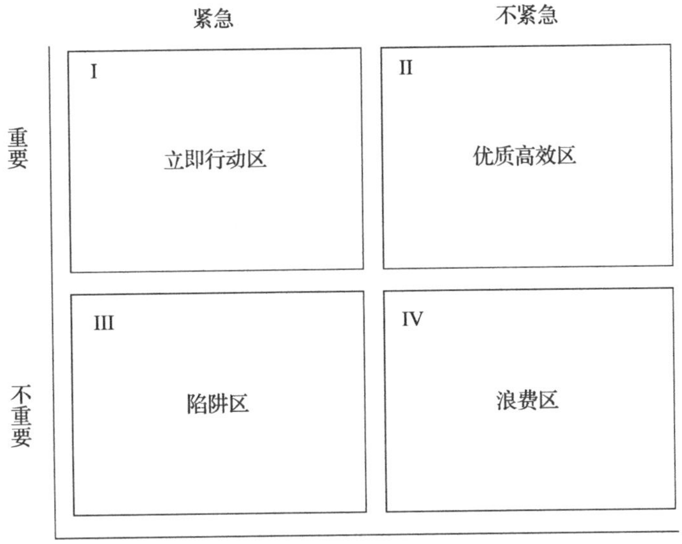

图 时间“四象限”法

3. 德鲁克时间管理法

“现代管理学之父”彼得·德鲁克（Peter F. Drucker）认为，有效的管理者不是从他们的任务开始，而是从他们时间开始。有效的时间管理体现在以下几个方面。

（1）记录自己的时间——分析时间浪费在什么地方？

（2）管理自己的时间——减少用于非生产性需求的时间。

（3）集中自己的时间——由零星而集中，成为连续性的时间段。在整段时间内的工作效率将大于在分散时段的工作效率之和。

4. 时间 abc 分类法

将自己工作按轻重缓急分为 a（紧急、重要）、b（次要）、c（一般）三类，安排各项工作优先顺序，粗略估计各项工作时间和占用百分比。在那些价值不高的活动上投入太多精力是毫无意义的。另一方面，那些比较重要的活动往往需要你付出更多努力。只有仔细的规划才能让你用最少的时间获得最大的收益。在工作中还要记载实际耗用时间，把每日计划时间安排与耗用时间进行对比，分析时间运用效率。然后重新调整自己的时间安排，更有效地工作。

5. 考虑不确定性

在时间管理的过程中，还需应付意外的不确定性事件，因为计划没有变化快，需为意外事件留时间。有三个预防此类事件发生的方法。

（1）为每件计划都留有多余的预备时间。

（2）努力使自己在不留余地，又饱受干扰的情况下，完成预计的工作。这并非不可能，事实上，工作快的人通常比慢吞吞的人做事精确些。

（3）另准备一套应变计划。迫使自己在规定时间内完成工作，对你自己能力有了信心，你已仔细分析过将做的事了，然后把它们分解成若干意境单元，这是正确迅速完成它们的必要步骤。

考虑到不确定性，在不忙的时候，把一般的必然要做的工作先尽快解决。

在工作中要很好地完成工作就必须善于利用自己的工作时间。工作是无限的，时间却是有限的。时间是最宝贵的财富。没有时间，计划再好，目标再高，能力再强，也是空的。时间是如此宝贵，但它又是最有伸缩性的，它可以一瞬即逝，也可以发挥最大的效力，时间就是潜在的资本。充分合理地利用每个可利用的时间，压缩时间的流程，使时间价值最大化。

六、时间管理的技巧策略

（1）有计划地使用时间。不会计划时间的人，等于计划失败。

（2）目标明确。目标要具体、具有可实现性。

（3）将要做的事情根据优先程度分先后顺序。80% 的事情只需要 20% 的努力。而 20% 的事情是值得做的，应当享有优先权。因此要善于区分这 20% 的有价值的事情，然后根据价值大小，分配时间。

（4）将一天从早到晚要做的事情进行罗列，今日事今日毕。习惯拖延时间是很多人在时间管理中经常会落入陷阱。“等会儿再做”“明天再说”这种“明日复明日”的拖延循环会彻底粉碎制定好的全盘工作计划，并且对自信心产生极大的动摇。“今日事今日毕”体现的是一种强有力的执行力，这种执行力将按照自己设计好的一个轨道走向成功的彼岸。

（5）要具有灵活性。一般来说，只将时间的 50% 计划好，其余的 50% 应当属于灵活时间，用来应对各种打扰和无法预期的事情。

（6）遵循你的生物钟。你办事效率最佳的时间是什么时候？将优先办的事情放在最佳时间里。

（7）做好的事情要比把事情做好更重要。把事情做好仅仅是有效率。首先考虑效果，然后才考虑效率。

（8）区分紧急事务与重要事务。紧急事务往往是短期性的，重要事务往往是长期性的。给所有罗列出来的事情定一个完成期限。

（9）对所有没有意义的事情采用有意忽略的技巧。将罗列的事情中没有任何意义的事情删除掉。

（10）不要想成为完美主义者。不要追求完美，而要追求办事效果。

（11）巧妙地拖延。如果一件事情，你不想做，可以将这件事情细分为很小的部分，只做其中一个小的部分就可以了，或者对其中最主要的部分最多花费 15 分钟时间去做。

（12）学会说“不”。有时拒绝是保障自己行使优先次序的最有效手段，勉强接受他们的委托而丢下自己的安排，是不合理的。一旦确定了哪些事情是重要的，对那些不重要的事情就应当说“不”。

（13）奖赏自己。即使一个小小的成功，也应该庆祝一下。可以事先给自己许下一个奖赏诺言，事情成功之后一定要履行诺言。

第四节　工作委派

一、工作委派的含义

工作委派是将工作职责和职权赋予指定的个人或团队，使该个人和团队对组织产生承诺、归属感和参与感，提升其工作价值和组织贡献度，同时使管理者能够从日常事务中解脱出来，专心致力于更重要、更高价值的核心工作。

工作委派是通过别人的努力完成任务，是管理者必须掌握的一项基础技能，管理者在了解部门目标何时能够达成，清楚如何运用资源以达成设定的目标的基础上，系统地、有计划地、深思熟虑地分派工作。也就是说，工作委派不仅是把任务交代给下属，还需要考虑如何去做，开始有计划，中间有追踪，最后有评价。

二、工作委派的意义

（一）工作委派对员工的好处

工作委派对员工的好处体现在以下几个方面。

（1）能够让员工得到更多的锻炼机会，激发员工的工作热情；

（2）能够让员工独立承担职责，行使某一项职权，体会工作的乐趣和自身的价值；

（3）能够让员工的潜能得到开发，使员工对自己的职业发展更有信心。

（二）工作委派对管理者的好处

工作委派对管理者的影响主要体现在以下几个方面。

（1）可以使管理者从烦琐的日常事务中脱离出来，提高自己的工作效率；

（2）避免部门的大部分工作都压在管理者身上，使管理者工作起来更加轻松；

（3）能够使管理者看到下属的实际工作能力，以及他们在不同方面的特长、兴趣、喜好等，增进对下属的了解。

（三）工作委派对饭店的好处

工作委派对饭店的好处主要体现在两个方面。

（1）可以使饭店的业务流程更加通畅平滑；

（2）可以使饭店内部的信息、服务、物资和资金链更为流畅。

管理者工作委派，能够使人尽其职、控制有力、检查到位、提高执行力，同时，使下属在工作中得到锻炼和成长，饭店的发展不会后继无人。由此可见，工作委派对饭店、管理者、员工个人都大有好处。

三、工作委派的认知

（一）错误的委派

管理者可能对委派存在一些错误的认知，常见的有如下几个方面。

（1）工作委派就是分解自己的任务。原则上讲，管理者可以把任何一件其他人能够处理的工作委派给别人去做，但管理者不是完全地分解任务，而是有所保留地、根据员工的岗位职责因地制宜地分配任务。

（2）工作委派就是让下属拥有自己的一部分权力。这种认知是授权，不是委派。

（3）工作委派的同时也将责任分散出去了。这是错误的。工作委派不是推卸责任。把工作委派出去以后，还要确定自己对工作的控制程度。如果一旦把工作委派出去，自己又无法控制和了解工作的进展情况，那就要亲自处理这项工作，而不要再把它委派出去了。

（4）如果工作委派做错了，下属就是替罪羊。实际上，管理者虽然把工作任务委派给下属，责任依然留在自己这里。

（5）工作委派就是将所有工作都分配给下属，自己落得清闲。管理者应该认识到，如果一个岗位没有事情可做，那也就不需要管理者了。那些处于最优先地位并要求马上亲自处理的特殊工作就不要委派出去。例如，你的上司非常感兴趣和重视的某件具体工作。这种工作要你亲自去做。另外，非常保密的工作也不要委派给别人去做。

（6）工作委派就是充分信任下属，对一切不管不问。这是错误的。虽然信任下属必不可少，但是管理者也要视时机，根据具体情形，给员工提供一些帮助、训练和纠正。当督导对工作有了清楚的认识以后，还要让自己的下属也了解。要向处理这件工作的下属说明工作的性质和目标，要保证下属通过完成工作获得新的知识或经验。

（7）工作委派就是给下属提供锻炼机会。这种认知是不对的。因为下属对工作很熟练，不需要进行更多锻炼的时候，管理者也要进行工作委派，因为这是员工的职责所在。

（二）正确的工作委派

管理者对工作委派的正确认知常表现在以下几个方面。

（1）工作委派就是让下属承担相应的职责，因此管理者在委派时要注意，工作要与下属的职责、责任完全相关。

（2）工作委派要让下属享有完成工作所需要的适当资源和权限，让下属明白其职责范围内的责、权、利。

（3）委派人同样要对委派的工作、被委派人负责，如果委派的工作出现错误，委派的上级也要承担责任。

（4）委派是由下属完成的工作，因此要让下属决定如何去做，委派人只起监督或指导作用。

（5）委派不仅是给下属提供锻炼机会，也是让下属具备完成工作的能力。即被委派的工作本身就是下属的职责所在，即使下属早已掌握了这项技能，出于职责要求，下属依然要完成工作。

（6）给下属规定一个完成工作的期限。让下属知道，除非在最坏的环境条件下才能推迟完成工作的期限。向下属讲清楚，完成工作的期限是怎样定出来的。

四、如何有效地进行工作委派

管理者一个非常重要的职责就是要把工作委派给员工去做，把自己从具体事务活动中解放出来。有效的工作委派，可从以下几个步骤开展。

1. 分析拟委派的工作

督导对拟委派的工作要进行深入分析，明确所要完成任务。需要给下属分析为什么要做这项工作；每个人都希望做重要的，有意义的工作，把工作的背景给下属分析清楚有助于下属对任务所要达到的要求有清晰的认识和理解，能激发下属的工作热情；同时，要把选择他完成该项工作的原因说清楚；向他指出，他的才能是适合完成此项工作的，强调你对他的信任，要强调积极的一面，以增强下属完成任务的决心和信心。

2. 提供支持

分析实现目标所必需的人力、财力、物力、时间、信息等必备的支持条件。让下属明白能提供的支持和资源，让他明白哪些资料需要阅读，哪些人员可以请教，哪些同事可以协助；要向下属讲出你所能告知的一切信息；不要因为没有讲完所掌握的信息，而给下属设下“陷阱”；还可以把自己在这个工作领域的经验也告诉下属。不要过多地限制工作过程和方法，让下属“放手去干”。

3. 明确标准

对工作的结果认知明确。通过分析任务的要求，对所要达到的结果有统一的标准。要详尽地交代工作的内容和范围，直到被委派人完全了解为止。面对面的工作委派是最好的一种委派方法。便于回答下属提出的问题，充分利用面部感情和动作等形式获得及时的信息反馈，让下属清晰明白这项工作的目标客户群体是谁？工作对象是哪些？这样一开始就明白工作的内容和范围，而不要等到出了问题才去强调；那些事后的多余工作都是无用功。

4. 时间期限

严格时间进度的要求。和下属一起规定一个完成工作的期限；先让员工根据自己的实际情况制定时间表，再进行修正。修改时掌握好节奏与进度，有一定的自由度，有利于发挥创造性。最终达成双方都同意的结果。要说明为什么这样规定工作的期限，为什么说这个期限是合理的；工作期限不只是最终的工作期限，一个较大的工作都可以分为几个阶段，对每个阶段要有一个大致的期限，而对最终结果要有明确的期限。

5. 监督指导

工作委派的后续就是要进行工作的监督指导了。要依据所明确的工作要求和工作期限来检查工作成果。要确定沟通的方式，是面谈、PPT 汇报，发送文件还是电话沟通？要提醒如果碰到超出其能力的困难，要及时提出。还要肯定地表示自己对下属的信任和对工作的兴趣。诸如“这是一件重要工作，我确信你能做好它”这样的话，可以对下属发挥很大的激励作用。

6. 成果评价

对表扬慷慨一些。工作任务完成后要区分业绩的优劣，进行公正公平的评价，尽量在公开场合表扬员工，负面批评一定要在私下进行，以免伤害员工的自尊心。奖励意味着认可下属的努力和才能，不但可以提高员工士气和工作效率，同时还可以有效地树立员工的信心。员工的成功，就是管理者的成功。员工圆满完成任务时，给一些意外的小奖励，也会收到很好的效果。

7. 汇报总结

向上级管理者汇报工作时，态度要客观诚恳，必须反映真实的情况和提出富有建设性的意见。通过汇报工作与上级充分沟通，获得上级的指导和必要的支持。

总之，委派好工作，不仅能节约时间，还可以在员工中创造出一种积极的工作气氛，这是每一位优秀管理者必须掌握的技能。

思考与练习

一、名词解释

1. 班前会。
2. 时间管理。
3. 时间管理方法。

二、简答题

1. 简述现场督导不力的后果。
2. 简述高效召开班前会的技巧。
3. 简述时间管理的原则。
4. 简述时间管理的技巧策略。

实训项目

【实训名称】督导工作技巧

【实训内容】

学会督导管理技巧和领导方法。

【实训步骤】

1. 3～6 人为一小组，每人扮演一次督导，召开一次班前会和班后会。
2. 小组成员共同协商，设计出相关的会议要点，以及注意事项。
3. 小组当众演示，其他小组成员观看。
4. 集体讨论。分析督导的领导方式和管理技巧是否符合要求。

【实训点评】

教师和学生根据各组的方案及表现给予评价打分。纳入学生实训课考核之中。

第九章

督导与服务质量

学习目标

1. 充分理解服务质量的内涵；
2. 了解客人对服务质量的评价；
3. 熟悉饭店服务质量管理；
4. 掌握饭店服务质量管理的方法。

案例引导

“解剖麻雀”

北京某饭店在控制客人投诉率中，使用了一个很好的管理方法，叫作“解剖麻雀”。

一天，一名英国航空小姐向值班经理投诉，住在饭店“没有安全感”，理由是在她的房间内，发现一双男士黑袜。

总经理室听到这个投诉后，认为事情并非如此简单。为什么做房时连袜子都没有发现？于是决定对此投诉案进行“解剖”。

原来空姐是2月5日入住的。当她外出购物回来到总台取钥匙时，钥匙怎么也找不着了，急得当班接待员满头大汗，空姐心里也忐忑不安。接待员到收银柜台寻找也毫无踪迹，后来又回到了总台接待部，在无可奈何的情况下，只好一个钥匙盒一个钥匙盒地去翻，终于在邻近的钥匙盒中找到了那把钥匙。

本来心情就不佳的空姐，刚刚打开房门却又在床头柜下发现了一双男士黑袜，而且上面还有两片开心果壳皮。她马上警觉起来，认为有男人进过她房间，且在屋里吃过东西，于是出现了开头的那件投诉事件。

钥匙怎么会放错了位置呢？一问主管，她马上道出了原委：为了让客务关系部新员工熟悉业务，每两周有一人到接待部轮训一次，而培训员工的第一项工作就是把客人交来的钥匙按房间号码放入盒内，这是接待部最简单，也是最容易出错的工作。几百间客房的钥匙盒，密密麻麻地排在一起，稍一疏忽就会张冠李戴。空姐入住的那天，恰恰是培训的第一天，无疑是新员工的差错。主管又回忆起，以前也曾发生过类似的事情。

那么男袜又是怎么回事呢？

空姐入住的前一天，在该房间入住的一位日本男士离店。负责卧室做房的员工是来店培训的实习生，虽说已干了半年，但工作马虎，为此已开了两次过失单。这天做房未将床屉拉出，所以没能发现客人丢在床屉底下的男袜，领班检查也不到位。

空姐入住以后，轮到和实习生“配对”的小夏做卧室，她是个非常认真的老员工。当她“翻箱倒柜”时，发现了床底下的黑袜。她认为这肯定是住店客人掉下的，于是按照规范要求，折叠好放在比原来更加明显的位置上。万万没想到，这一规范操作却招来了客人的投诉。

事情的来龙去脉弄清以后，总经理室即刻召开了由前厅部、客房部经理和主管参加的分析会。经过两小时讨论，大家一致认为：问题虽然发生在员工身上，根源却在管理干部。一是接待部已经发现培训员工错放钥匙问题，却未采取防范措施。二是既然客房实习生已经记了两次过失单，为什么还不调换工种？三是客房部领班和主管在房务例行检查中存在漏洞。

鉴于以上情况，总经理室会同有关部门制订了以下措施。

（1）凡是新员工上岗，应选派优秀老员工“传帮带”，手把手地教，直到能独立操作为止。

（2）客房部员工做房，必须强调“认真”两字，做到一丝不苟。

（3）发现屡犯差错的员工，应及时采取处理措施。

（4）强化领班、主管的查房制度，如事后发现问题须承担领导责任。

在大家取得共识的基础上，上述意见形成了文件，并通报了全店。

这一分析方法，被员工们形象地称之为“解剖麻雀”，实行两年以来，在降低饭店投诉率方面收到了很好的效果。

“解剖麻雀”是一种很好的管理分析法。其优越性在于：对待已出现的问题，不是就事论事地处理一下了事，而是抓住典型事例，深入调查研究，解剖分析，找出问题症结，分清谁是谁非，举一反三，引出教训。然后针对实际情况，提出具体措施，使饭店的各项制度、标准、规范在实践中不断完善，这样才能使管理水平不断提高。

第一节　服务质量概述

服务质量是饭店业的灵魂，服务质量不高已成为制约饭店发展的瓶颈。饭店应针对客人需求，从服务设施的有效保证、餐饮菜品的不断创新、服务流程的规范与优化、正确处理客人投诉、员工奖惩与考核制度的建立、员工培训的有效实施以及员工与管理者的良好沟通协作等方面着手，切实提高饭店服务质量。

一、饭店服务质量的内容

（一）饭店服务质量的内涵

罗斯特（Rust）和奥利弗（Oliver）将服务质量定义为三方面：服务产品、服务过程和服务环境。格郎鲁斯（Gronroos）提出服务质量包括技术性质量和功能性质量。服务的技术性质量表示服务结果的质量，指服务本身的质量标准、环境条件、网点设置、服务设备以及服务项目、服务时间等是否适应和方便客人需要；服务的功能性质量表示服务过程的质量，指在服务过程中员工的仪态仪表、服务态度、服务程序、服务行为是否满足客人需求。

关于饭店服务质量的理解通常有两种。

（1）从狭义上考察，饭店服务质量是指由普通员工的服务劳动所提供的、不包括提供的实物形态的使用价值。

（2）从广义上考察，饭店服务质量是指饭店以其所拥有的设施设备为依托为客人所提供的服务。它包含组成饭店服务的三要素，即设施设备、实物产品和服务的质量，是一个完整的服务质量的概念，整体来说，包括有形产品质量和无形产品质量两个方面。

根据饭店服务质量的定义，饭店所提供的服务既要能满足客人生活的基本需要，即物质上的需求，还要满足客人的心理需要，即精神上的需求。

（二）饭店服务质量的构成

饭店服务质量是有形产品质量和无形产品质量的有机组合。主要包括设施设备质量、服务产品质量、实物产品质量、环境氛围质量、安全卫生质量五个部分组成。

1. 设施设备质量

饭店设施设备即是饭店提供的服务质量的物质基础，也是饭店星级档次的基础。

包括房屋建筑、所有设备及低值易耗品等。不但指前台客人使用的设施设备，也包括后台供应使用的设施设备，还包括员工使用的设施设备。它要求功能齐全，设施可靠、安全，外形美观。不仅要有达到一定水准的使用价值，同时还要具有高雅、舒适的魅力价值，以及美感和风格特色。

2. 服务产品质量

服务产品质量指饭店提供的服务水平的质量，它是检查饭店服务质量的重要内容，主要包含以下几个方面。

（1）礼仪礼节。是整个饭店服务中最重要的部分，在饭店管理中备受重视，因为它直接关系着客人满意度，是饭店提供优质服务的基本点。饭店礼仪礼节要求员工具有端庄的仪表仪容，文雅的语言谈吐，得体的行为举止等。

（2）职业道德。在饭店服务过程中，服务是否到位实际上取决于员工的事业心和责任感。因此遵守职业道德也是饭店服务质量的最基本构成之一。作为饭店员工应遵循“热情友好、真诚公道，信誉第一、文明礼貌，不卑不亢、一视同仁，团结协作、顾全大局，遵纪守法、廉洁奉公，钻研业务、提高技能”的旅游职业道德规范，真正做到敬业、乐业和勤业。

（3）服务态度。是指饭店员工在对客服务中所体现出来的主观意向和心理状态。饭店员工服务态度的好坏是很多客人关注的焦点，客人可以原谅饭店的许多过错，但往往不能忍受饭店员工恶劣的服务态度。因此，服务态度是服务质量的基础和关键所在，直接影响饭店服务质量。

（4）服务技能。是饭店提高服务质量的技术保证，要求其员工掌握丰富的专业知识，具备娴熟的操作技术，并能根据具体情况灵活运用，从而达到给客人以美感和艺术享受的服务效果。同时也只有掌握好服务技能，也才能使饭店服务达到标准，保证饭店服务质量。

（5）服务效率。是指员工在其服务过程中提供服务的时限，是饭店员工素质的综合反映。员工要力求做到服务决而不乱，既迅速又敏捷，而且准确无误。提高效率、保证效率是饭店永远的目标。

（6）服务项目。管理者对服务项目的设立应以满足客人需求和方便为宗旨，不因其小而不为。同时，要加强市场调查与研究，对客人的兴趣、爱好、消费水平、新的需求进行了解，千方百计地满足客人的要求，这样才能在激烈的市场竞争中始终处于优势地位。

3. 实物产品质量

实物产品可直接满足客人的物质消费需要，其质量也是饭店服务质量的重要组成部分之一。它通常包括以下几点。

（1）饮食质量。饮食是一种地域文化的反映，旅游者旅游的目的之一就是探求异地文化，因此，饮食文化在现代旅游饭店中占有很重要的位置。饮食质量主要有饮食质量标准、饮食特色、饮食样式等。

（2）客用品质量。客用品是饭店实物产品的一个组成部分，指饭店直接供客人消费的各种生活用品。客用品质量应与饭店星级相适应，避免提供劣质品。客用品数量应该充裕，不仅要满足客人需求，而且供应要及时。

（3）商品质量。饭店通常为满足客人购物需要，都设有商场部，其商品质量的优劣也会影响饭店服务质量。饭店商品应做到花色品种齐全、商品结构适当、商品陈列美观、价格合理等，更为重要的是要注重信誉，杜绝假冒伪劣商品。

（4）服务用品质量。是指饭店在提供服务过程中供员工使用的各种用品。它是提供优质服务的必要条件。服务用品质量要求品种齐全、数量充裕、性能优良、使用方便、安全卫生等。

4. 环境氛围质量

环境氛围由饭店的建筑、装饰、陈设、设施、灯光、声音、颜色以及员工的仪容仪表等因素构成。这种视觉和听觉印象对客人的情绪影响很大，客人往往把这种感受作为评价饭店质量优劣的依据，它能影响客人是否再次来饭店下榻。因此，管理者必须十分注意环境的布局和气氛的烘托，让客人感到舒适、愉快、安全、方便。

5. 安全卫生质量

安全是客人的第一需要，保证每一位客人的生命安全和财产安全是服务质量的重要环节。在环境气氛上饭店要制造出一种安全的气氛，给客人心理上以安全感，但不要戒备森严，否则，会令客人感到不安。在日常服务中贯彻以防为主的原则，建立严格的安全保卫组织和制度，制订饭店的安全措施，做好防火、防盗，避免食物中毒、侵犯骚扰等事件的发生，切实搞好安全保卫工作。同时，在接待客人过程中，要严格执行会客制度，无关人员和闲杂人员严禁进入饭店公共区域和客房。员工要尊重客人隐私，保守客人的秘密，不在公共场合谈论客人姓名、房号及客人的私事，以免引起不必要的麻烦。

清洁卫生也是饭店业务工作中的重点和服务质量的重要内容。卫生状况不仅直接影响到客人的健康和客人旅居生活的质量，也反映了饭店管理水平和企业素质。

综上所述，饭店服务质量的内容和要求是，有形设施要让客人感到实用、方便、舒适；无形服务要让客人感到热情、亲切、友谊、相助。突出“暖”“快”“物有所值”，这是服务质量的集中表现，也是进行科学的服务质量管理的基本出发点。

二、饭店服务质量的特点

（一）综合性

饭店服务质量是由设备质量、产品质量、服务水平三部分构成，它综合反映了饭店的管理与服务能力。服务质量的好坏不仅取决于饭店设施的好坏，还取决于饭店各岗位员工的服务水平，如员工的服务态度、服务技能、服务效率等，且评定服务质量好坏的主体——客人在评价服务质量时常常带有较大的主观性。因此，服务质量具有综合性的特点。

（二）短暂性

饭店服务与客人消费常常是同时进行的。譬如餐饮服务，客人就餐结束，服务工作也就基本完成。在如此短的时间内要想出色地完成迎客、点菜、上菜、斟酒等一系列基本工作，并为客人提供满意而又惊喜的定制化服务，给客人留下长久的美好印象，员工就必须在每次服务过程中对自己的工作及客人都极为用心，这样，短暂的服务不仅培养了忠诚的客人，而且还提升了饭店的知名度和美誉度。

（三）主观情感性

饭店服务质量的高低主要是由客人享受到各种服务后的物质和心理的满足程度决定的，其质量评价取决于两个方面。

1. 客人实际得到的满意程度

客人的满意程度越高，对饭店服务质量的评价也就越高。

2. 员工与客人的关系

员工与客人的关系融洽，客人对服务质量的评价就相对较高，对饭店服务的不足与难处也比较容易谅解。

以上这两个方面中，前者的质量评价带有较强的主观性，后者的质量评价带有感情色彩。为此，饭店要做好质量管理，提高客人满意程度，必须做到以下几点。

（1）要定期做好服务质量的客人反馈调查。

（2）要正确对待客人对服务质量的主观评价。

（3）要建立与客人的良好关系。

（四）关联性

饭店服务质量的具体内容包括有形服务质量和无形服务质量。每一个方面又由很多具体因素构成。这些因素互相关联、互相依存、互为条件。为此要做好饭店服务质量管理，就要要求饭店各部门、各服务过程、各服务环节之间协作配合，并做好充分的服务准备，确保每项服务的优质、高效，确保饭店服务全过程和全方位的“零缺点”。

（五）依赖性

饭店服务质量是在有形产品的基础上通过员工的即席表现的劳务创造出来的，而这种表现又很容易受到员工个人素质和情绪好坏的影响，具有很大的不稳定性。所以要求饭店管理者应合理配备、培训、激励员工，努力提高他们的素质，发挥他们的服务主动性、积极性和创造性，同时提高自身素质及管理能力，从而督导出满意的员工。而满意的员工是满意的客人的基础，是不断地提高饭店服务质量的前提。

三、饭店全面质量管理

（一）饭店全面质量管理的含义

全面质量管理（Total Quality Management，简称 TQM），起源于 20 世纪 50 年代末的美国，其概念是由有“全面质量控制之父”之誉的美国质量大师阿曼德·费根堡姆（Armand V Feigenbaum）与美国质量管理学家约瑟夫·M·朱兰（Joseph M. Juran）等人提出的。主张用系统或者说全面的方法管理质量，在质量过程中要求所有职能部门参与，而不局限于生产部门。这一观点要求在产品形成的早期就建立质量，而不是在既成事实后再做质量的检验和控制。先在工业企业中运用，后推广到服务行业。

我国饭店业自 1978 年开始引进并推行全面质量管理。它运用科学的质量管理思想，改变了传统的事后检查的方法，把质量管理的重点放在预防为主上，将质量管理由传统的检查服务质量的结果转变为控制服务质量问题产生的因素。通过对质量的检查和管理，找出改进服务的方法和途径，从而提高饭店服务质量。

1. 饭店全面质量管理基本点

客人需求便是服务质量、客人满意就是服务质量标准。以专业技术和各种灵活的科学方法为手段，以饭店全体员工参加为保证，以获得最大的社会效益和经济效益为目的，以实际效果为最终的评价点。

2. 饭店全面质量管理特点

（1）以无形服务为中心。

（2）以客人满意为目的。

（3）重视人的作用和强调环境因素的影响。

综上所述，饭店全面质量管理（TQM）是以提高服务质量为宗旨，组织全店员工共同参与，综合运用现代管理手段，建立完善的服务质量标准和体系，在全过程中控制影响服务质量的各种因素而开展的系统的质量管理活动。

（二）饭店全面质量管理的内容

饭店全面质量管理的关键和实质都在一个“全”字。其内容主要包括以下五个方面。

1. 全方位管理

饭店全面服务质量的构成因素众多，涉及范围广泛。因而，其全面质量管理必然是全方位的质量管理。既包括有形产品质量管理，又包括无形服务的质量管理。既包括饭店前台的各种质量管理，又包括饭店后台的各种质量管理。

2. 全过程管理

饭店全面质量管理是为客人服务的。而影响对客服务质量水平的各种因素又十分庞杂。它们体现在饭店服务的各个方面，体现在饭店业务管理过程的始终。从客人消费的角度来看，从客人进店到客人离店，是一个完整的服务过程，饭店中的每项业务活动，从开始到结束，都会形成一系列的服务过程。为此，饭店全面服务质量管理，既要做好事前质量管理，又要做好事中和事后的质量管理，因而必然是全过程的管理。

3. 全员性管理

饭店服务质量是由广大员工共同创造的。它贯穿于饭店各层次人员执行饭店质量计划、完成质量目标的过程之中。前台人员直接为客人提供各种服务，后台人员通过为一线人员的工作服务而间接为客人服务，管理人员则组织前台和后台人员共同为客人服务。所以，必须把饭店全体员工的积极性和创造性充分调动起来，不断提高员工的素质，人人关心服务质量，人人参与服务质量管理，共同把服务质量提高上来。

4. 全方法管理

饭店全方法管理是多种多样质量管理方法的有机结合，是在有机统一的前提下，根据实际需要，采用灵活多样的各种方法和措施，提供优质服务。

5. 全效益管理

饭店服务既要讲究经济效益，同时又要讲究社会效益和生态效益，它是三者的统一。饭店作为企业，它所进行的经营管理活动属于市场行为，只有在获得一定经济效益的基础上，饭店才能生存和发展。同时作为社会的重要一员，饭店又必须兼顾社会效益和生态效益。从本质上说，创造社会效益和生态效益，既有社会发展和生态环境保护，同时有利于提高饭店的知名度和美誉度，创造口碑，为饭店带来长远利益。

（三）饭店全面质量管理的原则

1. 坚持“以人为本，员工第一”的原则

饭店各级、各部门、各环节、各岗位的优质服务及其服务质量，都是广大员工创造的。为此，在饭店服务质量管理的全过程中，必须始终坚持“以人为本，员工第一”的原则。要始终把人的因素放在第一位，关心爱护员工，要运用行为科学理论和方法，运用各种激励手段充分调动广大员工，特别是一线员工的主动性、积极性和主人翁责任感，才能提供优质服务，做好全面质量管理工作。

2. 贯彻“客人至上，服务第一”的原则

饭店必须以客人的活动规律为主线，以满足客人的消费需求为中心，认真贯彻质量标准，将标准化、程序化、制度化和规范化管理结合起来，加强服务的针对性，切实提高服务质量。

3. 坚持预防为主，防范结合的原则

饭店服务质量是由一次一次的具体服务所创造的使用价值来决定的，具有显现时间短和一锤定音的特点，事后难于返工和修补。因此，全面质量管理必须坚持预防为主、防管结合。

第一，必须根据各项服务的实际需要，把质量管理的重点放在事先做好准备排除各种影响服务质量的因素上面。

第二，必须重视饭店服务质量的现场管理、动态管理和优质服务的现场发挥，从而确保提高服务质量。

4. 坚持“共性管理和个性服务相结合”的原则

饭店服务质量管理既有共性问题，又有个性问题和个性化服务。从全面质量管理的角度来看，主要是要抓住那些带有共性的、全局性的问题，同时又要重视那些影响服务质量的个性问题。另外，还要特别提倡广大员工的应变能力和个性化、感情化服务，要赞扬那些超越程度和标准的优质员工和事迹，以便切实提高服务质量，做好质量管理。

5. 坚持定性管理和定量管理相结合的原则

饭店服务是以劳动的直接形式，即活动本身来满足客人的消费需求的。这种服务的质量标准很难用数量标准来界定，大多只能用定性说明的方法来确定其质量程度和水平。但也有些部门的质量问题和标准可以用数量来反映。因此饭店全面质量管理可以将定性管理和定量管理结合起来，以定性管理为主。能够定量的质量问题、质量标准尽可能定量。特别是在质量检查、考核评估中，要尽量运用质量统计数据来说明问题，以此来提高饭店质量管理的客观性和科学性。

四、提高饭店服务质量的举措

提高饭店服务质量是实现客人满意度的主要手段。要提高饭店服务质量，主要从以下几个方面着手。

1. 服务设施的有效保证

一般来讲，饭店的服务设施都比较齐全，可是客人却感到不满意。其主要原因是饭店在服务设施的细致化管理方面做得不够。在一些饭店企业，部分饭店服务设施随着经营时间的推移未得到及时修缮、更新和保持。如部分地面的损坏，个别桌椅的残缺和漆面的破损，部分餐布的陈旧与破碎，少数碗筷杯碟的残次，卫生间内水龙头的锈蚀与配件遗失，卫生纸桶内无卫生纸或配备劣质卫生纸，洗手液的伪劣与注水，空调无法正常运转，电视机的老化导致图像不清，电视未接入光纤而频道数少，电视机和空调机的遥控板操作失灵等，这些问题看似小事，可在客人的眼中却是一颗大的“砂石”，因此，饭店的经营者应该认真反思，不要因要花费少量的资金而失去老客人、失去自己的细分市场。有鉴于此，饭店应该建立起更细致的服务设施的检查与完善制度，以及时发现问题，立即整改，使饭店的服务设施始终与饭店的档次相匹配。

2. 饭店产品的不断创新

饭店要生存，就必须不断加强产品的开发创新，不仅要适时推出新品种，而且还要对老品种在保持其传统风格的基础上，在生产工艺和产品质量上不断提高，使产品精益求精。如饭店餐饮产品，菜品创新以消费者为中心，在讲究膳食平衡的基础上，充分开发和利用原料的主、辅、调之间的合理搭配，创造出既具备菜点自身属性又符合消费者饮食习惯和爱好需求的菜肴。

菜品创新应在原料上兼容出新、口味上博众家之长，并在此基础上创制出多种新味型。选用盛器应本着体现“一菜一格，百菜百味”的原则，使每道菜都具有自己的特色。同时，要加强厨师对各种烹饪工艺的学习和借鉴，让菜品更具旺盛的生命力。

3. 服务流程的规范与优化

服务流程的规范化，即要求员工按照服务流程开展工作，这既有利于服务过程的检查和质量控制，也有利于服务流程的优化和再造。员工“瞎忙”或“忙闲不均”成为服务工作中常见问题。饭店不仅要通过制度保证，还要有监管措施并予以有效实施。在制定刚性制度的同时也要注重对员工的人文关怀。对于员工而言，对过于严格的管理会变着法子钻制度的漏洞，甚至集体对抗制度；过于宽松，使得制度的约束力又不够。因此流程制定和实施应将无须的工作环节省略，这样不仅有利于员工规范完成，也有利于管理者监管和质量控制。除此之外，饭店的设施设备与管理方法一定要与其实际情况相适应，从而帮助员工从繁重的体力劳动中解放出来，改善员工的烦躁情绪。

4. 正确处理客人的投诉

正确处理投诉，首先要有正确的认识。投诉是饭店发现差错的难得机会，客人投诉虽然给饭店带来一定的经济损失，但可以从中发现差错，从而改进服务。没有投诉的客人往往会改变消费去处，甚至由于这些不投诉的客人的口碑相传，宣传不愉快的经历，使饭店失去其他老客人和潜在客人，经济损失更为严重。饭店服务本身就是一个不断成熟的过程，不断创新的过程，往往也是反复改进的过程，没有失败是不可能的。对员工的差错要有正确的态度，培养忠诚的员工不能采用简单粗暴的方式，而应使他们认识问题，找出差错的原因，引导规范服务，鼓励员工通过学习不断提高服务质量，激励服务技术创新。而不当的处理只能令员工不满，增加服务工作中的压力，使其不再有自觉自愿为客人提供优质服务的动力。

正确认识之后，应当迅速处理客人投诉。处理投诉过程同样需要制度化。员工对投诉的客人首先要道歉，安抚他们的情绪，并主动、迅速地做出反应，让客人感受到员工的真诚与体谅，从而能极大地提高客人感知服务满意度，同时也为饭店塑造了优质服务的市场形象。饭店企业还应对服务差错给客人造成的损失负责，进行合理补偿，如价格折扣、提供优惠券或退款等。

5. 公平的员工考核与奖惩制度的建立

饭店是否公平地考核员工的表现并进行奖惩，会对员工产生极大的影响。因此，饭店管理人员应该公平地对待饭店内的每一位员工，以提高员工的工作积极性和满意度。

第一，饭店管理者应该明确每个员工的工作范围和职责，包括对员工的行为提出明确的期望。

第二，饭店应该制定合理有效的考核和奖惩制度，以便正确确定奖励或惩罚的员工。

第三，饭店还必须及时、有效、公平地执行考核和奖惩制度。在考评中，一定要公平、公正地对待每一名员工，切实做到“对事不对人”。考评的目的在于提高工作绩效，不在于处理员工，这样能减轻员工的心理负担，使员工正确对待考评。

第四，饭店应将考评结果及时公布，最好每月在部门会上向全体员工反馈一次。在反馈结果时，应着重肯定成绩，把做得好的方面给予肯定，使员工心理得到满足，工作更加积极并带动其他员工；同时，也要说明不足之处，为今后的努力方向提供参考意见等。

6. 员工培训的有效实施

饭店员工可能会存在诸多不足：个别员工衣服不整齐，双手及指甲不清洁，有口臭及体臭，工作态度不和蔼，个别员工语言表达能力差、理解能力弱、服务技能差，与客人交流困难。当意外事件发生时，缺乏解决技巧，解决争端的态度不诚恳，同事之间互相不帮忙，甚至有斗嘴的现象发生等。因此，饭店要加强员工培训，从整体上提升员工的服务素质。

饭店应该设置专门的培训机构，建立起完善系统的培训体系，合理区别培训层次，让培训的内容、方式、步骤与员工实际工作需要紧密结合。由于饭店服务工作的特殊性，对员工的培训更要注意方法与形式，以适应他们的心理需求。许多成功饭店的经验表明，员工培训是饭店一项非常重要的内部管理措施，不仅可以不断地更新员工观念，提高员工的工作能力，提高服务质量和客人的满意程度，还可以帮助员工更好地完成工作，提高员工的满意感，培养员工的忠诚感。

7. 员工、管理者与客人的有效协作与沟通

良好的饭店服务是搞好饭店经营与管理工作的重要内容。面对竞争日益激烈的饭店市场和日趋成熟的消费者，饭店必须高度重视服务质量，不断探索提高服务质量的路径与方法，谋求在未来竞争中的主动地位。饭店需在充分调查客人需求、满意度及投诉缘由的基础上，精心设计，不断创新，将规范管理、制度管理与人文关怀相结合，有效地开展员工的培训，从而使员工始终保持工作的积极性和旺盛的工作热情。同时，饭店也要注意服务过程中各环节的有效控制，并致力于员工、管理者与客人有效沟通，最终达到不断提升服务质量的目的。

第二节　服务质量评价

一、饭店服务质量衡量标准

由于饭店接待的对象是来自不同地区、不同文化背景下的客人，他们的需求内容和对服务质量的衡量标准也是多种多样的。

（一）服务质量衡量标准

服务性企业经营的最高目标是让客人满意，使企业获利，而客人的满意度源于他们对服务质量的评价。受各种主、客观因素的影响，客人对饭店服务质量的衡量标准带有明显的随意性、即时性、主观性。美国著名营销学家贝里（Berry)、潘拉索拉曼（Parasuraman）和赞瑟姆（Zeithamal）等经过大量研究提出，客人对服务质量的评价主要依据五个标准，即可靠性、反应性、可信性、移情性、可感知性。

1. 可靠性

可靠性对客人感觉中的服务质量影响最大。饭店必须不断提高服务质量，尽力为客人提供正确、可靠、无差错的服务，才能提高客人的满意程度。如果饭店不重视服

务细节，服务工作经常出现差错，就必然会失去客人的信任，损害自己的市场声誉。消费者要求100%可靠的服务。贝里、潘拉索拉曼和赞瑟姆都认为，可靠性是服务质量的关键和核心属性。提高服务可靠性，减少服务差错，可提高饭店的经营效率。在激烈的市场竞争中，只有那些以100%可靠性为奋斗目标的饭店，才能取得市场竞争优势。

2. 反应性

反应性也称敏感性，是指员工愿意帮助客人，并及时地为客人服务。它考查的是员工对于客人需求的反应速度，客人的需求包括现实和潜在两个方面。反应性高的员工，具有较强的应变能力，他能使客人感受到自己正受到关注和尊重，客人会认为员工一直在为自己工作。

3. 可信性

可信性指员工的知识、技能和礼节能使客人产生安全感和信任感。增强饭店服务的可信性，首先，要求饭店为客人提供的有形产品与无形服务是安全可靠的；其次，要求饭店员工拥有较丰富的饭店服务、客人需求知识，具备传达信赖和信心的能力。

4. 移情性

移情性指员工设身处地为客人着想，关心客人，为客人提供个性化服务。对客人需求的反应速度快慢是建立在员工服务意识与服务技能的基础之上，只有具有较强的服务意识，才能"想客人之所想，急客人之所急"，才能愿意花时间去研究客人的需求并满足他，同时只有具备了较高的服务技能，才能快速、及时地完成客人所交代的任务。

5. 可感知性

可感知性即有形证据，指客人能够感受到的员工的服装和仪表、服务设施、服务设备、促销资料等有形证据。员工端庄的服饰、甜美的微笑、礼貌的用语以及大方的行为举止都是服务质量重要的有形证据。饭店的所有有形事物和人物都为无形的服务提供有形证据。服务设施、服务设备、员工和客人的仪态仪表，都是服务环境的重要组成成分。

除以上五个属性之外，有人认为补救性措施也是一个重要的属性。服务工作出现差错或无法预见的问题之后，饭店应尽决采取补救性措施，找出客人可以接受的解决方法。

（二）服务质量衡量的专项标准

饭店产品的销售过程是有形物质消耗和无形劳动相结合的过程。一个具有高服务质量的现代饭店不仅要有现代化的客房、餐厅以及各种服务措施，而且还要有懂业务、善经营的各级管理人员和服务技术好、水平高的员工以及灵活方便的经营服务项目。因此，饭店服务质量评价标准就包括了有形设施标准和无形产品标准。饭店的服务是无形的，不能用数量化标准来衡量。因此，饭店服务质量的衡量标准通过下面两个来反映。

1. 满足客人需要的一套服务规程

这一套服务规程是饭店服务所应达到的规格、程序和标准，它使饭店服务工作规范化、系统化、标准化。其内容包括整套语言、动作和技能、操作要求，它可使本来零散琐碎的服务工作规范化。具体内容有以下几点。

（1）保证设施良好的运转规程。

（2）保证客人舒适的规程，即制定各种操作规程和岗位责任制。

（3）保证服务质量的规程。

2. 饭店“回头客”比率

这是一个从实际出发的直接衡量饭店服务质量的重要标志。

二、服务质量评价体系

搞好饭店服务质量与服务业绩的评价、考核工作，是饭店落实经济责任制，调动员工做好服务工作积极性的重要举措。而服务业绩的评价工作要能真正地起到奖勤罚懒、扶优治劣的作用，就必须避免长官意志和感情用事的倾向，较好地体现客观性、合理性，即要对服务业绩、服务质量进行公平、公正和公开的评价，并构建科学合理的服务质量评价体系。

（一）饭店服务质量评价体系的构成要素

饭店服务质量评价体系包括以下三大要素。

1. 评价主体

由谁来进行评价，目前充当评价主体的主要有客人、饭店和第三方机构。

2. 评价客体

评价客体包括两个方面的内容。

（1）由设施、设备等构成的硬件服务质量。

（2）由服务项目、服务水平等构成的软件服务质量。

3. 评价媒体

评价媒体是指评价的主体通过何种形式来表现其评价的过程和结果。即评价的表现形式、各评价主体反映评价结果的渠道。

（二）饭店服务质量的三方评价

1. 客人评价

客人评价直接指向服务的对象，体现了以“客人为中心”的服务宗旨，因而获得普遍的欢迎。但客人服务质量评价标准中的期望服务指标、感知服务指标以及服务质量的可靠性、响应性、保证性、移情性、有形性等指标涉及许多主观心理因素，因此较难确定，这使其带有浓厚的主观性、模糊性、差异性以及不公平性色彩。客人评价的形式经常有以下几种。

（1）客人意见调查表。这是饭店广泛采用的一种客人评价的方式。具体做法是先设计好有关饭店服务质量具体问题的意见征求表，并将其放置于易于被客人取到的客房内或其他营业场所，由客人自行填写并投入饭店设置的意见收集箱内或交至大堂副理处。这种评价方式涉及范围广，客观性较强。当前许多饭店还利用互联网和其他一些在线服务进行客人意见的调查，这种方式快速而及时，因而很受欢迎。

（2）电话访问。访问时可以根据设计好的问题进行，也可以没有固定问题，因此自由度与随意性比较大。

（3）现场访问。又称突击访问，做法是抓住与客人会面的短暂机会，尽可能多地获取客人对本店服务的看法与评价。现场访问应充分利用时机，如对特殊 VIP（Very Important Person）客人，在迎来送往中的现场访问，对大客户的现场访问，对偶然遇到的老朋友、老熟客的现场访问等。

（4）小组座谈。是指饭店邀请一定数量的有代表性的客人，采用一种取舍的形式就有关饭店服务质量方面的问题进行意见征询、探讨与座谈。小组座谈可结合饭店其他公关活动同时进行，向被邀请的客人赠送礼物或纪念品。

（5）常客拜访。商家向潜在客人推销产品的成功率是 15%，而向现有常客推销产品的成功率则达 50%。饭店管理者应把常客作为主要目标和服务对象，对常客进行专程拜访，显示饭店对常客的重视与关心。

2. 饭店自我评价

饭店作为饭店服务的提供者，有义务对其所提供的服务进行考查与评判，尽量减少提供不合格服务。其评价形式如下。

（1）饭店统一评价。由饭店服务质量管理的最高管理机关组织进行定期或不定期实施。这种形式应注重以下几方面内容。

第一，注意对不同部门的重点考核，关注各部门服务质量的差异性。

第二，注意评价的均衡性，除了应做好前台服务质量的评判工作外，还应对后台工作进行考查。

第三，重视评价的严肃性。对于不达标、有问题的当事人和现任人，必须依照饭店有关管理制度做出处理。

（2）部门自评。就是按照饭店服务质量的统一标准，各个部门、各个班组自己对自己的考核与评价。部门自评大致可分为饭店级、部门级和班组级三个层次。部门自评是建立在饭店统一的服务质量标准基础上的，饭店服务质量管理机构应对部门自评结果进行考核与监督，对于存在较大差异的情况应引起重视，找出原因并加以解决。

（3）饭店外请专家进行考评。饭店内部的各层次考评固然十分重要。但难免会因长期身在此山中，而不识庐山真面目。因此应聘请相关专家协助饭店进行自我服务质量评价，使考评结果更具有专业性。

（4）随时随地的考评。该种评价由饭店中、高层管理者来实施，饭店管理者的每一次行动都应作为对饭店服务质量的一次考评，对这一过程中发现的每一个问题都应及时纠正。

（5）专项质评。是指饭店针对特定的服务内容、服务规范进行检查与评估。饭店通常对自己的优势服务项目或在特定时间内开展专项质评，并以服务承诺或服务保证的方式向客人显示质评后的服务效果。饭店通常会对服务基本质量保证、服务时限、服务附加值、服务满意度等做出承诺，并通过制订更高的服务质量标准、较高的服务质量补偿金、简化客人申诉程序等措施来贯彻饭店服务质量承诺。

3. 饭店服务质量的第三方评价

第三方是独立于饭店服务供应方和需求方的评价主体，是从“旁观者”的角度利用各项标准来评价服务质量的，较为客观、公正，其评价的结果较能让大众信服。其评价形式有以下几个方面。

（1）资格认定。在我国，旅游业以定点方式确定涉外与不涉外资格。比如，旅游涉外定点餐馆、定点商店、涉外饭店、涉外娱乐场所等。它们均表示一种资格，即可接待外国人、华侨、港澳台同胞的能力。

（2）等级认定。目前，在我国饭店业存在两大认定体系：星级饭店与等级饭店。星级饭店以中高档饭店为对象，以五角星的多寡作为等级标识，星级越高等级越高。

（3）质量体系认征。质量认证是指由可以充分信任的第三方证实某一鉴定的产品或服务符合特定标准或其他技术规范的活动。我国已参加国际标准化组织（ISO）并取得认证资格，因而我国企业获得的质量认证证书是国际通行的。

（4）行业组织、报刊、社团组织的评比。利用饭店行业组织、社团组织、民意调查表、市场研究公司、报纸杂志等对饭店的服务质量进行评价的方式。例如，我国举办的饭店“百优五十佳”评比；国外最知名的《公共机构投资人》杂志，每年以打分方式评出“全球最佳饭店”；其他如美国质量协会、餐旅协会的“五星钻石奖”；日本旅业公会的“最佳休闲度假场所”等。

上述三种评价方式各有其优缺点。为了构建更加科学合理、操作性强的服务质量评价体系，要求饭店业应将客人评价、饭店评价以及第三方评价有机地结合起来，深入细致地权衡这三种评价方式的优缺点，并对三方评价因子做出合理的选择，对因子权重做系统、全面和客观的考察。

三、ISO 质量管理体系

（一）ISO 质量管理体系概述

国际标准化组织（International Standard Organized，简称 ISO）成立于 1946 年，是国际标准化领域中的一个十分重要的组织，其成员来自世界上 130 多个国家和地区的国际标准化团体组织。代表中国参加 ISO 的国家机构是国家质量技术监督检验检疫总局。

ISO9000 系列标准是国际标准化组织（ISO）于 1987 年正式颁布的质量管理和质量保证国际标准。1994 年对系列标准进行了修订，形成了 ISO9000 族标准。2000 年又对 ISO9000 族标准进行了改进，并推出了 ISO9000 标准。该标准体现了以下原则。

（1）以客人为中心。

（2）领导作用。

（3）全员参与。

（4）过程方法。

（5）系统管理方法。

（6）互利的供方关系。

对于饭店而言，坚持这些质量管理原则的目的在于指导饭店的管理，它们的实施最终将使饭店的客人和与饭店相关的组织受益，例如，旅行社、供应商、旅游学校、饭店协会、旅游主管部门等。

通过贯彻执行标准，饭店获得以下益处。

（1）保证产品持续符合标准，满足客人需求。

（2）加强过程管理，防止不合格产品出现。

（3）规范部门职能，变人治为法治，提高工作效率。

（4）科学化与人性化高度统一，可使员工感到工作轻松，客人满意度提高。

（5）有利于树立饭店的社会形象，增强企业竞争力，培养客人对品牌的忠诚度。

（6）提高了饭店的质量信誉。

（7）促进饭店完善质量体系。

（8）增强国际市场竞争力。

（二）饭店如何通过 ISO 质量管理体系认证

按系列建立、健全质量体系，申请质量认证已成为世界潮流，这不仅是国内企业加入世界贸易组织（WTO）后开展国际竞争的需要，也是提高企业质量管理水平，稳定、提高产品质量，提高经济效益的需要。那么，作为旅游饭店，应如何通过国际质量认证呢？

1. 认真做好准备工作

准备工作是质量认证工作的基础，主要有以下内容。

（1）学习消化质量体系认证的有关要求。饭店应组织有关人员认真学习、消化衡量体系检查项目，真正领会要求的内涵，对照企业实际，进行自我评定。

（2）分析评价体系文件的适用性。企业在向认证机构递交体系文件之前，应先做一次文件自我审核活动。

（3）收集、整理、自查证实文件。质量体系认证现场检查主要是按企业提供的证实文件逐项核查。评价体系文件的符合性和有效性，涉及企业的质量手册、程序文件、质量计划等。企业必须进行一次自查，如存在问题，应对文件进行修改、补充完善。

（4）评价质量体系运行的有效性。质量体系运行的有效性主要体现在产品质量是否实现了既定目标，对不合格的控制和纠正的措施是否落实等。

（5）制订改进完善措施。通过以上自查、评价，对存在问题，按轻重缓急制定切实可行的改进措施，落实负责部门，限期完成。

2. 申请认证

根据自愿原则，企业可向已获国家认可的任一质量认证机构申请质量体系认证，行政部门无权干涉。认证时按哪种模式企业可提出自己的设想，与认证机构协商后确定。申请以后一般应做好以下工作。

（1）填写申请表。包括企业概况，推行质量管理及贯彻的情况，已取得的成效，近 3 年内的产品质量状况，上级部门抽查的结果等内容。

（2）提供体系文件和必要的说明。企业应按认证机构的要求，提供质量手册或质量保证手册和质量体系程序文件以及产品设计、生产情况的简要说明。

（3）签订认证合同。按照质量体系认证机构对报送材料审核后的通知，符合要求的企业，签订质量体系认证合同，商定现场审核日期和有关事宜。

3. 迎接现场审核

企业在现场审核中应做好以下工作。

（1）准备证实材料，配备陪同人员。

（2）各部门做好迎检的准备。

（3）企业应认真听取评价结果，弄清存在的问题，分析原因，并采取纠正措施，认真整改。

4. 质量体系的维持与巩固

通过质量体系认证的企业，不可从此“高枕无忧”，应进一步完善质量体系，努力提高质量体系的有效性，以此来迎接认证机构对已获认证企业的质量体系所实施的监督管理。饭店如果获得经国际互认的认证机构的产品质量认证或质量体系认证，应能有效地消除技术壁垒，在国际市场上占有一席之地，并能享受相应的优惠待遇。

第三节　服务质量管理

要提高饭店服务质量，就必须加强服务质量管理，要更好地进行服务质量管理，首先要制定饭店服务规程，并建立饭店服务质量管理保证体系。

一、制订饭店服务规程

在饭店服务质量管理过程中，通常是通过对服务标准和规程的制订和实施，以及各种管理原则和方法的运用，达到服务质量标准化、服务形式规范化、服务过程程序化，最终以优质服务赢得客人。饭店服务规程就是饭店进行质量管理的依据和基础，是饭店根据各自的等级而制订出的适合本饭店实际情况的管理制度和作业标准。

（一）饭店服务规程的含义

饭店服务规程是指以描述性语言对饭店某一特定的服务过程所包含的作业内容和顺序及该服务过程应达到的某种规格和标准所做的详细而具体的规定。简单地说，它是指某一特定服务过程的规范化程序和标准。通常包含服务规程的对象和范围；服务规程的内容和程序；服务的规格和标准；服务规程的衔接和系统性。

（二）饭店服务规程的制定

1. 提出目标和要求

饭店决策层的管理人员根据饭店等级，经深入的分析研究后，提出本饭店服务规程应达到的目标和具体要求，并将其布置落实到饭店每一相关部门。

2. 编制服务规程草案

各部门管理者召集下属主管、领班和资深员工讨论确定本部门的所有服务内容和服务过程，并制定出每一服务过程的规程草案。

3. 修改服务规程草案

草案出台后，将规程草案在小范围内试行，在实践中进行修改，使其更具可行性。最后将规程草案交饭店决策层审定。

4. 完善服务规程

随着饭店等级的提高、客人需求的变化及饭店业的发展，饭店应随时调整服务规程，并定期修订，使之更适用和完善。

5. 饭店服务规程的实施

制订科学合理的饭店服务规程非常重要，但更为重要的是饭店服务规程的实施。只有切实地实施服务规程，才能保持并且不断提高饭店服务质量，否则，服务规程不过是一纸空文。

二、建立饭店服务质量管理体系

全面质量管理体系是为贯彻饭店质量规程，实现质量管理目标而建立的一整套组织机构、基础工作、质量标准、制度程序等。它是饭店全面质量管理的核心和主要保证，其具体内容主要包括以下几个方面。

1. 组织领导体系

有效的组织领导体系是饭店全面质量管理的组织保证。各饭店因其实际情况不同，其组织形式也不完全相同。最典型的组织领导体系是由总经理负责，质管部经理和各部门经理成为全面质量管理的直接责任人，部门以下均开展质量小组活动，各部门质量分别由质管部经理和质量检查员负责督导检查，定期评比。

2. 质量标准体系

质量标准体系是饭店全面质量管理体系的核心内容，也是质量管理的重要基础工作。只有健全饭店质量标准体系，全面服务质量管理才有客观依据和奋斗目标，也才能做好全面质量管理工作。

3. 服务程序体系

服务程序体系是饭店全面质量管理体系的重要内容，也是标准化管理的前提和基础。饭店全面质量管理的标准化体系和程序化体系是互相联系、互相依存、互为条件的。为此，在建立饭店全面质量管理的标准化体系的同时，也要建立程序化质量体系。

4. 制度化管理体系

制度化管理是为保证饭店标准化、程序化质量体系的贯彻实施，运用规章制度所进行的质量管理工作。制度化管理的目的在于用规章制度来规范员工的行为，协调各项质量管理工作和服务操作的关系，消除全面质量管理工作中可能发生的混乱现象，保证饭店各项服务的顺利进行和质量标准的贯彻落实。饭店全面质量管理体系的内容也很多。它以质量责任制度为中心，以质量管理制度和质量规范制度为保证。

5. 质量管理信息体系

饭店全面质量管理的信息体系由从上到下的信息传递和从下到上的信息反馈构成。它是贯彻质量方针、质量目标，推行标准化、程序化、制度化管理，收集了解质量反馈、客人意见等的重要条件。饭店全面质量管理信息体系的内容包括质量标准贯彻实行状况，质量制度、程序落实情况，质量管理中存在的问题等。但就其质量信息的传递和反馈渠道而言，其信息体系构成则与全面质量管理的组织领导体系基本相同。

三、开展全面质量管理教育

饭店服务质量教育可更新员工的质量观念，树立质量意识，提高员工整体素质，从而提高饭店服务质量，是非常有效的一种质量管理手段。饭店全面质量管理和服务质量都是靠人来完成的，要坚持以人为本、质量第一，就要坚持质量教育。其内容包括质量意识教育、基础理论与质量知识教育、质量标准教育、质量技能培训等。只有坚持不懈地抓好质量教育，不断总结提高，使争创优质服务深入人心，才能做好全面质量管理工作。

1. 采取有效的服务质量管理方法

饭店服务质量管理是多种多样管理方法的有机结合，是在有机统一的前提下，根据服务质量问题产生的原因而有选择性、针对性的管理。

2. 对服务质量的管理效果进行评价

饭店开展的服务质量管理活动，以及所采取的质量管理方法，其目的都是为提高服务质量和客人满意度，最终赢得忠诚客人。但能否达到这一最终效果或达到程度如何，需要进行科学的效果评价。评价内容既包括服务质量管理标准的执行程度，也包括客人的物质和心理满足程度；评价方法主要是检查。其方式是灵活多样的。

根据评价内容，对照检查结果，饭店管理者应客观地评价饭店服务质量管理效果，及时找出存在的质量问题，分析其产生原因，提出有针对性的改进措施，以不断提高饭店服务质量。

四、饭店服务质量管理的主要环节

服务质量是饭店的生命线，是饭店的工作中心，在饭店竞争中，最根本的是质量竞争。不可想象一个饭店的服务质量差，由于饭店位置佳，营销能力强等，而使这个饭店客人盈门。因为它严重违反了市场规律和饭店产品原理。要抓好质量管理，必须做好以下几个环节。

1. 制订明确质量标准和严格的质检制度

饭店服务质量管理必须制订出明确的质量标准，但是由于饭店产品是由无形产品和有形产品组成，对于无形产品很难定出一个明确的标准，有人认为客人满意程度就是服务质量的标准，可是客人情况千差万别，各有各的要求，因此客人满意程度有高有低，它不是一个明确的稳定的标准。根据饭店实际情况，对饭店各个部门各个岗位定出具体的服务规程，明确、规范饭店无形的服务，以描述性语言为质量标准，这是一个比较好的方法。

质检制度是监督、检查饭店质量状况的有效手段，有了严格的质检制度才能使饭店质量标准被准确无误地执行，才能保证饭店产品质量稳中有升。

2. 强化饭店全员服务意识

服务质量是一个综合性的概念，它是指饭店向客人提供的服务在使用价值上（包括精神上和物质上）适合满足客人需要的程度，它直接影响饭店产品的市场销售。就其内容来讲，包含设备设施、服务水平、实物产品、安全保卫四个方面，这四个方面的任何一方面质量不合格都会影响整个饭店服务产品的质量。所以，抓好服务质量必须饭店上下一起行动，各个部门互相协作，全体员工真正树立质量第一，质量高于一切的意识，把“100 - 1 = 0”的饭店质量原则深入到每一位员工。

3. 努力提高员工素质

饭店的服务质量在很大程度上取决于员工的素质水平，因为饭店产品的生产、销售、消费三者是同时进行的，生产者与消费者直接见面，所以员工的素质水平也成了饭店产品质量的一个组成部分。为此，通过培训和思想教育，不断提高饭店广大干部员工的技术水平、服务态度和精神面貌是饭店质量管理的重中之重。

4. 利用质量反馈信息，不断完善、提高服务质量

任何成功饭店的产品都有一整套完善的产品质量信息反馈系统，利用反馈信息，不断改善自身产品。饭店产品也同样需要反馈质量信息，对存在的服务缺陷进行针对性的培训。另一方面，信息反馈还可以及时了解客人的个性需求，为这些客人提供个性化的服务，这既完善、提高了服务质量，同时也利于饭店不断提高自身服务质量标准，以适应市场需求。

毋庸置疑，一个饭店在激烈的市场竞争中要站稳脚跟，决定的因素很多，但最根本的就是服务质量，而要抓好服务质量，质量管理工作的成败是关键。只有在制订明确的质量标准和严格的质检制度的同时，全面强化全员服务质量意识，努力提高员工素质水平，利用准确的质检反馈信息为依据，才能不断改正服务缺陷，达到保证和提高服务质量的目的。

第四节　服务质量管理方法

在服务质量管理中，饭店只有采取有效的管理方法，才能真正提高服务质量，提供令客人满意的服务，使饭店取得良好的经济效益。目前，饭店经常采用的服务质量管理方法主要有：ABC 分析法、因果分析法、PDCA 循环工作法、QC 小组法、对策表法等。

一、ABC 分析法

ABC 分析法又叫排列图示法、主次分析法，是意大利经济学家帕雷托（Pareto）分析社会人员和社会财富的占有关系时采用的方法，美国质量管理学家约瑟夫·M·朱兰（Joseph M. Juran）把这一方法用于质量管理并取得效果。运用 ABC 分析法，可以找出饭店服务存在的主要质量问题。

ABC 分析法以“关键的是少数，次要的是多数”这一原理为基本思想。通过对影响饭店服务质量诸方面因素的收集归纳，以质量问题的个数和质量问题发生的频率为两个相关的标志，进行定量分析。计算出每个服务质量问题在质量问题总体中所占的比重，然后按照一定标准分成 A、B、C 主类，以便找出对饭店服务质量影响较大的 1 ～ 2 个关键性的质量问题，并把它们纳入饭店当前重点的质量控制与管理中去，从而实现有效的服务质量管理，使服务质量管理工作既突出重点，又照顾一般。

（一）ABC 分析法实施步骤

用 ABC 分析法分析质量问题主要由以下四个步骤构成。

1. 收集服务质量问题信息

通过客人意见书、投诉处理记录、各种原始记录等方式收集有关服务质量的信息。

2. 分类、统计，制作服务质量问题统计表

将收集到的质量问题信息进行分类、统计、排列，制作统计表（见表 9-1），在表上计算出比率和累计比率。

表 9-1　饭店服务质量问题统计表

质量问题	问题数量	比率 %	累计比率 %
菜肴质量	130	65	65
服务态度	36	18	83
外语水平	20	10	93

续表

质量问题	问题数量	比率 %	累计比率 %
娱乐设施	8	4	97
其他	6	3	100
合计	200	100	

同时，做出有两条纵坐标轴的直角坐标图（见图 9-1）。横坐标为分类质量问题，排列方法从左到右按出现次数的多少顺序排列。纵坐标为质量问题出现的次数。

3. 分析找出主要质量问题

排列图上累计比率在 0 ～ 70% 的因素为 A 类因素，即主要因素；在 70% ～ 90% 的因素为 B 类因素，即次要因素；在 90% ～ 100% 的因素为 C 类因素，即一般因素。

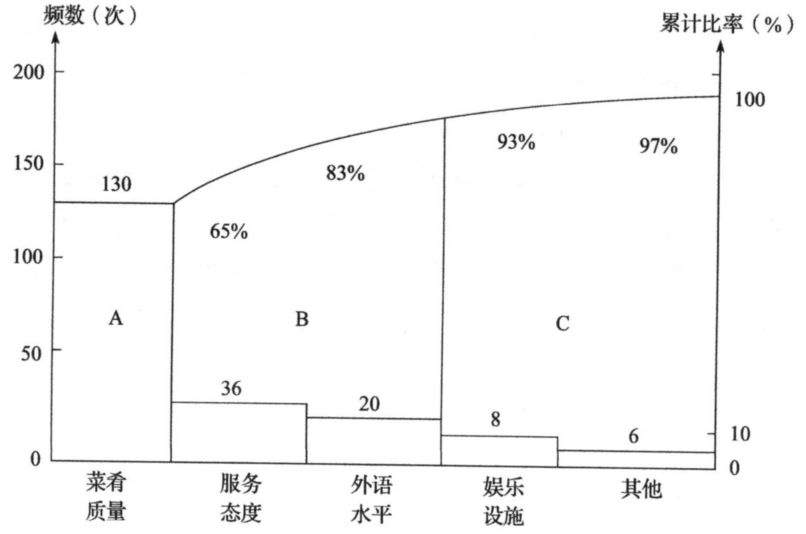

图 9-1　服务质量问题排列图

（二）ABC 分析法注意事项

找出主要因素就可以抓住主要矛盾。运用 ABC 分析法进行质量分析有利于管理者找出主要问题，但在运用过程中应注意以下几点。

（1）A 类问题所包含的具体质量问题不宜过多，1 ～ 3 项是最好的，否则无法突出重点。

（2）划分问题的类别也不宜过多，对不重要的问题可单独归为一类。

二、因果分析法

因果分析法是通过因果图表现出来。因果图是表示质量特性与原因关系的图，又称特性要因图、鱼刺图、树枝图或石川图，它是 1953 年在日本川琦制铁公司，由日本质量管理专家石川馨（Kaoru Ishikawa）最早使用的，是为了寻找产生某种质量问题的原因，发动大家谈看法、作分析，将群众的意见反映在一张图上，就是因果图。用此图分析产生问题的原因，便于集思广益，寻求各种原因要从粗到细，从大到小，形象地描述出它们的因果关系，直到能具体采取措施解决为止。经过记录和整理，将问题绘成一个图。因为这种图反映的因果关系直观、醒目、条例分明，用起来比较方便，效果好，所以得到了许多饭店的重视（见图 9-2）。

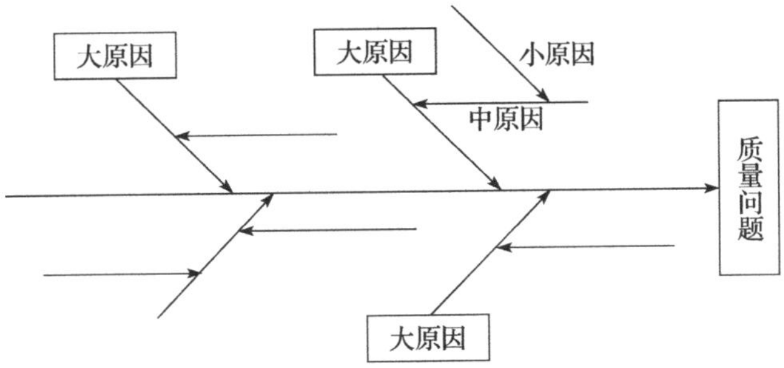

图 9-2　因果分析图

（一）因果分析图分析过程

因果分析图分析过程如下。

（1）确定要分析的质量问题，用 ABC 分析法等找出存在的问题。

（2）发动饭店管理者和员工共同分析，寻找 A 类问题产生的原因。要注意集思广益，广泛征求各方面人员的意见。探讨一个质量问题产生的原因时，要从大到小，从粗到细，寻根究源，直到具体措施能够采取为止。

（3）整理找出原因，按结果与原因的关系画出因果图。影响服务质量问题的大原因通常从人、方法、设备、原料、环境等角度加以考虑。

（二）因果分析图法注意事项

（1）分析的问题只能是一个，主干线箭头就指向这个结果，即要解决的质量问题。

（2）大原因作为切入点，分析中原因小原因时要追根究底，直至分析出可以采取具体措施的原因为止。

（3）管理、环境等方面因果图中的原因是可以归类的，类与类之间的原因不发生联系，要避免归类不当的错误，同时要避免因果倒置的错误。

（4）要想方设法找出主要原因，注意大原因不一定都是主要原因，为了找出主要原因，可作进一步调查或作试验验证。

（5）分析时要充分发扬民主，各抒己见，以免疏漏。主持会议者要注意会议形式，以利于集思广益。

（6）绘制因果分析图不是目的，而是要根据图中所反映的主要原因，制订改进的措施和对策，限期解决问题，保证产品质量。具体实施时，一般应编制一个对策计划表。

三、PDCA 循环工作法

PDCA 循环工作法是由美国质量管理大师威廉·爱德华兹·戴明（William Edwards Deming）提出来的，因此又叫戴明循环（Deming Cycle）。它是饭店企业全面提高服务质量的一个最基本的工作方法。PDCA 即 P（Plan）计划、D（Do）执行、C（Check）检查、A（Action）行动或处理的英文简称。

PDCA 循环工作法是指按计划、执行、检查、处理这四个阶段进行管理工作，并循环不止地进行下去的一种科学管理方法。PDCA 循环工作法一方面使质量管理按照逻辑程序循环发展，避免了质量管理产生波动性。另一方面它保证了质量管理的系统性和完整性，提高了质量管理工作的深度和广度。PDCA 循环转动的过程，就是质量管理活动开展和提高的过程（见图 9-3）。

（一）工作程序

1. 计划阶段

PDCA 管理循环的计划阶段内容包括以下几点。

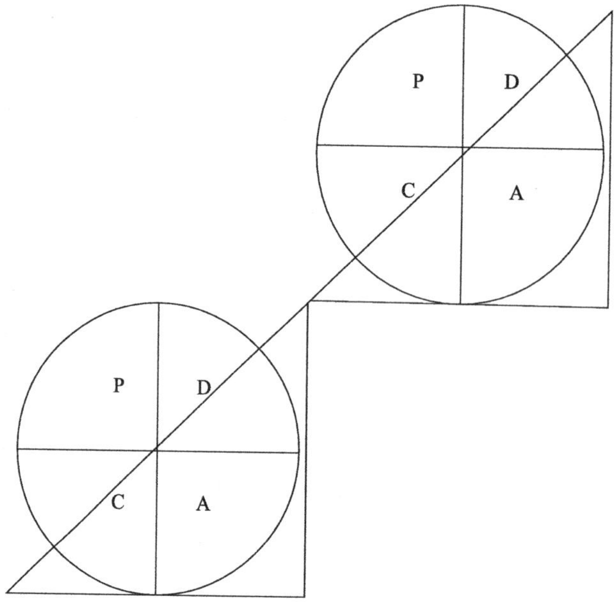

图 9-3　PDCA 循环图

（1）分析服务质量现状，用 ABC 分析法找出存在的质量问题。

（2）用因果图分析产生质量问题的原因。

（3）找出影响质量问题的主要原因。

（4）提出解决质量问题的质量管理计划，即应达到的目标及实现目标的措施方法。

2. 执行阶段

饭店管理者组织有关部门或班组以及员工具体地实施质量管理计划所规定的目标。

3. 检查阶段

饭店管理者应认真、仔细地检查计划的实施效果，并与计划目标进行对比分析，看是否存在质量差异，是正偏差还是负偏差。

4. 处理阶段

总结成功的管理经验，使之标准化，或编入服务规程，或形成管理制度加以推广应用。同时，吸取失败的教训，提出下一轮 PDCA 循环。没有解决的问题，自动转入下一循环的第一步，并开始新一轮的 PDCA 管理循环。

（二）PDCA 管理循环的特点

1. 循环不停地转动，每转动一周提高一步

PDCA 循环的四个过程不是运行一次就完结，而是周而复始地进行。一个循环结束了，解决了一部分问题，可能还有问题没有解决，或者又出现了新的问题，再进行下一个 PDCA 循环，依此类推。

2. 大环套小环，小环保大环，相互联系，彼此促进

一家饭店的整体运行体系与其内部各子体系的关系，是大环带动小环的有机逻辑组合体。整个饭店循环是一个大环，各部门则是大环中的小环。小环以大环为整体，是大环的分解和保证。

3. 强调管理的完整性

PDCA 四个循环是一个整体，每一个阶段都同等重要。每一个阶段的工作都是下一个阶段的开始，不可忽视或缺少。

（三）实施 PDCA 管理循环的注意事项

PDCA 管理循环的四个阶段缺一不可。只计划而没有执行，计划就是一纸空文；有计划，也有实施，但没有检查，就无法得知实施的结果与计划是否存在差距和有多大差距；若计划、实施、检查俱全，但没有处理，则不仅已取得的成果不能巩固，失败的教训不能吸取，而且发生的问题还会再次重复，如此，服务质量就难以提高。因此，只有 PDCA 四个阶段都完成且不断地循环下去，才会使饭店服务质量问题越来越少，饭店服务质量不断提高并最终趋向于零缺点。

四、QC 小组法

（一）QC 小组法的内涵

QC 小组法，即质量管理小组（Quality Control Circle，简称 QCC），是指在各个岗位上工作的员工，围绕饭店的方针目标和现场存在的问题，以改进质量、降低消耗、提高经济效益为目的组织起来，运用质量管理的理论和方法开展活动的小组。全面质量管理是要求全员参与的管理，通过开展多种形式的全员性质量管理，尤其是开展 QC 小组活动，可充分发挥全体员工的积极性、创造性，这是解决质量问题、提高质量水平的有效途径。QC 小组也是按 PDCA 循环的程序进行的。

（二）QC 小组法特点

1. 明显的自主性

QC 小组以职工自愿参加为基础，实行自主管理，自我教育，互相启发，共同提高，充分发挥小组成员的聪明才智和积极性、创造性。

2. 广泛的群众性

QC 小组是吸引广大职工群众积极参与质量管理的有效组织形式，不仅包括领导人员、技术人员、管理人员，而且更注重吸引在生产、服务工作第一线的操作人员参加。广大职工群众在 QC 小组活动中学技术、学管理，群策群力分析问题，解决问题。

3. 高度的民主性

这不仅是指 QC 小组的组长可以是民主推选的，可以由 QC 小组成员轮流担任课题小组长，以发现和培养管理人才；同时还指在 QC 小组内部讨论问题，解决问题时，小组成员间是平等的，不分职位与技术等级高低，高度发扬民主，各抒己见，互相启发，集思广益，以保证既定目标的实现。

4. 严密的科学性

QC 小组在活动中遵循科学的工作程序，步步深入地分析问题、解决问题；在活动中坚持用数据说明事实，用科学的方法来分析与解决问题，而不是凭“想当然”或个人经验。

（三）QC 小组法的实施步骤

1. 调查现状

对拟解决的质量问题进行现状调查，以保证其真实性。

2. 分析原因

发动全组成员集思广益，灵活运用因果法、关联法等找出问题产生的主要原因。

3. 制订措施

针对主要原因制订相应的对策，就确定的对策安排实施计划，实行进度管理，加强预测。

4. 按计划实施

在实施过程中，应随时把握实施的情况，检测质量趋势，根据分析结果，采用专业技术或组织管理措施，及时解决遇到的新问题，同时做好详细记录。

5. 检查效果

把实施前后的效果进行对比，看是否达到预定目标，分析达标或不达标的原因，不达标的应重新调查分析。

6. 制订巩固措施

达到目标并通过 3 个月左右的考验，说明问题已基本解决，应将行之有效的方法上升为标准。经有关部门审定后，纳入饭店有关质量标准的管理文件。

7. 遗留问题的处理

对遗留问题加以分析后，将需要进一步解决的问题，作为小组下一个循环的问题，继续深入开展活动。

8. 总结成果资料

这是 QC 小组自我提高的重要环节，也是进行下一循环的开始。在实际工作中，QC 小组一次定的目标不宜过高，应集中精力突击重点。QC 小组工作完成之后，饭店应设法把成果加以巩固，不可让问题“死灰复燃”。

五、对策表法

对策表（Countermeasure Table），又名措施计划表，是饭店将制订的改进措施和计划汇集成表，然后再寻找出解决产品质量事故的具体措施，并进行落实。对策表的内容通常包括：分析的原因项目、该项原因的现状和标准、针对原因的具体措施、措施实施者或负责人、对策实施进度要求等（见表 9-2）。对策表是一种有效的改进饭店质量的方法。具体步骤如下。

（1）首先做出措施计划表。

（2）分析出饭店存在的主要质量问题。

（3）找出饭店主要质量问题存在的主要原因。

（4）针对主要原因制订对策，制定改进措施和计划，并汇集成表。

表 9-2 对策表

序号	质量问题	对策	执行人	检查人	期限	备注
1						
2						
3						
4						

思考与练习

一、名词解释

1. 饭店全面质量管理。
2. 饭店服务规程。
3. PDCA 循环工作法。

二、简答题

1. 简述饭店全面质量管理的原则。
2. 饭店如何通过 ISO 国际质量认证？
3. 简述饭店服务质量管理的主要环节。
4. 简述对策表法的具体步骤。

实训项目

【实训名称】服务质量管理认知

【实训内容】

学生 3 ～ 6 人组成一个小组，并推举小组负责人。每个小组找出一家服务质量优异的饭店企业，探讨其质量管理的方式方法。

【实训步骤】

1. 每个小组到本地一家星级饭店参观考察它们的服务质量管理方法。
2. 根据本项目所学内容，分析所调查饭店企业的服务质量管理方法的利与弊。
3. 每个小组在课堂上进行陈述和答辩，与其他小组一起分享成果。

【实训点评】

1. 每个小组提供某饭店服务质量管理方法的分析报告。
2. 教师和学生根据各小组的报告及表现给予评价打分，成绩纳入学生实训课考核之中。

参考文献

[1] 刘纯. 饭店督导管理［M］. 北京：清华大学出版社，2008.

[2] 苏保忠. 领导科学与艺术［M］. 北京：清华大学出版社，2004.

[3] 王大悟，刘耿大. 饭店管理180个案例品析［M］. 北京：中国旅游出版社，2007.

[4] 侯明贤. 饭店督导［M］. 北京：旅游教育出版社，2006.

[5] 栗书河. 饭店督导管理［M］. 北京：旅游教育出版社，2009.

[6] 宿荣江. 督导实操［M］. 北京：旅游教育出版社，2007.

[7] 蒋一. 饭店管理180例［M］. 上海：东方出版中心，1998.

[8] 史为磊. 决策［M］. 北京：国家行政学院出版社，2011.

[9] 李岚. 说故事的领导力量［M］. 北京：中国城市出版社，2008.

[10] 蒋丁新. 饭店管理概论［M］. 大连：东北财经大学出版社，2010.

[11] 曹希波. 新编现代饭店服务与管理实战案例分析实务全书［M］. 北京：企业管理出版社，2007.

[12] 高树军. 管理心理学［M］. 北京：科学出版社，2005.

[13] 陶淑艳. 基层领导方式与领导方法创新［M］. 北京：中共中央党校出版社，2007.

[14] 黄建东. 有效决策的七要素［J］. 中外管理，2006（3）.

[15] 国家电网公司人力资源部. 团队建设［M］. 北京：中国电力出版社，2010.

[16] 中国电力企业管理编委会. 时间管理的十大原则［J］. 中国电力企业管理，2007（7）.

[17] 张明珠. 试论员工激励的方法与艺术［J］. 技术经济，2005（8）.

[18] 刘跃仓. 论员工激励的方法和度［J］. 镇江高专学报，2004（1）.

[19] 庞竹. 如何有效激励员工［J］. 时代经贸，2011（7）.

[20] 姚先桥. 沟通的原则、方法和技巧［J］. 中国培训，2001（10）.